우리 아이
자존감을 키우는
핀란드 이야기

우리 아이 자존감을 키우는
핀란드 이야기

교실에 꽃피는 핀란드 교육의 씨앗

초 판 1쇄 2025년 03월 18일

지은이 김정현
펴낸이 류종렬

펴낸곳 미다스북스
본부장 임종익
편집장 이다경, 김가영
디자인 윤가희, 임인영
책임진행 김요섭, 이예나, 안채원, 김은진, 장민주

등록 2001년 3월 21일 제2001-000040호
주소 서울시 마포구 양화로 133 서교타워 711호
전화 02) 322-7802~3
팩스 02) 6007-1845
블로그 http://blog.naver.com/midasbooks
전자주소 midasbooks@hanmail.net
페이스북 https://www.facebook.com/midasbooks425
인스타그램 https://www.instagram.com/midasbooks

ⓒ 김정현, 미다스북스 2025, *Printed in Korea*.

ISBN 979-11-7355-123-9 03810

값 20,000원

미다스북스는 다음세대에게 필요한 지혜와 교양을 생각합니다.

교실에 꽃피는 핀란드 교육의 씨앗

우리 아이
자존감을 키우는
핀란드 이야기 김정현 지음

미다스북스

들어가는 글

인생을 사노라면 기쁜 일이 있고 슬픈 일도 있다. 예상했던 상황이 있는가 하면 뜻밖의 일도 마주한다. 예측할 수 있는 일만 있다면 참 좋겠지만, 인생이 그렇게 만만하지는 않다. 적지 않은 시간을 살아오면서, 굽이굽이 지나온 여정 속에 보석같이 빛나는 선물 상자 하나가 놓여 있다. 그 상자를 열면 지금의 현실에서 어떤 어려움이 있든, 깊은 위로가 되고 마음이 따뜻해진다. 그 상자는 바로 나와 우리 가족이 경험했던 핀란드 이야기이다.

남편의 유학으로 인해 2010년부터 2011년까지 우리 가족이 체류했던, 핀란드 제2 도시 탐페레시 루꼰마끼(Tampere Lukonmäki) 마을. 시내 중앙 광장 케스쿠스토리(Keskustori) 버스 터미널에서 13번 버스에 올라, 오고 가며 바라보던 자작나무 가로수길을 지나면 정겨운 우리 집이 있었다. 우리 가족에게는 평생 잊지 못할 특별한 시간이었지만 굳이 책으로 쓰겠다고 생각하지는 않았다. 마음 한편에 마치 꿈을 꾸다 온 듯, 보석 같은 추억으로 간직할 뿐이었다. 그런데, 그 추억을 꺼내어 비로소 한 권의 책으로 쓰게 되었다. 그것은 내 주변의 소중한 이들을 향한 관심과 사랑에서 비롯되었다. 학교에서 만나는 많은 학부모를 향한 애정이 그 시작이었고, 아울러 나의 소중한 두 자녀가 걸어가는 미래를 응원하고 싶었다.

27년의 교직 생활을 거치며 근래에 많은 생각을 했다. 작년과 올해, 유난히도 공교육 현장에 아픔과 시련이 많았다. 일 년에 두 차례, 학교 상담 주간에 만나는 여러 학부모는 여전히 올바른 자녀 교육의 핵심이 무엇인지에 대해 많은 고민을 토로한다. 생각보다 많은 부모가 자녀 양육이라는 중요한 과제 앞에서, 올바른 방향을 찾느라 힘들어했다. 대한민국의 치열한 경쟁 교육 구도 속에서 답답해하고, 혹여 자신의 아이가 뒤처질까 봐 안절부절못하는 그들을 보며 안타까움을 느꼈다. 무엇이라도 도움이 될 게 없을까 생각하다 이 책을 쓰게 되었다.

나는 두 자녀를 둔 엄마이다. 부모로서 느끼는 그 힘겨움과 가슴 떨리는 고민을 이해할 수 있다. 아이들을 낳고 키우는 동안 행복하고 감사한 시간이 많았지만, 여러 시행착오와 아픔을 겪기도 했다. 나의 자녀 양육 방법이나 태도가 과연 최선인지 확신하지 못할 때는 두렵기도 했다. 잘하는 것 같은데도 다른 이들과 비교하면 부족하기만 했다. 사랑을 주고 있다고 여겼는데, 아이가 예상외의 반응을 보이면 이것이 아닌가 싶었다. 혹시라도 사랑의 이름을 가장한 나의 이기심이나 욕심은 아니었는지 나 자신을 점검하고 또 점검했다. 부모로서 가장 좋은 것을 자녀에게 주려고 선택한 것이 그렇지 못한 결과를 낳는다면 얼마나 안타까운 일인가? 가장 좋은 것을 주기는커녕 도리어 아이의 자존감을 낮추고 상처를 준다면, 그것은 부모와 자녀 모두에게 큰 고통이다. 그래서 부모의 역할은 참으로 어렵기만 하다. 완벽한 부모는 없다고 본다. 다만 최선을 다하는 부모가 있을 뿐이다. 내가 어린 자녀를 키울 때 몰랐던 한 가지가 있다. 부모가 자기 자신을 사랑하는 것이 곧 아이를 사랑하는 첫걸음이다. 세상은 좋은 부모가 되라고 하지만 사실, 부모 된 자도 '누군가 보듬어 주었으면' 하고 바랄 때가 많다. 나의 이 야기가 그런 따뜻한 손길이 되면 좋겠다. 이 책을 통해, 마음의 위로를 얻고 보다 나은 자녀 교육의 실마리를 발견하면 좋겠다.

　대학교에서 학생 교육을 지원하는 일에 몸담아온 남편과 초등학교에서 많은 학생을 만나며 교단에 섰던 아내. 우리 부부는 자녀를 낳기 전, 나름 대로 육아에 자신 있었다. 그러나 막상 부모가 되고 보니, 내 자녀를 기르는 문제는 또 다른 차원이었다. 두 아이를 정신없이 양육하는 가운데 놓친 것이 있었다. 자녀를 위해 좋은 교육 환경을 만드는 것에는 최선을 다했지만, 아이의 자존감을 키우는 일에는 소홀히 했다. 부모 역할에 관한 매뉴얼이 있는 것도 아니고, 연습하고 부모가 된 것이 아닌지라 시행착오가 많았다. 핀란드에 간 뒤에야 우리의 눈높이가 아닌 자녀의 처지에서 이해하고, 그 자녀에게 맞는 자존감을 키워주는 것이 중요하다는 것을 깨달았다. 핀란드에 가기 전에도 우리 부부는 나름대로 좋은 부모가 되려고 노력했고 자녀 교육에 신경 썼다. 하지만 **자녀에게 무엇을 해주기에 앞서, 자녀를 어떻게 대하느냐 하는 것이 더 중요하다는 것을 몰랐다.** 이런 이야기들을 가감 없이 이 책에서 나누고 싶다. 글을 읽다 보면 나의 개인적인 경험과 주관적인 견해가 많기에 동의하기 어려울 수 있다. 필력의 미흡함으로 불편함을 끼칠 수도 있다. 그런 분들께는 넓은 아량으로 이해를 구하고 싶다. 이런 분야의 책은 처음 쓰는 터라 조금은 부담스럽고 조심스럽다. 나는 문체의 탁월함이나 세련된 기교를 구사하는 것과는 거리가 먼 사람이다. 그러나 분명하게 말할 수 있는 것은 이 책의 마지막 장을 덮을 때, 조금이라도 더 의미 있는 자녀 양육의 방향을 찾을 것이다.

　핀란드의 숲과 호숫가를 누비며 신나게 뛰어놀았던 어린 아들이 지금은 공군에 입대하여 군사경찰로 복무 중이다. 내 손을 잡고 유치원에 오가던 딸은 이제 어엿한 대학생이 되었다. 사랑하는 아들딸이 이제는 부모 품을 떠나 날갯짓하고 있다. 아직 완전한 독립은 아니지만, 많은 부분을 자신들의 힘으로 헤쳐나가는 시점이다. 처음부터 이런 시간이 올 것을 예상했다. 언젠가는 때가 되어 부모의 둥지를 떠나 자신만의 세상을 향해 힘차게 비상할 것을 알았다. 그런데 그날이 이렇게 빨리 다가올 줄은 몰랐다. 아이들이 세상을 향해 뚜벅뚜벅 자신의 길을 걷는 지금, 더 늦기 전에 우리 네 사람이 공유했던 그 아름다운 이야기를 다시 들려주고 싶다. 사실 들려준다기보다는 눈부시게 빛나고 아름다웠던 그 시간, 날마다 일상이 행복했던 그 장면들을 다시 소환해 주는 것이다.

　아들은 핀란드에서 보냈던 시간을 잘 기억하고 때로는 내가 잊고 있던 일들을 들려줄 때도 있다. 딸은 아들에 비하면 많이 기억하지는 못하지만, 미국 선생님께 배웠던 영어 유치원만큼은 또렷이 기억한다. 남편은 그 당시, 모든 수업을 영어로 듣고 영어 논문을 써야 하는 바쁘고 벅찬 시간 속에서도 가족 챙기는 것을 항상 우선순위에 두었다. 가장으로서 그가 보여 주었던 헌신적인 사랑과 수고는 세월이 지날수록 나의 마음에 더 깊게 다가온다. 그때는 나도 외국살이에서 고군분투하느라 잘 표현 못했는데 이제는 말할 수 있다. 참 감사했다고. 내 인생에 그런 선물을 안겨준 고마운 남편은 세상의 그 무엇과도 바꿀 수 없는 하나님의 선물이다. 그의 성실함과 한결같은 가족 사랑에 진심으로 감사와 존경을 표한다.

두 사람이 만나 가정을 이루고 아이들을 낳아 키우며 분주하게 살다 보니, 이제는 자녀가 독립해 가는 시기가 되었다. 부모로서 그들을 마음껏 응원하고 격려하고 싶다. 그리고 큰 소리로 외쳐 말해주고 싶다. 너희들은 무엇이든 할 수 있다고. 그 오래전, 낯선 땅 핀란드에서 외롭고 힘들었던 시간을 극복하고 얼마나 멋지고 아름답게 그 시절을 살아냈는지 기억하라고. 그때의 그 마음과 자세로 이제 세상을 향해, 당당히 마주하고 주어진 길을 힘차게 달려가라고 말해주고 싶다.

핀란드 이야기라는 선물 상자 속에는 처음부터 끝까지 모든 순간의 점들이 행복으로 충만하다. 특이한 것은 제법 시간이 흘렀기에 그 추억의 감흥이 희미해질 만도 한데 오히려 더 빛을 발한다는 점이다. 아이들은 지금도 가끔 말한다. 마치, 동화 속에서 살다 온 것처럼 꿈같은 시절이었다고. 남편은 대학교에서 국제교류 업무에 종사한다. 이십 대에 입사하여 지금까지 이 일에 힘쓰고 있다. 마흔을 바라보는 나이에 늦깎이 유학을 간 것도 이러한 직업 특성과 관련이 있다. 이 년간 우리가 경험한 핀란드살이는 억만금을 준다 해도 바꿀 수 없는 우리 가족만의 역사가 되었다. 그 시절을 떠올리면 매일의 일상이 보석처럼 빛나는 시간이었다. 그런 삶을 살 수 있었음이 무척 감사하다. 핀란드에서의 삶은 내 인생의 특별한 선물 상자였다. 살아가면서 지치고 힘들 때 그 시절을 떠올리면, 감사와 기쁨이 생기고 큰 위로와 용기를 얻는다. 마음에 고이 간직해 온 그 선물 상자를 열고, 지금은 장성하여 대학생이 된 아들과 딸, 그리고 사랑하는 남편과 함께 우리의 핀란드 이야기를 다시 만나고 싶다.

핀란드에서 얻은 가장 값진 열매는 아이들의 자존감을 키운 것이다. 빼어나게 아름다운 자연과 정직하고 성실한 국민성, 세계 1위의 국가 브랜드를 표방하는 나라. 이런 외적인 역량도 중요하지만, 무엇보다 우수한 교육 환경과 학교 제도가 우리 아이들에게 좋은 영향을 주었다. 나는 핀란드의 교육철학과 교육 시스템이 어떻게 한 아이의 자존감을 꽃피우고 성장시키는지 직접 체험했다. 그 과정을 지켜보며 행복하고 감사했다. 우리 네 사람만 알 수 있었던 그 감동의 시간을 풀어내어 보다 많은 사람에게 나누려 한다. 이제부터 아껴 두었던 내 마음의 보석상자를 열 시간이다. 매일의 일상이 감사와 기쁨, 행복과 쉼이 충만했던 그 아름다운 시절로 시간의 여행을 떠나보련다. 고이 싸 두었던 선물 상자를 다시 여는 그 설렘을 안고. 매우 기대된다. 이 글을 쓸 수 있어서 감사하다.

2024년 10월 2일 글쓰기를 시작하다

목차

2부   핀란드 교육으로 피어난 아들의 자존감

3부   딸의 행복한 성장을 이끈 핀란드 영어 유치원

4부 　핀란드에서 돌아온 아이들의 성장 이야기

5부 　그때와 지금의 핀란드 교육

1부

한국 초등교사,
핀란드 학부모가 되다

"길 양옆으로 즐비하게 늘어선 전나무 가로수와 자작나무 숲,
시원스레 뻗은 고속도로를 달리며 무엇인가 소중한 만남이
기다리고 있을 것 같았다."

1. 숲과 호수의 나라를 만났다

내 나이 열다섯, 중학교 이학년 사회 시간으로 기억한다. 사회 선생님은 훤칠한 외모에 친절하셔서 우리는 사회 시간을 무척 좋아했다. 수업을 재미있게 하셨고 교과서에 제시된 지문 이외에 관련 상식이나 배경지식을 풍성하게 가르쳐주셨다. 학년말, 사회 진도가 거의 끝나갈 무렵 배운 마지막 단원이 생각난다. 그 시기 사회 시간이 되면 세계의 지리와 환경에 대해 소제목을 붙여서 한 차시에 한 나라씩 배웠다. 이때 사회 진도 제일 뒷부분에 큰 비중 없이 다룬 나라가 있었다. 이미 기말고사는 다 마쳤고 시험에도 나오지 않을 차시였다. 바로 '숲과 호수의 나라 핀란드'라는 제목의 한 쪽짜리 학습 내용이었다.

보통 다른 나라들을 교과서 두 쪽이나 최소한 한쪽 반 분량에 소개한 것에 비하면, 아주 짧은 분량이었다. 책에서 핀란드는 숲과 호수가 국토의 삼분의 이를 차지하는 북유럽 국가로서 세계의 청정 국가라고 소개했다. 선생님은 전 세계에서 핀란드가 가장 아름다운 국가라고 하면서 나중에 크면 꼭 한번 가보라고 덧붙이셨다. 선생님의 설명을 들으면서 보니 교과서 지문 아래쪽 한쪽 귀퉁이에 손바닥보다 더 작은 크기의 흑백사진이 눈에 들어왔다. 전나무숲과 호수가 어우러진 핀란드 풍경이었다. 나는 그 사진을 한참 응시했다. 지금 생각해 보면 그 사진은 마치, 〈나니아 연대기〉의 옷장처럼 나를 그곳으로 이끄는 열린 문 같았다. 그 사진 속 숲과 호수는 그날 이후, 내 마음에 자리 잡았다. 선생님 말씀처럼 이다음에 크면 꼭 핀란드의 숲과 호수에 가보겠다고 마음먹었다. 시간이 흐를수록 나의 성장과 더불어 핀란드를 향한 꿈도 함께 자라났다. 언젠가는 꼭 가보고야 말리라! 왠지 운명처럼 그곳에 가게 될 것 같았다. 그 방법과 시기는 몰랐지만 다른 나라는 몰라도 핀란드만큼은 꼭 가리라고 마음먹었다. 언젠가는 꼭!

그 후로 누군가와 여행 이야기를 나눌 때면, 나는 어김없이 핀란드 이야기를 했다. 사람들은 내게 물었다. 왜 하필 그 나라냐고? 미국의 광활한 대자연과 중국의 장구한 역사가 느껴지는 유적지, 유럽을 제패한 나라들의 웅장한 박물관들도 아직 가보지 못했는데 왜 핀란드에 가고 싶어 하는지 의아해했다. 나도 그 이유는 정확히 몰랐지만, 그냥 그렇게 될 것 같았다. 막연했지만 분명히 언젠가는 꼭 갈 것이라고 나는 믿었다. 다른 나라의 유명한 건축물이나 풍경 사진을 볼 때면 그저 단순히 세계 문화와 지리에 대한 학습이었다. 하지만 핀란드에 관한 생각과 느낌은 달랐다. 마음에 깊이 와닿는 특별한 것이 있었다.

핀란드를 향한 마음은 어느 날 문득 생각나는 수준이 아니라, 그냥 마음 한편에 늘 자리하고 있었다. 그 바람이 어떤 방식으로 이루어질지 그때는 알지 못했다. 나중에 먼 훗날, 여행을 가게 될 거라 여겼을 뿐이다. 짧으면 일주일, 길어야 이삼 주의 북유럽 여행으로.

나는 교대에 진학하여 초등학교 교사가 되었고, 지인의 소개로 남편을 만났다. 남편의 대학 후배와 나의 여동생이 서로 친분이 있었는데 우리 두 사람을 연결해 주었다. 첫 만남에서 우리는 낯선 사이임에도 다양한 주제로 이야기를 나누었다. 서로 대화가 잘 통했고 관심사가 비슷했다. 남편은 자신이 하는 일에 관해 소개했다. 대학교에서 국제교류와 관련된 일을 하고, 외국 대학을 방문해서 외국 학생들과 교수들을 많이 만난다고 했다. 그러다 보니 세계 여러 나라를 다니게 된다고 하면서 나에게 꼭 가보고 싶은 나라는 어디냐고 질문했다. 나는 주저하지 않고 핀란드에 가고 싶다고 말했다. 남편은 약간 의아한 표정으로 다른 나라도 많은데 그곳에 가고 싶은 이유가 있냐고 물었다. 나는 중학교 사회 시간을 떠올리며 핀란드에 가고 싶어 하는 이유에 대해 답했다. 남편은 소개팅에서 처음 만난 여자가 두 눈 반짝이며 들려주는, 숲과 호수의 나라 이야기에 미소 지었다. 이것이 앞으로 어떤 의미로 펼쳐질지 그때는 몰랐다.

이듬해 봄, 우리는 만난 지 오 개월 만에 양가의 축복 속에 한 가정을 이루었고 아들딸을 낳아 바쁘게 생활했다. 직장을 다니면서 자녀를 양육하다 보니 나는 정신없이 분주하고 때로는 힘들었다. 어린 두 자녀를 돌보는 것은 행복했지만, 학교 근무와 가정 살림을 병행하느라 쉽지는 않았다. 하지만 내가 살아왔던 그 어느 때보다도 행복과 감사가 넘치는 나날이었다. 두 자녀의 존재 자체가 너무 예쁘고 사랑스러워서 이 아이들의 부모로 살아간 다는 사실에 우리 부부는 감사했다. 육아하면서 때로는 좌충우돌했지만 우리 부부는 나름대로 최선을 다했다. **자녀를 키우다 보니 예전에는 몰랐던 것을 차츰 알게 되었다. 부모도 아이들과 함께 성장한다는 것을.** 부모라는 존재는 연습하고 부모가 된 것이 아니기에 완벽하거나 준비된 모습이 아니다. 자녀를 키우면서 경험하는 모든 것이 새로웠고 처음 해보는 일들이었다. 하지만 두 남녀가 만나 가정을 이루고, 이 세상에 자녀를 낳아 키운다는 것은 이전의 무엇과도 비교할 수 없는 귀하고 소중한 것이었다. 마치 이들의 부모가 되기 위해서 이 세상에 태어나 살아온 것만 같았다. 아이가 태어나서 앉고 서며, 마침내 걷는 모습을 지켜보는 것은 진정 경이로웠다. 그 벅찬 감격을 어디에 비길 수 있으랴! 자녀들이 세발자전거에서 두발자전거로 바꿔 타던 그날의 기억이 생생하다. 아이들이 성장해 가는 모습에 정말 행복하고 때로는 신기했다. '나도 이렇게 컸구나.' 하는 생각이 들면서, 부모님께 더욱 감사하는 마음을 느꼈다.

2. 남편의 유럽 유학

  결혼 후 십 년쯤 지났을 무렵, 남편은 기회가 되면 유학을 가고 싶다고 내게 자주 말했다. 직업 특성상 외국 여러 대학을 방문하고 유학생을 오랫동안 지원하다 보니, 자신도 모르는 사이에 유학의 꿈을 갖게 된 것이다. 남편은 미국, 뉴질랜드, 영국 등 다양한 경우의 유학을 생각했다. 하지만 두 아이의 아빠로서 마흔 살이 다 되어 유학을 가는 것은 별로 실현 가능성이 없어 보였다.

  어느 날, 퇴근하고 온 남편은 저녁 식탁에서 내게 예상치 못한 소식을 전했다. 드디어 자신이 그토록 원했던 유학을 가게 되었다고. 남편은 얼마 전 EU에서 주관하는 '에라스무스 유학 프로그램' 신청자를 모집할 때 혹시나 하는 마음으로 신청했는데, 한국 대표로 선발되었다고 했다. EU에서 운영하는 '에라스무스 프로그램'은 세계 각국에서 유학생을 선발하여 그들에게 이 년간 장학금을 지급하고 EU 삼 개국에서 공동학위 과정을 이수하게 했다. 남편은 매우 기뻐하며 말했으나 솔직히 나는 당황스러웠다. 그렇게 중요한 일을 추진하면서 내게 아무런 상의를 하지 않아서 서운했다. 게다가 당시는 내가 삼 년의 육아휴직을 마치고 복직해서 일 년이 갓 지났을 때였다. 남편의 유학을 따라가려면 다시 휴직해야 했다. 마음의 준비가 없는 상태에서 또다시 교육 경력이 단절되는 것이 부담스러웠다.

남편은 나에게 사전에 상의하지 않은 까닭을 말해주었다. 남편이 이 프로그램에 신청할 당시, 한국에서 단 한 명만 선발했고 워낙 경쟁률이 높았다고 했다. 별 기대를 하지 않았고 솔직히 선발이 안 될 줄 알고 내게 상의하지 않은 것이라 했다. 그러면서 이제 유학을 가게 되었고 유럽 삼 개국을 다니며 공부해야 하니 남편 혼자 가겠다고 했다. 대신 방학에는 온 가족이 만나서 함께 유럽여행을 하자고 했다. 그러다 보면 이 년은 금방 갈 것이라 했다. 남편은 유학의 꿈을 이룬 것이 너무 기쁜 나머지, 다른 부분은 대수롭지 않게 여기는 듯했다. 하지만 나는 가족이 서로 떨어져 있는 것을 원하지 않았다. 자라나는 아이들에게는 부모가 모두 필요하다고 여겼기 때문이다. 고민 끝에 나는 경력 단절을 감수하고라도 온 가족이 함께 가자고 했다. 그러나 남편은 온 가족이 함께 유학을 가는 것은 무리라고 생각했다. 나는 남편의 꿈이 이뤄진 것을 축하하기에 앞서, 이러한 갈등 상황 앞에서 매우 혼란스러웠다. 급기야 나는 남편에게 혼자 갈 생각이면 유학을 가지 말라고 했다.

지금 생각해 보니 당시 남편의 고충이 이해된다. 본인 혼자 낯선 나라에 가서 공부하는 것도 만만치 않은 일인데, 학령기의 두 자녀를 데리고 온 가족이 함께 떠나려면 대가를 지불해야 할 것이 많았다. 어쩌면 그는 가장으로서 가족을 돌보느라 공부에 전념하기 어려운 상황이 될 수도 있었다. 그것도 삼 개국을 순환하며 공부하는 방식이라 상황은 더욱 복잡했다. 혼자 유학을 가겠다는 남편과 유학을 가지 말라는 아내. 우리 부부의 의견은 평행선을 달렸고 새벽까지 대화했지만 타협점은 보이지 않았다. 때로는 다투기도 하는 가운데 유학 날짜는 하루하루 다가오고 있었다. 해법이 보이지 않아 가슴은 답답하고 마음이 울적해지기까지 할 무렵, 내가 성대결절로 인해 수술해야 하는 상황이 생겼다. 직장에 병가를 신청하고 수술을 받았다. 수술을 집도한 의사는 내게 이 주 동안 절대 안정을 취하고 일체 말을 하면 안 된다고 했다. 퇴원 후 처음에는 집에 있었는데 아이들을 돌보다 보면 나도 모르게 말이 나왔다. 온전한 건강 회복을 위해 당분간 집이 아닌 곳에서 요양해야 했다. 고심 끝에 자연 속에서 심신의 쉼을 얻을 수 있는 청평 어느 조용한 곳에 잠시 가 있기로 했다. 아이들은 대전에 계신 친정엄마가 우리 집에 와서 돌봐주시기로 했다. 그곳에서 요양하면서 건강을 점점 되찾았고 오랜 생각 끝에 남편의 유학에 관해 어떻게 할지 마음을 정했다. 혼란스럽던 생각을 정리하고 남편의 생각을 존중하기로 했다. 남편에게 더 이상 반대하지 않을 테니 유학을 가라는 문자를 보냈다. 잠시 후 남편에게서 온 식구가 함께 가자는 답신이 왔다. 남편도 내가 요양하는 동안 생각이 바뀌었다. 처음에는 혼자 가려 했지만, 내가 반대하자 나름대로 많이 고민한 모양이다. 감사하게도 우리 부부에게 서로 이해하는 마음이 생겼다. 요양을 마치고 귀가했을 때, 우리 부부는 한마음이 되어 있었다.

3. 25년 만에 이루어진 꿈

　남편은 EU 삼 개국에서 공동학위를 받는 유학 프로그램에 선발되었다. 그래서 처음 일 학기는 노르웨이 오슬로 대학에서, 이후 이 학기는 핀란드 탐페레 대학에서, 삼 학기는 포르투갈 아베이로 대학에서 공부해야 했다. 마지막 사 학기는 세 학교 중, 본인이 희망하는 곳에서 공부할 수 있었다. 사 학기는 졸업 학기여서 나머지 학점을 취득하고 졸업논문을 써야 했다. 논문을 쓰기 위해서는 지도 교수의 지도를 받는 것이 중요했다. 남편은 가족과 함께 유학을 가기로 결정했을 때, 자녀 교육을 생각해서 핀란드에 터전을 잡기로 했다. 그래서 유학 기간 중 마지막 학기는 핀란드 탐페레 대학에서 졸업논문을 쓰기로 했다. 탐페레 대학은 핀란드 제2 도시인 탐페레시에 위치한, 오랜 전통이 있는 종합대학이었다.

　인제 와서 생각하니 삼 개국에서 공부하면서 온 가족을 이끌고 유학 생활을 해낸 남편이 참 대단하고 존경스럽다. 그때는 보이지 않던 남편의 고군분투 흔적이 이제야 마음에 전해진다. 남편의 노력 덕분에 나와 아이들은 핀란드 탐페레에서 일 년 육 개월을 살면서 정말 행복한 시간을 보냈다. 이것을 어찌 우연이라고 말할 수 있을까? 마음에 소원하던 핀란드의 꿈은 이렇게 해서 25년 만에 이루어졌다.

　첫 학기는 남편 혼자 노르웨이 오슬로 대학으로 유학을 가기로 했다. 그곳에서 첫 학기를 마친 후 핀란드로 건너가서 우리 가족이 살아갈 집을 마련해 놓고, 우리를 데리러 오기로 했다. 그동안 나는 학교에 근무하면서 아이들과 생활하고 살림을 정리하며 출국을 준비하기로 했다. 핀란드로 온 가족이 함께 가서 생활한 후, 남편이 삼 학기째 포르투갈에서 공부할 때는 나 혼자 핀란드에서 아이들을 돌봐야 하는 과제가 있었다. 우리 가족이 함께 유학을 가려면 이 방법밖에 없었다. 남편이 내게 그렇게 할 수 있냐고 물었을 때, 나는 하겠다고 답했다. 미리 염려하지 않기로 했다. 한 발 한 발 내딛다 보면, 하나님이 도와주시리라 믿었다. 남편은 2009년 8월, 계획한 대로 혼자 노르웨이 오슬로행 비행기를 타고 유학을 떠났다. 영어를 잘하는 남편이었지만 한국말은 전혀 쓸 수 없고 모든 수업을 영어로 따라가야 하는 상황이 녹록지는 않았다고 했다. 때로는 외롭기도 했던 첫 학기를 무사히 마치고 그해 십이월, 약속한 대로 우리를 데리러 들어왔다. 12월 24일에 다시 만난 남편은 마치 크리스마스 선물 같았다. 일주일 사이에 집을 정리하고 많은 가구와 살림을 어디에 두어야 할지 고민할 때, 대전에 계신 친정엄마께서 맡아주겠다고 하셨다. 부모님 댁은 새로 이사해서 깨끗한 새집이었는데, 중간 방에 우리 짐을 꽉 채워 넣으니 그 방은 사용할 수 없는 상태가 되었다. 마음으로 죄송했지만 달리 방도가 없었다. 엄마의 사랑은 그

슬하에 있을 때나 결혼한 이후나 가장 큰 인생의 버팀목이었다.

드디어 2010년 1월 2일, 마침내 우리 네 식구는 양가 가족들의 환송을 받으며 그토록 바라던 핀란드행 비행기에 몸을 실었다. 열두 시간을 날아간 우리는 헬싱키 반타 공항에 도착했다. 아직 오후 한 시밖에 안 되었는데도 활주로에는 어둠이 어슴푸레 내려앉았고 저 멀리 하늘에는 이국적인 분위기의 노을이 짙게 깔려 있었다. 그 장면이 무척 독특했다. 아직 낮인데 벌써 이렇게 어두워지다니! 하지만 그 낯선 풍경이 한국에서는 볼 수 없는 모습인지라 그 자체로도 벌써 설레었다. 이곳에서 앞으로 펼쳐질 일들이 무척 기대되었다.

공항에는 남편의 핀란드 지인인 피터(Peter)가 우리를 마중 나와 있었다. 피터는 남편이 근무하는 서울의 K 대학에 인턴사원으로 근무했었다. 남편은 그 당시, 아내와 어린 두 아들을 데리고 온 식구가 함께 왔던 피터를 위해 여러 면에서 도와주었다. 그들이 편히 지낼 수 있도록 학교 기숙사 가족실을 제공해 주고, 저렴한 비용으로 이용할 수 있는 규정을 찾아주었다. 먼 외국에서 온 젊은 부부는 남편 덕분에, 쾌적하고 안전한 환경에서 삼 개월의 인턴 경험을 즐겁게 할 수 있었다. 피터는 한국에서의 고마움을 기억하며, 핀란드에 온 우리 가정을 위해 많은 도움을 주었다. 피터는 우리 가족의 짐이 많을 거라 예상하고 장인의 큰 밴(Van)을 빌려왔다. 피터 덕분에 우리 가족은 헬싱키에서 차로 두 시간 걸리는 탐페레까지 편안하게 이동했다. 길 양옆으로 즐비하게 늘어선 전나무 가로수와 자작나무 숲, 시원스레 뻗은 고속도로를 달리며 무엇인가 소중한 만남이 기다리고 있을 것 같았다. 우리가 머물 아파트에 도착한 시각은 오후 세 시. 그러나 주변은 마치 한밤중처럼 어두웠고 길가에 쌓인 눈들이 다이아몬드처럼 빛을 발할 때, 하늘에서 펑펑 쏟아지는 눈은 정말 동화책에서나 보던 그림 같은 눈이었다. 그렇게 우리 가족의 탐페레 생활은 시작되었다.

전나무 가로수가 늘어선 집 앞 헤르반타(Hervanta) 언덕

집에 들어서자 거실 겸 주방에 양탄자가 깔린 원형 식탁이 눈에 띄었다. 건너편에는 방 두 개가 있었다. 도로변을 향한 두 방 중 하나는 매우 컸고 우리로 치면 안방 같은 곳이었다. 다른 작은 방은 아직 어린 남매가 쓰기에 충분한 크기였다. 냉장고를 열어 본 우리 식구는 환호성을 질렀다. 아무것도 없는 빈 냉장고라 여겼는데, 우렁각시가 다녀간 것처럼 식빵, 잼, 햄, 우

유와 주스 그리고 약간의 과일이 있었다. 피터 부부가 미리 와서 우리를 위해 시장을 보고 준비해 놓은 것이었다. 게다가 주방에는 작은 바구니 안에 컵과 컵 받침, 접시 세트 다섯 벌이 있었다. 식탁 아래에 깔린 원형 양탄자도 아파트에 원래 있는 것인 줄 알았는데 그게 아니었다. 일부러 이 부부가 피터의 장인댁에 가서 집에 어울리는 무늬의 양탄자를 갖다 두었다. 우리는 저절로 감탄이 나왔다. 난생처음 온, 핀란드라는 나라의 낯선 집이 아니라 오래전부터 우리를 위해 준비해 둔 별장에 온 것 같았다. 너무나 아늑했고 우리에게 필요한 모든 것이 갖춰져 있었다.

우리의 감동은 여기에서 끝나지 않았다. 방마다 있는 커다란 통유리 창에는 커다란 꽃무늬 모양의 커튼이 걸려 있었다. 시골 장터에서 볼 법한 원색의 꽃무늬 커튼이 정겹게도 느껴졌는데 자세히 보고 있으려니 나름대로 멋스럽기도 한 커튼이었다. 나중에 알고 보니 핀란드 유명 브랜드 마리메꼬(Marimekko)의 디자인이었다. 네 개의 침대는 각각 하얀 시트로 감싸져 있어서 깨끗했고 그 위에 살포시 얹어놓은 이불은 따뜻해 보였다. 특히 아이들 이불은 선명한 오렌지와 연두색 바탕에 도트 무늬가 있어서 매우 예뻤다. 금방이라도 아이들의 추운 몸을 녹여줄 것만 같았고 우리는 입을 다물 수 없었다. 우리가 핀란드에 도착한 첫날이라 별 기대를 하지 않았고 당연히 불편한 잠자리가 될 것 같았는데, 모든 것은 완벽하게 준비되어 있었다. 마치, 북유럽 어느 동화 속 마을의 예쁜 펜션에 온 기분이었다. 불편을 느끼거나 낯설다고 여길 부분이 전혀 없을 만큼 아늑하고 예뻤다. 게다가 거실 한쪽에는 커다란 갓 전등이 은은한 분위기를 자아내고 있었다. 이렇게 따뜻한 환영을 받을 줄이야! 감동이고 정말 행복했다. 피터 부부의 사랑과 정성에 감탄이 절로 나왔다.

　우리는 피터가 준비해 놓은 음식으로 저녁을 맛있게 먹었다. 나는 장시간 비행기를 타고 온 터라 피곤이 몰려와 일찍 잠자리에 들었지만, 아이들은 시차가 바뀐 탓인지 좀처럼 자지 않았다. 새벽에 아이들은 아빠를 졸라 밖으로 나가더니 푹신하게 내려앉은 눈 위에서 신나게 놀았다. 눈밭에 누워 양손을 위아래로 펼치며 흔드니 누웠던 자국이 날갯짓하는 천사같이 보였다. 아들과 딸은 눈사람을 만들고 눈에서 뒹굴기도 하면서 그 밤이 새도록 실컷 놀았다. 남편도 아이들 곁에서 사진을 찍어 주며 같이 밤을 지새웠다.

4. 아들을 위한 스쿨택시

아들이 다니던 학교 앞

　한국에서 일 학년을 마치고 핀란드에 온 아들은 집에서 오 킬로미터쯤 떨어진 에뗄라 헤르반타 꼴루(Etelä-Hervannan koulu)에 들어갔다. 그곳은 교사들의 열정과 아름다운 주변 자연환경 덕에 지역 내에서도 좋은 학교로 정평이 나 있었다. 아들은 핀란드어 준비반에 배정되었다. 그 학급은 칠 세부터 십이 세까지 무학년제였고 각국에서 온 학생들이 함께 공부했다. 핀란드에 온 외국 학생은 의무적으로 핀란드어 준비반에 들어가야 했고, 그곳에서 일 년 과정을 수료한 후에야 일반학급에 편성되었다.

아들이 핀란드 학교에 전입한 다음 날, 학교에서 연락이 왔다. 이틀 후, 아들의 학교 적응을 돕기 위한 협의회가 있으니 참석하라고 했다. 나는 핀란드 선생님과 첫 만남을 앞두고 조금 긴장했고, 의미 있는 시간이 될 것 같아서 기대되기도 했다. 이틀 후, 약속한 오후 두 시에 아들의 학교에 갔다. 아들에게는 잠시 운동장에서 놀고 있으라고 하고 교실에 들어서는 순간, 교실 안에는 세 분이 있었다. 담임 선생님, 심리 전문가, 영어 통역사. 알고 보니 나를 위해 한국인 통역사를 모시고 싶었으나 탐페레에는 한국인 통역사가 없었기에 영어 통역사를 모셨다고 했다. 학교 방문 전, 학교에서 보낸 학부모 사전 조사 설문지에 사용하고 싶은 언어를 묻는 항목이 있었다. 나는 1지망은 한국어, 2지망은 영어라고 썼는데 학교에서 그 내용을 참고했다고 했다. 내가 보기에는 아들의 담임 선생님이 기본적인 영어를 구사했기에 별도의 통역사는 없어도 될 듯싶었다. 그러나 학교 규정상 통역사가 참석했고 우리의 대화를 도왔다.

그 자리에서 아들의 원활한 학교 적응을 돕기 위해 여러 가지 대화를 나누었다. 담임 선생님은 주로 아들이 핀란드 학교에 오게 된 경위, 성격 특성, 건강 상태 등에 관해 질문했다. 심리 전문가는 낯선 환경에 놓인 아들의 심리 상태와 정서적 지원이 필요한 부분이 있는지를 내게 물었다. 이렇게 한 명의 외국인 학생을 위해 세 명의 핀란드인이 관심을 보이고 경청하는 모습에 감동했다. 나는 그날 이후 자녀들이 경험할 핀란드 교육에 깊은 신뢰를 하게 되었다. 우리가 나눈 대화 중 가장 중요한 것은 스쿨택시 지원에 관한 것이었다. 우리 집에서 학교까지 버스로 여섯 정거장의 먼 거리였기에 통학을 도울 수단이 필요했다. 담임 선생님은 학생이 4.5km 이상의 통학 거리에 있는 경우 시청에서 스쿨택시가 지원된다고 했다. 학교와 집을 문전 연결해 주는 시스템이었다. 나는 그 말을 듣고 다시 한번 감동했다. 아들이 다니는 학교의 대부분 학생은 도보나 버스로 통학했는데, 아들이 스쿨택시를 이용한다는 것은 큰 혜택이었다. 이 나라가 한 명의 학생을 얼마만큼 소중히 여기는지 알 수 있었다. 협의회를 마치고 나니, 외국인 학부모로서 지녔던 긴장이 풀어지고 감사한 마음이 가득했다. 한국에서 십수 년을 교사로 살았는데 핀란드에서는 전적으로 외국인 학부모였다. 내 인생의 특별한 경험이 시작되었다. 그날 이후 아들의 담임 선생님과 자주 가정통신용 수첩에 손 편지를 주고받았다. 아들의 원만한 학교생활 적응을 돕기 위한 가정과 학교의 연계 지도는 우리가 귀국할 때까지 일 년 육 개월 동안 이어졌다. 세월이 많이 지났지만 나는 지금도 그 수첩을 소중히 간직하고 있다. 면담을 마치고 교실 밖으로 나오면서 앞으로 우리 아이들이 경험할 핀란드 교육이 기대되었다.

　학교 협의회에 다녀온 삼 일 후부터 아침마다 스쿨택시가 집 앞으로 왔고 매일 아들의 등하교를 지원했다. 집에서 학교까지 일반적인 택시비가 통상 오십 유로(한화 80,000원 정도)였는데 시청에서 제공하는 스쿨택시는 무상 지원을 받았다. 택시비가 워낙 비싸서 핀란드 현지인들도 어지간하면 타지 못했다. 아들은 학교의 관심과 지원 덕분에 전입 첫 주부터 편안하고 즐거운 마음으로 학교에 갔다. 집에 돌아오면 태국에서 온 짝꿍, 러시아에서 온 동생, 중국에서 온 친구와 함께 공부하고 활동한 이야기를 들려주었다. 생각보다 빠르게 적응해가는 아들을 보며 마음이 놓였다.

5. 핀란드 유치원 학부모회 활동

한국에서 유치원 여섯 살 반을 수료했던 딸은 미국인 선생님들이 운영하는 앤꾸(Enkku) 영어 유치원에 들어갔다. 탐페레시에는 핀란드어 유치원과 영어 유치원이 있었는데 부모는 아이의 필요에 맞게 선택할 수 있었다. 우리 부부는 딸을 위해 영어 유치원을 선택했다. 딸이 핀란드에서 영어 유치원에 들어간 것은 큰 유익이었다. 한국 같으면 비싼 학비를 내고 영어 유치원에 가야 할 텐데, 핀란드에서는 영어 유치원 수업료가 한국의 일반 유치원보다 더 저렴했다. 게다가 일 년 후에는 국민 기초교육인 프리스쿨 단계에 해당하기에, 무상교육을 지원받을 수 있었다. 딸의 유치원 담임인 메낀넨(Mrs. Makkinnen) 선생님은 뮤지컬 감독을 했던 분이라 아이들에게 실감 나는 연기 방법도 지도해 주었다.

유치원에서는 따로 협의회가 없었다. 나는 하원하는 딸을 데리러 갈 때마다 문 앞에서 미국인 담임 선생님을 만났다. 선생님은 그날 있었던 일 중에서 특이 사항이나 가정에서 참고할 만한 내용을 알려주셨다. 딸은 핀란드 영어 유치원에 들어간 뒤 쉽지 않은 상황을 맞았다. 그도 그럴 것이 수업 시간에는 선생님과 학생들 모두 영어를 사용했지만, 쉬는 시간에 놀 때는 아이들이 핀란드말을 사용했다. 딸은 한국에 있을 때 영어 선행학습을 안 했다. 가뜩이나 영어 수업을 따라가는 것이 힘든 데, 놀이시간에 핀란드어를 사용하니 두 배로 힘들었다. 딸은 핀란드 급우들과 어울리는 게 쉽지 않았다. 그런데도 아이는 단 한 번도 유치원에 안 가겠다고 떼쓰거나 투정부리지 않았다. 아침마다 일찍 일어나서 가방을 챙기고 아빠 손을 잡은 채, 유치원으로 향하는 13번 버스를 탔다. 남편은 매일 아침, 시내에 있는 유치원에 딸을 데려다주고 학교로 향했다. 바쁜 중에도 가족 사랑과 돌봄에 최선을 다한 남편이 고맙다.

어느 날, 휴대전화 문자를 받았다. 딸의 유치원에서 학부모 회의를 한다고 초청하는 문자였다. 나는 한국의 학부모 모임을 떠올리며 약간의 긴장과 설렘, 호기심을 안고 모임에 나갔다. 알고 보니 학부모 임원을 맡은 핀란드 엄마들만 모여 있었다. 그들은 용기를 내어 그 자리에 나온 나를 반겨주었고 같이 활동하자며 권유했다. 어색해하는 나에게, 함께할 수 있어서 기쁘다고 말하며 미소 지었다. 나는 이들의 따뜻한 환대에 마음이 열렸고 결국, 한국으로 귀국할 때까지 딸의 유치원, 프리스쿨 학부모회 활동에 참여했다. 그 엄마들 덕분에 핀란드 학부모의 교육관과 학교를 대하는 자세, 교육 공동체를 세워가는 다양한 활동들을 알 수 있었다. 그들과 함께했기에 나의 핀란드 생활은 한층 더 풍요로웠다. 딸이 유치원과 프리스쿨을 거치는 동안 학부모 행사도 다양했다. 주로 운영 자금을 마련하기 위한 후원회를 개최했는데, 학기 중에는 음식을 만들어서 바자회처럼 운영하기도 했다. 특히 기억에 남는 것은 내가 만든 음식을 판매한 경험이다. 프리스쿨일 학기 가을 바자회에서 나는 현지에서 배운 방법으로 파인애플 코코넛 케이크를 만들어 팔았다. 내가 만든 케이크 열두 조각을 모두 팔았을 때 어찌나 기쁘던지! 학부모회에서 연말 송년 파티를 할 때도 참석해서 함께 교제했다. 그 모임에서 나를 제외하고는 모두 핀란드 엄마들이었다. 앤꾸 영어 유치원과 프리스쿨에는 우리 딸 이외에도 외국에서 온 학생이 여럿 있었다. 그러나 그 학부모 모임에 참석하는 외국인 엄마는 나 혼자였다. 나는 전혀 어색하거나 불편하지 않았다. 나에게 있어서 앤꾸 유치원 학부모회 활동은 매우 소중하고 의미 있는 시간이었다. 한국에서는 학부모회 활동을 해본 적이 없는데 핀란드에서 처음이자 마지막으로 학부모회 활동을 했다. 핀란드 엄마들은 항상 내게 친절했고 우호적이어서 마음이 편했다. 우리는 자녀 교육이라는 공통의 과제 앞에서 일종의 동지애를 느꼈다. 지금은 어디서 무엇을 하고 있을지, 그때 그 엄마들이 문득 보고 싶다. 내가 어색해하지 않도록 먼저 다가와서 말을 걸어주고, 친절하게 설명해 주었던 핀란드 엄마들의 정겨운 눈빛이 떠오른다.

6. 그때 그곳, 선물처럼 찾아온 만남

핀란드에 도착해서 이주쯤 지나 우리 가정은 어느 한국인 가정에 초대받았다. 바로 사 년 전, 남편과 같은 유학 프로그램에 선발되어 핀란드에 온 이 선생님 가정이었다. 이 선생님은 한국에서 일산에 살았고, 영어 관련 교육 일을 했다고 했다. 당시에는 남편이 유학 중인 탐페레 대학에서 박사 과정을 공부하고 있었다. 그 가정에는 아들이 둘 있었는데, 마침 첫째가 나의 아들과 동갑이었다. 초대받은 날 그 집에 도착했을 때, 이 선생님의 큰아들 지환이가 검정 실내복을 입고 이 층 계단에 마중 나와 있었다. 선한 눈매에 활짝 웃는 얼굴이 너무 귀여웠고, 입고 있던 검은색 실내복이 유난히도 뽀얀 아이의 얼굴에 잘 어울렸다. 처음 보는데도 예전부터 알던 조카를 만난 듯 반가웠다.

집에 들어선 우리는 깜짝 놀랐고, 핀란드에 처음 도착한 날만큼이나 감동했다. 거실에 놓인 식탁에는 한 상 가득, 정말 상다리가 부러질 만큼 온갖 음식이 종류별로 다 있었다. 이 선생님 가정도 유학 중이라 절약해야 했을 텐데, 마치 VIP를 맞이하듯, 온 정성을 다해 준비한 그 손길에 감동하지 않을 수 없었다. 맛있게 먹고 많은 대화를 나누면서 이 가정과 앞으로 좋은 이웃이 될 거라는 예감이 들었다. 그 느낌은 옳았다. 그날 이후로 십수 년이 지난 지금까지도, 한국과 핀란드라는 공간을 넘어서 우리의 우정은 깊어지고 있다. 이 선생님 부부는 먼저 와서 정착한 선배답게 현지의 유익한 정보를 많이 알려주었다. 우리는 다양한 주제로 대화하느라 시간 가는 줄 몰랐다. 한국의 교육 이야기부터 시작해서 핀란드의 학교 이야기, 아이들 교육, 현지 문화 등. 그 가정을 만난 후, 우리 가족의 핀란드 생활은 더욱 풍요해졌다. 이 선생님의 아내는 선량해 보이는 얼굴에 성품이 온화하고 겸손했고, 만나면 만날수록 내면이 아름다운 사람이라는 생각이 들었다. 그녀는 여러 면에서 지혜롭고 성실했으며 내가 현지에 적응하는 데 큰 도움을 주었다. 그녀는 마치 걸어 다니는 백과사전 같았다. 아이들 학교, 교육 환경, 현지인의 특성, 시장, 백화점, 놀이 문화, 음식, 한인사회 등 무엇이든지 물어보면 모르는 게 없었다. 때로는 내게 먼저 연락해서 알아 두면 도움이 되는 생활 정보를 알려주었다. 덕분에 나는 핀란드 생활에 빠르게 적응할 수 있었고 고마운 마음에 수제 케이크를 만들어 선물하기도 했다. 아이들의 우정도 서로 아름답게 쌓여갔다.

우리 가족은 주일이 되면 '펜타코스타 처치(Pentacosta Church)'에 다녔다. 지역에서 꽤 큰 교회였는데 탐페레 시내 중심부 알렉산드리아 거리에 있었다. 오전에는 핀란드 목사님이 핀란드어로 현지인 대상 설교를 했고 오후 세 시에는 우리처럼 유학생이나 탐페레에 거주하는 외국인들을 위한 영어 예배가 있었다. 교회에서는 '인터내셔널 서비스(International service)'라고 불렀다. 처음에는 온 식구가 함께 예배를 드렸는데 얼마 후부터 아이들을 위한 오후 영어 주일학교가 열렸다. 핀란드인 라우라 여선생님이 지도해 주었다. 그분은 우리 아이들을 많이 사랑해 줬다. 아이들은 세계 여러 나라에서 온 친구들과 함께 성경 공부를 하고 줄넘기, 그리기, 만들기와 같은 다양한 활동을 했다. 예배를 마치면 지하 일 층 식당에 가서 교회에서 준비해 준 간식과 음료, 커피 등을 마시며 친교 시간을 가지고는 했다. 나는 그 시간을 무척 좋아했다. 그 자리에서 한국에서 온 교환 학생을 만나거나 한국인 가정을 만났다. 핀란드에 거주하는 한국인은 많지 않았는데 탐페레는 헬싱키에 비해 그 숫자가 더 적었다. 하지만 이 시간만큼은 한국인 이웃을 많이 만날 수 있어서 반가웠다.

핀란드에 체류한 지 삼 개월 정도 지났을 무렵, 교회에서 한국에서 온 음악인 가정을 만났다. 그 가정은 딸이 둘이었는데 큰딸인 해나(가명)는 우리 딸보다 한 살 어렸고 아이들은 만나자마자 금방 친해졌다. 해나 아빠는 유아 시절 캐나다에 이민 간 교포인데, 한국말보다 영어가 익숙했지만, 한국어로 소통하는 데 어려움은 없었다. 그는 미국의 명문 음대를 나온 바이올린 수재로서, 한국인이라는 긍지가 컸다. 전 세계를 다니면 공연 활동을 했는데 마침, 탐페레시 교향악단의 초빙을 받고 핀란드에 왔다. 탐페레에 오기 전, 한국에서 유명 교향악단에서 활동했다고 했다. 그 아내도 미국에서 유학한 첼리스트였는데 두 사람은 음악 활동을 하면서 만났다고 했다. 매주 교회에서 그 가정을 만나면서 차츰 친해졌고 아이들끼리도 잘 어울렸다. 얼마 지나지 않아 우리는 그 가정을 집으로 초대했고, 최대한 정성껏 음식을 준비했다. 우리는 서로 식탁 교제를 나누며 즐거운 시간을 가졌다. 사랑은 사랑을 낳는가 보다. 이 선생님 댁에서 받았던 따뜻한 사랑을 기억하며 우리도 그 가정을 환영해 주고 싶었다. 교회에서 잠깐 만날 때보다 더 친밀하고 풍성한 대화를 나누었고, 이후 두 가정은 이전보다 가까운 사이가 되었다. 후에 우리가 귀국할 때 한국에서 어렵게 가져왔던 어린이책을 그 딸들에게 많이 주고 왔다. 나중에 한국에서 두 가족이 만난 적이 있는데 책을 주어서 고마웠다면서 우리 가족에게 저녁 식사를 대접했다.

　해나 엄마와 나는 자녀들을 위해 서로 품앗이 교육을 해주기로 했다. 해나 엄마는 자신의 딸이 한국 학교에 다닌 적이 없어서 아쉬워했고, 나의 딸은 그때 마침 피아노를 배우고 싶어 했다. 내가 먼저 해나 엄마에게 제안했다. 나는 해나에게 한국 교과서를 가지고 초등 일학년 국어 수업을 해주고, 해나 엄마는 나의 딸에게 피아노를 가르쳐 주기로 했다. 해나네 집 거실에는 해나 엄마가 어릴 때부터 사용한 피아노가 있었다. 핀란드로 오기 전, 한국에서 미리 컨테이너에 넣어서 배로 부쳤다고 했다. 매주 금요일 세 시, 우리는 해나네 집에서 만났다. 먼저 해나와 딸이 나란히 앉아 나에게 국어 수업을 오십 분 정도 받았다. 쉬는 시간에 잠시 간식을 먹은 후, 해나 엄마는 나의 딸에게 피아노를 가르쳤다. 나는 그 시간에 해나에게 보충 지도를 했다. 이렇게 해서 딸은 핀란드에서 피아노를 배울 수 있었다. 연습할 때는 탐페레시 중앙 도서관 메쪼(Metso KirJasto)에 있는 피아노실을 예약해서 연습하고는 했다. 해나 엄마는 전문 음악인답게 피아노 운지법부터 시작해서 기초를 하나하나 잘 가르쳐주었다. 참 의미 있고 유익한 경험이었다. 엄마들의 노력으로 자녀들의 교육 공백을 메워 줄 수 있었기에 우리는 보람을 느꼈다.

오 개월 정도 지속한 품앗이 교육을 통해 아이들과 엄마들 모두 더 친하게 지냈다. 해나 엄마는 해외 유학파답게 진취적이고 매사에 적극적이어서 어떤 일을 추진하는 데 뛰어난 능력을 발휘했다. 연말에는 아예 해나 집에 모여서 한인 가정들끼리 단합대회를 하기도 했다. 지환이네까지 모두세 가정이 모여서 음식을 나눠 먹고 아이들도 즐겁게 놀았던 추억이 생생하다. 심지어 해나 엄마가 끓여준 떡국을 먹고 세 쌍의 부부가 서로 맞절을하며 설을 맞이하는 추억도 가졌다. 나중에 우리 가정이 한국에 들어오기전, 해나 엄마의 제안으로 아이들과 함께 탐페레 근교 공원으로 피크닉을가서 송별파티를 하기도 했다. 지나고 나니 참 고마운 만남이었다. 해나 아빠는 아이스하키를 매우 좋아했는데 우리 아들이 아이스하키 배우는 것을알고 반가워했다. 어느 날, 탐페레에서 열린 핀란드 아이스하키 챔피언십경기 관람에 우리 아들을 초대해서 자신의 딸과 함께 보여주었다.

탐페레에는 '탐페레 탈로(Tampere Talo)'라는 공연장이 있었다. 한국의 예술의 전당 같은 곳인데, 버스를 타고 오가며 매일 그곳을 지날 때마다한번 가보고 싶었다. 하지만 유학생 신분에 그럴 만한 여유가 없었다. 그런데 해나 아빠 덕분에 연주를 관람할 기회가 여러 번 있었다. 해나 아빠는탐페레 교향악단의 단원이었기에 탐페레 탈로는 그가 자주 서는 무대였다.

본인의 연주회에 초대하는가 하면, 어느 날은 외국에서 온 세계적인 비올라리스트의 공연 초대장을 선물하기도 했다. 공연을 마치고 해나 아빠, 엄마와 함께 그 연주자와 대화할 기회가 있었다. 그가 한 말 중에 비올라가 워낙 고가라서 공항에서 이동할 때는 악기를 앞으로 멘다고 했던 것이 기억난다. 장한나의 첼로 공연을 탐페레 탈로에서 관람한 것도 해나 아빠 덕분이었다. 마침 이때 헬싱키의 주핀란드 대사관에서 대사님 부부도 오셔서 공연을 관람했다. 대사님이 공연이 끝난 후, 장한나와 한인 교포들을 위해 저녁 뷔페를 준비해 주셔서 뜻깊은 추억이 되었다. 탐페레 탈로를 볼 때마다 한 번쯤 가보고 싶다고 생각했을 뿐인데, 이렇게 좋은 시간을 갖게 되어서 기뻤다.

7. 고마운 친구들 피터, 유하니, 레나

　피터 가정과의 교제는 핀란드에 거주하는 내내 이어졌다. 핀란드 사람들은 한번 친해지기는 어렵지만 일단 신뢰 관계가 형성되면 아낌없이 배려하고 나눈다고 들었다. 피터의 가정이 그랬다. 피터는 사실 남편보다 나이가 열세 살 아래였다. 두 아들을 둔 아직 이십 대 젊은 아빠였다. 그러나 한국에서 받은 호의를 마음 깊이 기억하며 우리가 현지에서 지내는 동안 여러 면에서 큰 도움을 주었다. 공항에 마중 나왔고 우리가 현지에서 더 큰 집으로 이사할 때 장인의 트레일러가 달린 이삿짐 차를 가져와서 이사를 시켜주었으며 우리 가족이 핀란드를 떠나올 때 마지막까지 배웅한 사람이 피터였다.

　피터는 우리의 실질적인 필요를 많이 채워주었다. 우리 가족은 핀란드에 오래 거주할 것이 아니어서, 필요한 물건은 할 수 있으면 빌려 쓰거나 중고로 살 때가 많았다. 가령 주방용품이나 자전거 같은 생활용품들. 피터는 종종 우리의 필요를 예상해서 먼저 물어볼 때가 많았다. 우리 부부가 사용할 만한 스케이트를 빌려주기도 했다. 남편이 포르투갈로 혼자 공부하러 가 있는 동안 우리 아이들을 실내 놀이동산에 데려가 준 사람도 피터와 그의 아내 수잔나였다. 크리스마스 시즌에 남편이 포르투갈에서 돌아왔을 때는 자신의 집으로 우리 가족을 초대해서 크리스마스 홈파티를 해줬다. 뿐만이 아니다. 핀란드인이 가장 행복해하는 시간이 핀란드 여름 별장인 코티지 (Cottage) 생활이라고 한다. 코티지에는 주로 사우나와 호수가 같이 있어 서 낮에는 호수에서 수영하거나 보트를 탄다. 저녁에는 사우나를 하고 뒤 뜰에서는 베리를 따서 주스를 만들어 먹고 그릴에 바비큐를 해 먹는 낭만 적인 휴가 방식이라고 한다. 이런 코티지 생활은 핀란드인의 생활방식이기 에 현지인이 아니면 경험하기 어렵다. 우리보다 몇 년이나 먼저 와 있던 한 인 가정들도 코티지는 경험하지 못했다고 했다. 그런데, 피터와 수잔나 부 부는 우리 가정을 코티지로 불러서 일박 이일의 휴식을 선물해 주었다. 장 소는 수잔나의 할머니 소유 코티지였다. 그 시간이 마치 천국에 온 듯이 행 복하고 아름다운 날들이었다. 우리 식구는 피터가 준비해 준 가족 보트에 올라 호수를 둘러보고 낚시를 하며 놀았다. 뒤뜰에 베리도 많이 따 먹고 지 녁에는 특별히 준비해 준 바비큐 파티를 즐겼다. 이튿날 아침에 일어나니 수잔나 할머니께서 핀란드 전통식으로 한 상 가득 차려주셔서 정말 맛있게 먹었다. 오후에는 수잔나 부모님 댁, 넓은 잔디밭에서 부모님이 키우는 큰 개와 함께 아이들이 뛰놀았다. 이어서 근처의 호수에 가서 수영하며 놀았 다. 호수에는 큰 미끄럼틀이 있어서 미끄럼을 타고 내려가면 곧바로 호수로 이어졌다. 한국에서는 보지 못하는 진풍경이 신기했다. 핀란드가 호수가 많은 나라인 것은 알았지만 이렇게 미끄럼틀까지 놓여 있는 줄은 몰랐다.

그만큼 아이들을 사랑하는 나라임을 알았다. 아이들은 미끄럼틀과 호수를 오가며 신나게 놀았다. 코티지에서 꿈같은 일박 이일을 보냈다. 현지인 친구를 통해 누린 그 시간은 세월이 지나도 고맙기 그지없다. 사람이 한번 마음을 열면, 정말 그 친절과 사랑에 감격하게 되는 것 같다. 오랫동안 연락하지 못한 피터와 수잔나 부부가 지금은 어떻게 지내고 있을지 궁금하다.

호수의 미끄럼틀

유하니(Juhani) 선교사님은 남편의 소개로 알게 된 현지인 선교사님이다. 탐페레 OM 선교회에서 활동했다. 매주 금요일, OM 사무실에서 유학생을 위한 모임이 있었다. 유학생들의 적응을 돕기 위해 선교사님이 봉사했다. 원래는 학생들 대상으로 운영했는데 남편이 나에게 현지 사람들과 어울리면서 영어도 배울 겸 같이 해보라고 해서 참여했다. 그 시간에는 읽은 책에 대해 각자의 생각을 나누면서 티타임을 가졌다. 처음에는 영어로 표현하는 것에 어려움을 느끼고 그만둘까도 생각했다. 그러자 남편은 처음에는 다 그렇다고 하면서 그럴수록 더 열심히 나가라고 했다. 적응하는 과정이라면서 나를 격려했다. 그 말에 힘입어 한 번도 빠지지 않고 참석했다. 함께 참여한 다른 유학생들은 모두 영어를 잘했다. 독일에서 온 헨리, 아프리카에서 온 크리스틴. 핀란드 여학생 헤이디, 그 이외에도 잘 기억나지 않는 사람들까지 모두 영어에 능통했다. 하지만 나는 그때까지 대입학력고사를 잘 보려고 공부한 것과 대학 교양 시간에 공부한 영어가 전부였기에 외국인과 말할 기회가 없었다. 핀란드에 간 뒤에야 남편의 유학 동기들을 만나거나 자녀의 선생님과 대화하면서 영어를 사용하기 시작했다. 사정이 이렇다 보니 외국인들과 모임을 하는 게 쉽지 않았다. 영어 표현이 생각나지 않을 때, 바디 랭귀지를 사용하거나 종이에 그림을 그리면서 소통하기도 했다. 그들은 인내심을 갖고 나를 기다려주었고 오히려 더 친절하게 대해 줬다. 어느새 그들과 함께하는 금요일 저녁이 기다려졌다. OM 사무실 문을 열고 들어갈 때 기대감이 커지기 시작했다. 특히 유히니 선교시님은 영어를 사용할 때, 알아듣기 쉬운 표현으로 핵심을 잘 전달해 주었다. 그분 덕분에 나의 영어 실력도 하루하루 발전해 갔다. 독일에서 온 헨리가 말을 빠르게 해서 좀 불편했는데 언제부터인가 그가 하는 말도 귀에 잘 들렸다. 나는 시간이 지나면서 영어로 소통하는 것에 편해졌고 즐기게 되었다. 남편의 용기에 힘입어 꾸준히 출석한 결과, 나중에는 나의 생활에 없어서는 안 되는 가장 중요한 루틴이 되었다. 선교사님 가정을 우리 집에 초대해서 함께 교제했다. 나는 한국에서 공수해 온 당면으로 만든 잡채와 불고기, 부침개를 대접했는데 선교사님 가족은 매우 맛있게 먹으면서 즐거워했다. 그 후 한 달쯤 지나서 크리스마스가 다가올 무렵, 우리 가족은 선교사님 댁에 초대받았다. 그 집은 핀란드 전통 목조가옥이었는데 그림같이 예쁜 집이 숲속에 있었다. 국가로부터 장기 임대를 받아서 경제적 부담이 적다고 했다. 부인 사라 사모님은 예쁜 촛대가 분위기 있게 놓인 식탁에서 우리 가족을 위해 정성껏 음식을 준비해 주었다. 맛있게 먹고 교제하면서 즐거운 시간을 가졌다. 크리스마스 시즌에는 선교사님의 사무실에서 모여 예배드리고 선물 교환과 게임을 하며 행복한 시간을 가졌다. 귀국 직전 어느 주말, 선교사님 부부는 우리 가족을 자신들의 차에 태우고 핀란드에서도 경관이 빼어난 '루이베시(Luivesi)' 호수로 데려가 주었다. 그곳에서 호수를 보면서 그릴에 구워 먹은 소시지와 샌드위치, 커피의 맛을 잊을 수 없다. 지금도 그 사진을 보면 아름다웠던 그날의 추억이 또렷이 기억난다. 중학교 이학년 때 보았던 바로 그 장면이 펼쳐졌다. 숲과 호수가 어우러진 풍경을 보면서 좋은 사람들과 먹고 마시던 그 시간. 생각만 해도 마음이 따뜻해진다. 지금은 어디서 무엇을 하실까? 많은 이웃에게 사랑을 전하고 계시리라. 우리가 떠나올 때 사라 사모님은 내게 손수 양털로 만든 액자를 선물했다. 참 고맙고 그리운 분들이다.

레나(Lena)와 야리(Jari)는 우리 집 루꼰마끼 마을, 같은 아파트에 살던 이웃이다. 어느 날 내가 아파트(사실 아파트라기보다는 TOAS 그룹에서 운영하는 오 층짜리 연립 주택 같은 형태였다.) 텃밭에서 감자를 심고 있었는데 레나가 내게 먼저 말을 걸었다. 눈이 사슴 같고 피부가 하얀 금발의 여성이었다. 레나는 자신을 소개하면서 며칠 전부터 내가 텃밭 가꾸는 것을 보았다면서 친구로 지내고 싶다고 했다. 그날 이후 우리는 사이좋은 이웃 친구가 되었다. 레나의 남편 야리는 장애인이어서 휠체어에 앉아 생활했지만, 음악 밴드 활동을 하는 뮤지션이었다. 두 사람은 아이들을 무척 좋아해서 우리 아들과 딸을 집으로 초대해서 〈스타워즈〉 영화를 보여주고 간식을 챙겨주기도 했다. 나는 레나를 불러서 한국 음식을 대접하기도 하고 김밥 만드는 방법을 알려주면서 친하게 지냈다. 레나는 손재주가 좋았고 참 친절했다. 나는 그녀로부터 텃밭을 잘 가꾸는 방법을 배웠고 피자와 머핀 만드는 법을 배웠다. 덕분에 머핀을 거의 하루건너 한 번씩은 구운 것 같다. 나는 그중에서도 블루베리 머핀을 좋아했다. 팔 구짜리 머핀 틀을 오븐에서 갓 꺼내면 아들이 얼른 다가와서 그 자리에서 세 개 정도 먹고는 했다. 아들이 맛있게 먹는 모습을 보면 그렇게 흐뭇할 수가 없었다. 레나에게 딸기 듬뿍 올린 수제 케이크 만드는 것을 배우기도 했다. 레나가 자신의 생일에 초대해서 갔는데 맛있어도 그렇게 맛있을 수 없는, 세상에서 처음 먹어보는 딸기 케이크를 준비한 것이다. 제철 딸기를 아낌없이 층층이 넣고, 촉촉한 빵 도우에 생크림을 신선하게 바른 그 케이크의 맛을 우리 식구 모두는 잊지 못한다. 나는 레나에게 레시피를 배워서 해보았다. 레나가 옆에서 도와주어서 나도 만들 수 있었다. 하지만 레나의 것만은 못했다. 그 이후 난 케이크 만드는 재미에 흠뻑 빠져서 아들 생일에도 초콜릿 케이크를 만들어주었고 딸의 유치원 자선행사에도 코코넛 케이크를 만들어서 팔았다. 지환 엄마 11월 생일에 수제 케이크를 선물할 수 있었던 것도 이때 배운 솜씨 덕분이었다. 레나는 뜨개질도 잘했다. 목도리, 양말 등을 손수 짜서 착용하는 현지인들이 많았다. 그들에게 베이킹과 손뜨개질은 일상이었다. 학교 교육과정에도 뜨개질을 기초 과목에 넣을 정도였다. 나는 목도리와 모자를 식구 수대로 짰다. 버스에 올라서도 뜨개질을 하다가 정거장을 놓칠 뻔한 적도 있다. 뜨개질의 매력에 흠뻑 빠져서 시간 가는 줄 모르고 그렇게 행복한 일상을 보냈다. 나는 레나를 통해 핀란드 현지의 일상에서 필요한 것들을 배울 수 있었고 그 사회의 면면에 관한 토론도 자주 했다. 우리의 대화 중에 레나가 내려준 커피는 정말 맛있었다. 레나는 탐페레 대학 언론대학원 석사과정에 있었다. 참 착하고 심성이 고운 사람이었다. 내가 시내에 버스 타고 나가서 장을 보는 동안 우리 아이들을 자신의 집에 데려가서 만화를 보여주고 내가 올 때까지 마음 편히 머물도록 돌봐준 고마운 이웃이다. 레나는 우리가 귀국하기 며칠 전 우리가 비행기 타고 떠나는 꿈을 꾸었다면서 울먹이기도 했다. 핀란드를 떠나던 마지막 날 아침, 아파트 문을 닫고 나올 때 내 곁에는 레나가 있었다. 아침 일찍부터 와서 짐 싸는 것도 도와주고 뒷정리를 도와준 의리 있는 친구이다. 귀국한 후 그해 크리스마스에 레나는 손수 털실로 짠 우리 부부의 양말과 아이들 장난감을 선물로 보내왔다. 참 그리운 친구다.

이외에도 많은 사람과의 만남과 사귐이 있었다. 그곳에는 사람이 있었다. 좋은 사람들, 착한 사람들, 내게 많은 가르침과 조건 없는 친절을 베푼 사람들. 그 사람들이 있었기에 핀란드에서의 생활이 행복했고 의미 있었으며 풍요로웠다. 몸과 마음, 영혼이 매일매일 행복으로 채워졌던 까닭은 그 사람들이 그곳에 있었기 때문이다. 그들이 새삼 그립다.

8. 세상에 단 하나뿐인 이글루

우리가 살았던 루꼰마끼 아파트 앞에는 놀이터가 있었다. 그 안에 그네와 미끄럼틀, 모래 놀이할 수 있는 커다란 모래 상자도 있었다. 그런데 우리 아파트는 대부분 유학생이나 교환 학생, 핀란드의 젊은 사람들이 주로 모여 사는 곳이었다. 그러다 보니 자녀가 있는 집은 우리 가정뿐이었다. 덕분에 우리 아들과 딸은 마치, 전세라도 낸 것처럼 그 놀이터를 전용으로 사용했다. 나는 세상의 그 어떤 화려한 저택도 부럽지 않았다. 우리 집은 일층이었는데 현관문을 열고 나가면, 바로 눈앞에 놀이터가 있었다. 그 놀이터를 볼 때마다 감사가 절로 나왔고 행복했다. 지나가던 젊은 이웃들은 우리 아이들의 뛰노는 모습과 웃는 소리에 미소 짓고는 했다. 아파트에서 우리 아이들을 모르는 사람이 없을 정도였다. 한번은 유학을 마치고 본국으로 돌아가던 오스트리아 여대생들이 우리 집을 찾아와서 아이들 선물을 주고 간 적도 있다. 아이들은 틈만 나면, 놀이터에 나가서 놀았고 그곳은 아이들에게 꿈의 공간이었다. 그 안에서 눈과 모래를 이용해서 할 수 있는 놀이는 다 했다. 때로는 우리 아이들이 나랑 놀고, 어떤 때는 동네에서 모여

든 아이들과 놀았다.

루꼰마끼 우리 집 앞, 놀이터

딸은 놀이터를 어찌나 좋아하는지 여름에는 수영복을 입고 놀았다. 수영복을 입고 그네를 타며 바람에 머리가 찰랑찰랑 날렸다. 우리 아이들은 날마다 그 넓은 놀이터에서 몇 시간이고 놀았다. 한 평 정도의 모래 상자에는 질 좋은 모래가 담겨 있어서 모래 놀이를 실컷 했다. 어떤 때는 모래 케이크를 만들고 그 위에 눈과 나뭇잎으로 장식했다. 주변의 나뭇가지를 모아 모래 위에 집을 만들기도 했다. 모래를 이용한 놀이는 셀 수 없이 많았다. 날씨가 좋은 날에는 미끄럼틀 아래에 나뭇잎을 엮어서 커튼을 만들고, 집처럼 꾸몄다. 바닥에 돗자리를 깔고 그 안에서 간식을 먹고 책도 읽는가 하면, 친구들과 그 안에 들어가 앉아서 놀기도 했다. 아이들의 놀이는 무궁무진했다. 교과서에도 없고 알려주지도 않았는데 참 다양한 방법으로 신나게 놀았다. 한번은 아직 눈이 녹지 않은 겨울의 끝자락에 아이들과 함께 놀이터에서 술래잡기했다. 물총을 들고 미끄럼틀 위로 피하던 아들이 흥에 겨웠는지, 내게 물총을 진짜로 쏘는 바람에 화를 냈다. 그때는 너무 추웠으니까.

  루꼰마끼에 사는 동안, 평생 볼 눈을 거의 다 보았다고 해도 과언이 아니다. 우리가 도착했을 때는 일월이라 한겨울이었다. 언덕에서 눈썰매를 타면서 즐거워하는 아이들을 보면 나도 행복했다. 어떤 때는 내가 언덕에서 아들과 함께 나란히 손을 잡고 썰매를 타기도 했다. 우리 동네에는 헤르반타 스키장이 있었다. 규모는 작았지만, 마을 한가운데 스키장이 있는 곳이 흔하지는 않았기에 마을 사람에게는 큰 혜택이었다. 먼 곳에서도 차를 타고 와서 이용했다. 스키 시즌 끝 무렵에 아들이 헤르반타 스키장에 핀란드 친구랑 가서 눈썰매를 탔다. 내려오는 기분이 짜릿했다고 한다. 나는 그 사실을 나중에서야 알았다. 스키장인데 아마 폐장한 상태에서 겨울의 끝자락, 이른 봄에 간 모양이었다. 그 썰매를 타기 위해, 걸어서 올라가 정상에서 눈썰매로 내려오고는 했다고 한다. 그 정상 부근에서 얼음이 녹아 내려오는 물을 손으로 받아 마시기도 했다고 한다. 빙하수란 말인가? 스키장 썰매를 타다니, 대단하다. 스키장에 가서 썰매 타는 것은 위험하니까 하지 말라고 말했는데 마침 그 무렵 스키장 주인이 알고 더 이상 못하게 했다고 한다. 아들은 정말 즐겁게 놀았다. 눈이 보통은 사월 말까지 녹지 않고 쌓여 있었다. 아들은 눈을 가지고 실컷 놀았다. 자기의 키보다 더 큰 삼 단 눈

사람을 만들어 끌어안고 논 적도 있다. 아들이 좋아하던 또 다른 눈놀이는 주방에 있던 락앤락 그릇에 눈을 담아 눈 벽돌을 만드는 것이었다. 그렇게 만들어진 블록들을 길게 쌓아서 눈 침대를 만들고는 그 위에 누워서 놀았다. 나는 옆에서 같이 블록을 만들어주었다.

눈은 사월에도 아들의 허리까지 쌓여 있을 만큼 많이 내렸고 또 오랫동안 녹지도 않았다. 사정이 이러다 보니 핀란드의 아이들은 눈과 친하고 눈에서 놀며 눈을 가지고 놀았다. 그렇기에 핀란드 부모들은 아이가 태어나면 아주 어린 아기 시절부터 아기 바구니에 넣어서 추운 베란다에 둔다. 핀란드의 추운 날씨에 어려서부터 적응하라는 것이다. 나도 이웃인 소피아(Sophia) 집에 놀러 갔을 때 그 모습을 보고 놀란 적이 있다. 소피아네 집에서 한참 커피와 쿠키를 즐기며 대화하던 중이었다. 소피아가 갑자기 양해를 구하고 일어나더니 베란다에 나가서 무엇인가를 들고 왔다. 알고 보니 이제 육 개월 갓 넘은 아기가 누워 있는 아기 바구니를 베란다에 두었다가 가지고 들어오는 것이었다. 아기는 잠자고 있었다. 물론 따뜻한 옷을 입혀놓기는 했으나 얼굴은 추운 날씨에 그대로 노출이 된 상태였다. 추운 날씨에 적응하고 면역력을 기르기 위해 오히려 추운 날씨와 친해지라고 그런다는 것이다. 듣기만 하던 것을 직접 보니 신기하기도 했다. 핀란드인들은 이렇게 긴 겨울과 눈을 오히려 자기네 나라의 특징으로 인정하고 그 안에서 살아가는 방법을 터득했다.

도착한 첫해 삼월쯤인가 나는 학교에서 오는 아들을 맞이하며 무엇인가 즐겁게 해주고 싶었다. 집에 왔을 때 엄마의 환영하는 마음을 눈으로 표현하기로 했다. 집 앞 놀이터에는 우리 아이들이 겨우내 내린 눈으로 눈사람을 만들고 눈싸움도 해서 다른 곳처럼 허리까지 쌓이지는 않았다. 그러나 여전히 적지 않은 눈은 있었다. 이 눈을 모아 이글루를 만들기로 했다. 먼저 눈을 모아 뭉쳐서 바닥에 반원형의 지대를 만들었다. 그 지대 위에 하나씩 눈을 뭉쳐서 손으로 꼭 쥐어 모양을 만들면서 쌓아 올렸다. 얼마나 시간이 흘렀을까? 마침내 사람 한 명이 들어가 앉을 만한 크기의 작은 이글루가 완성되었다. 이글루 표면에 물감을 짜서 눈에 문지르니 그러데이션 효과를 내면서 연하게 푸르스름하고 보랏빛이 도는 빛깔을 연출했다. 그것은 세상에 하나뿐인 이글루였고 내가 보아도 잘 만들었다. 나는 아들이 집에 오는 시간에 맞추어 갓 오븐에서 꺼낸 소시지를 식지 않도록 그릇에 잘 담아서 넣어 두었다. 학교에서 돌아온 아들을 맞이하며 가방을 멘 채 이글루로 안내했다. 아들은 좋아서 어찌할 줄 몰랐다. 그 안에서 찍은 추억의 사진은 지금 보아도 너무 사랑스럽다. 앞니가 빠진 아홉 살 아들이 이글루 안에서 활짝 웃고 있었다. 아들은 소시지를 게 눈 감추듯 얼른 먹고는 매우 즐거워했다. 그 뒤로 나는 아침에 등교하는 아들에게 집에 올 때는 이글루에 먼저 들르라고 말해주었다. 계속되는 영하의 날씨에 우리의 이글루는 한동안 그 자리에 그렇게 있었다. 나는 종종 학교에서 돌아오는 아들을 위해, 이글루 안에 갓 구운 소시지를 넣어두었다. 딸에게는 버스를 타고 가서 유치원에서 데려와야 했기에 그런 추억을 만들어주지 못했다. 버스로 오고 가는 동안, 영하의 추운 날씨에 소시지가 식었기 때문이다. 하지만 딸은 엄마가 이글루 만드는 장면을 옆에서 지켜보았으니 평생 추억이 되지 않을까 싶다. 핀란드의 쌓인 눈은 자연이 주는 위대한 선물이었다. 아동 놀이 치료 교본에도 모래와 눈은 아이들에게 더할 나위 없이 창의적인 놀이도구라고 나와 있다.

세상에 하나뿐인 이글루

9. 아홉 살 아들의 자전거 통학

핀란드에서 사는 동안 가장 인상적인 일을 꼽으라고 하면 아들의 자전거 통학이었다. 아들은 한국에서 자전거를 즐겨 탔지만, 나는 일반적인 그 나이의 아이들이 타는 정도라 여겼다. 핀란드의 숲은 아름답고 길이 잘 관리되어 있어서 자전거를 타고 오가는 사람들이 많았다. 그러나 자전거 한 대 가격이 한국보다 훨씬 비싸서 쉽게 살 수 없었다. 일 년 반만 타고 한국으로 갈 거라서 새 자전거에 지출하는 것은 낭비라 여겼다. 남편은 시내 중고 가게에서 자전거 한 대를 사 왔다. 그 자전거가 아들이 타기에는 조금 컸는데 아이는 몇 번 타보더니 능숙하게 탔다. 사실, 나는 자전거에 올라탄 아들의 다리가 땅에 닿을락 말락 해서 안심이 안 되었다. 그러나 아들은 제법 요령을 익혀서 집 주위 숲길을 산책하고는 했다. 그렇게 자전거를 타고 놀던 아들이 어느 날 학교에서 돌아와서 내게 말했다.

"엄마, 저도 자전거 타고 학교에 갈래요. 다른 핀란드 친구들은 자전거로 학교에 와요. 스쿨택시는 모두가 탈 때까지 기다려야 하는데 집에 바로 오고 싶어요."

　이제 겨우, 아홉 살 아들의 말에 나는 펄쩍 뛰었다. 어림도 없는 소리라고 일축하면서 우리 부부는 절대 안 된다고 했다. 그도 그럴 것이 버스로 여섯 정거장 거리이고, 오가는 길에 자전거 전용 도로가 있다고는 해도 버스가 옆길로 다녔기에 마음 놓을 수 없었다. 게다가 자전거가 약간 큰 편이라 아이가 아무리 잘 탄다고 해도 조심스러웠다. 이제 겨우 아홉 살인데 너무 무리이고 위험하다고 여겼다. 그러나 아들은 막무가내였다. 핀란드 친구들이 많이 타고 다니는데 자신도 할 수 있다고 며칠을 졸랐다. 나는 여전히 반대했음에도 남편은 계속되는 아이의 요구에 한참을 생각하더니 한번 해보라고 허락했다. 단, 헬멧을 반드시 쓰고 안전 장비를 갖춘다는 조건이었다. 나는 마음이 안 놓였는데 남편이 허락하는 것을 보며 이해가 안 되었지만, 그냥 믿어주었다. 남편 말로는 아들이 자전거를 타는 솜씨를 보니 허락해도 될 것 같다는 것이었다. 남편은 본인이 그렇게 성장해서인지 아이들이 어린 나이인에도 도전하고 진취적으로 하는 것을 가능한 한, 적극적으로 인정해 주는 편이었다. 그러다 보니 딸 셋의 큰딸로 자라서 항상 보호받고 안전한 환경에서 성장한 나와 생각하는 관점이 달라서 부딪힐 때도 있었다. 하지만 나는 핀란드에 나올 때 외국살이하면서 아무래도 나보다 외국 경험이 많은(사실 나는 전무했다.) 남편의 말과 생각을 따르기로 마음먹었다. 아이들 교육, 경제 활동, 재정 관리, 교회 생활 등 모든 면에서 그를 믿는 것이 옳다고 생각했기 때문일까? 이제 갓 아홉 살 된 아들의 자전거 통학은 그렇게 해서 시작되었다.

하루이틀, 시간이 흐르면서 나는 마음이 불안했다. 남편의 허락을 존중해서 지켜보고는 있었지만, 아들이 자전거 통학하는 것을 말리고 싶었다. 아들은 자전거에 올라 해맑은 표정으로 인사하고 학교로 출발했지만, 나는 아들의 뒷모습이 사라질 때까지 집에 들어갈 수 없었다. 아들은 매우 만족하며, 자전거 통학을 했고 학교에 늦지 않도록 시간 관리를 잘했지만, 시간이 지나면서 나는 더욱 걱정했다. 보다 못해 내가 아들에게 말했다.

"아들아, 한번 경험해 보았으니 이제 자전거 통학을 그만해라."

그러나 아들은 안전하게 잘 타고 있다면서 오히려 나를 안심시켰다. 남편이 허락했고, 실제로 아들은 자전거 통학에 큰 어려움이 없어 보였기에 내가 어찌할 수 없었다. 아들은 안전 장비도 잘 착용했기에 기도하며 지켜볼 수밖에 없었다. 그래도 마음에 깃드는 염려는 어쩔 수 없었다.

얼마 지나지 않아 아들은 뜻밖의 사건으로 자전거 통학을 그만두었다. 바로 이웃에 사는 수단에서 온 남매의 거짓말 사건이었다. 남매는 엄마의 박사학위 공부를 위해 이년 전 핀란드에 와 있었다. 그들은 우리 집에 자주 놀러 왔는데 우리 아이들보다 대여섯 살 위였다. 그 아이들도 엄마의 유학 때문에 핀란드에서 적응하느라 애쓰고 있어서, 나름대로 잘 대해주었다. 처음에는 이 수단 남매를 예의 바르고 착한 아이들로 믿었다. 그도 그럴 것이 우리 집에 놀러 오면 인사를 잘했고, 간식을 주어도 어른이 먼저 먹기 전에는 손을 대지 않았다. 옷차림이 단정했고 영어도 유창해서, 우리 아이들은 그 남매와 놀면서 영어 실력이 늘었다. 그런데 언제부터인가 남매의 행동이 이상해졌다. 아들의 자전거를 몰래 가져가거나 숲에서 식인 곰이 나타났다며 급히 와서 요란을 떨기도 했다. 그런가 하면 우리 아파트 클럽 룸에 몰래 들어가 어지럽히기도 했다. 그 남매는 내가 생각했던 순수한 아이들이 아니었다. 아들이 자전거로 통학한 지 일주일 지났을 무렵, 수단 남매가 느닷없이 우리 집에 헐레벌떡 달려왔다. 눈을 동그랗게 뜨고 매우 놀란 표정으로 다급하게 말했다. 내용인즉슨 한 남자가 집 근처 헤르반타 언덕에서 자전거 타고 내려오다가 공중으로 솟구쳐서 땅에 떨어져 사망했다는 것이었다. 그 언덕은 우리 아들이 매일 학교를 오갈 때 이용하는 통학로였다. 겨울에는 눈 덮인 전나무숲이 좌우로 펼쳐지는 운치 있는 길이었지만, 급경사가 져서 자전거를 타거나 운전할 때, 조심스러운 길이었다. 헤르반타 언덕에서 마을로 내려오는 긴 구간의 우측에 스키장을 운영할 정도였다. 수단 남매의 말도 안 되는 소리에 어이없었다. '이 무슨 황당무계한 말인가, 이 아이들이 이렇게까지 이상한 아이들이었나?' 그런 말은 믿을 수 없다고 하자, 자신들이 직접 그 장면을 보았다고도 했다. 병원에서 구급차가 와서 죽은 사람을 실어 가는 것을 보았다면서 너무나 실감 나게 표현했다. 그때 옆에서 듣고 있던 아들의 얼굴이 심상치가 않았다. 무척 놀란 듯했고, 표정이 굳어 있었다. 남매의 거짓말이었지만 당시, 그 말을 들은 아들은 다시는 자전거 통학을 하지 않았다. 그다음 날부터 누가 시킨 것도 아닌데 버스를 타고 통학했다. 이렇게 해서 핀란드에서 아들의 자전거 통학은 일주일 만에 막을 내렸다. 그 수단 남매의 거짓말이 아이러니하게도 아들의 안전을 도운 것이다.

우리 부부는 아들의 자전거 통학을 통해 새로운 사실을 알았다. 아들의 자전거에 관한 관심이 남다르다는 것을. 아들이 어릴 때, 집 근처 산책로에서 두발자전거 타는 법을 가르쳐 주었다. 그 길을 따라가면 한강이 나왔다. 자전거 뒤를 나의 두 손으로 잡아주면서 아들의 두 발로 페달을 밟게 했다. 몇 번 같이 연습하다가 아들이 어느 정도 자신감이 생겼다 싶을 때, 나의 잡은 손을 놓았다. 그때 아들은 뒤도 돌아보지 않고, 페달을 밟으며 앞을 향해 나갔었다. 나는 아들이 무척 대견했다. 아들은 생각보다 빨리 익혔고, 자전거 타는 것을 즐거워했다. 그랬던 아들이 핀란드에 와서 아홉 살 어린 나이에 오 킬로미터가 넘는 길을 자전거로 통학했다. 아들도 대단했지만, 그것을 허락한 남편도 평범하지는 않았다. 나는 끝까지 반대하고 싶었으나 매사에 신중한 남편이 허락해서 더는 말리지 않았다. 그래도 내심으로는 며칠만 타고 그만두기를 바랐는데, 뜻밖에도 수단 남매의 거짓말 효과를 보았다. 우리 부부는 귀국해서 아이들에게 새 자전거부터 사주었다. 핀란드보다 훨씬 저렴한 가격이었다. 우리나라가 살기 좋다는 것을 새삼 느꼈다.

10. 핀란드에서 살아남기

사람들을 만나고 사귐이 늘면서, 핀란드어를 배우고 싶어졌다. 핀란드어는 우리말과 어순이 거의 같다. 그래서 배우기가 비교적 쉽다고 했다. 하지만 막상 해보니 그렇지도 않았다. 외국어는 외국어이다. 탐페레시 적십자 센터에서 운영하는 핀란드어 배우기 반에 등록하고 일주일에 일 회, 두 시간씩 다녔다. 머리가 하얀 노교수가 은퇴 이후 자원봉사하고 계셨다. 그분은 영어로 수업을 진행했는데 쉽고도 재미있게 수업하셨다. 항상 시작 전 받아쓰기를 했는데 ㄱ 시간이 참 유익했다. 배우다 보니 정말 우리말과 어순이 같아서 나는 남보다 진도가 빠른 편이었다. 핀란드어를 배우다 보니 재미있었고, 꾸준히 하면 핀란드어 능력 시험에 도전해도 될 것 같았다. 배움의 현장은 늘 흥미롭고 설렘이 있다. 그 시절, 낯선 이방인들과 함께 앉아 핀란드어를 배우던 시간이 참 즐거웠다.

탐페레에서 쇼핑할 때는 주로 세 군데를 애용했다. 탐페레 시장, 쇼핑몰 두오(Duo), 스톡만(Stockmann)백화점이다. 탐페레 시장은 시내 중심가에 있었는데 깨끗하게 정비되어 있어서 시장 보기에 편했다. 주로 과일이 나 야채, 빵, 옷, 잡화, 수공예, 꽃 같은 것을 팔았고 안에 아늑한 카페도 있었다. 아이들과 함께 갈 때 자주 들른 곳은 블랙 소시지를 파는 가게였다. 우리 음식으로 치면 순대 비슷한 것이었다. 그런데 소스는 새콤달콤한 베리 잼이어서 맛과 향이 좀 달랐다. 특히 아들은 블랙 소시지를 매우 좋아했다. 학교에서 급식으로도 나온다고 했다. 아들은 어느새 핀란드 음식에 더 익숙해져 있었다. 남편과 딸은 된장찌개, 콩나물(우리는 한국에서 가져온 콩나물 재배기 덕분에 일 년 내내 먹었다.)을 좋아하였지만, 아들은 핀란드 식으로 먹었다. 그래서 나는 식탁에 두 종류의 음식을 차릴 때가 많았다.

두오는 우리 식구가 좋아하는 코티(Koti) 피자 가게가 있는 종합 쇼핑몰이다. 우리는 이곳에서 생활용품을 사거나 시장을 보았다. 특히 남편이 한 달에 한 번씩 장학금을 받는 날, 우리 식구는 꼭 이곳에 가서 코티 피자를 먹었다. 아이들 못지않게 나도 그날을 기다렸다. 코티 피자는 정말 맛있었다. 우리 부부는 둘 다 무급휴직 상태로 유학을 갔기에 모든 면에서 절약하며 살았다. 처음에는 불편했지만, 나중에는 오히려 작은 것을 얻을 때도 감사하는 마음이 생겼다. 나는 그때 깨달았다. **행복은 소유의 많고 적음보다는 어떻게 생각하느냐에 달려 있다는 것을.** 어찌 보면, 핀란드에서 사는 동안 물질을 관리하는 훈련을 받은 것 같다. 자족하는 기쁨을 알고, 작은 것에 감사하며 부족해도 행복해할 수 있는 훈련을. 물론, 불편할 때도 있었지만 그로 인해 불행하다고 느낀 적은 없었다. 어떤 때는 자유로움도 느꼈다. 물질에 끌려다니지 않고 물질을 다스리고 관리하는 자유라고나 할까? **카**

드를 사용하지 않고 생활비 범위에서 사용하니 재정이 낭비되지 않아서 마음이 편했다.

남편은 장학금을 받아서 매달 생활비를 일정액 주었다. 한국에서 내가 벌어서 편하게 사용하다가 제한된 재정으로 살림하려니 일단은 우리 부부의 지출을 줄이는 것이 가장 효율적이었다. 아이들은 배움과 성장 과정에 있으니 필요를 채워줘야 했고, 식생활은 중요한 것이니 필요한 지출을 해야 했다. 다음 달 생활비 받을 날이 하루이틀 앞으로 다가오면 부족함을 느꼈다. 한국 같으면 신용카드를 썼겠지만 나는 남편의 공급을 통해 살림하기로 결심했기에 매달 주는 생활비를 초과하지 않았다. 덕분에 수제비도 만들어 먹어보았다. 어릴 때 엄마가 해주시던 수제비 맛은 아니었지만 그 나름대로 맛있었다. 지나고 나니 모든 것이 감사하다.

> "내가 궁핍하므로 말하는 것이 아니니라 어떠한 형편에든지 나는 자족하기를 배웠노니 나는 비천에 처할 줄도 알고 풍부에 처할 줄도 알아 모든 일 곧 배부름과 배고픔과 풍부와 궁핍에도 처할 줄 아는 일체의 비결을 배웠노라 내게 능력 주시는 자 안에서 내가 모든 것을 할 수 있느니라."
>
> 〈빌립보서 4장 11-13〉

스톡홀름 백화점은 주로 먹거리를 살 때 이용하거나 품질 좋은 신발이나 의복을 살 때 간 곳이다. 그 지하 매장에는 다양한 먹거리들이 늘 신선하게 진열돼 있었고 난 그곳에서 장을 보았는데 특히 연어가 다른 곳에 비해 신선하고 품질이 좋았다. 장을 보고 바로 앞에 정류장에서 13번 버스를 타고 집으로 향하곤 했다. 겨울에 딸을 위해 그곳에 가서 보랏빛 점퍼를 사주었는데 눈 결정 무늬가 새겨진 정말 예쁜 옷이었다. 딸과 함께 고르며 참 행복해한 기억이 난다.

　우리 아파트에는 사우나실이 있었다. 예약하고 그 시간에 개인이나 가족이 이용할 수 있었는데 어린 딸과 사우나를 하면서 힐링 시간을 갖고는 했다. 핀란드에는 정말 많은 종류의 사우나가 있다. 특히 인상적인 것은 겨울에 사우나를 하고 바로 옆에 호수에서 수영하는 것이다. 나는 해보지 않았지만 현지 사람들이 하는 것은 자주 보았다. 여름에는 사우나 후 인근 호수에서 몸을 식히기도 했다. 저절로 힐링이 되는 시간이었다. 딸의 친구 마리아의 집에도 사우나가 있었다. 대개의 가정집에는 사우나를 같이 지었다. 사우나는 핀란드인에게 있어 삶의 일부였다.

11. 발트해가 보이는 헬싱키에서

　도착한 지 두 달여 지났을 무렵, 남편은 주말에 헬싱키(Helsinki) 나들 이를 하자고 했다. 잔뜩 부푼 가슴을 안고 우리 식구는 탐페레를 떠나 헬싱 키로 가는 기차에 올랐다. 기차가 이 층이었다. 저 멀리 차창밖에 펼쳐지는 설원에 눈 덮인 전나무와 호숫가가 정말 멋졌다. 아무런 장식을 하지 않은 눈 덮인 평원이 그렇게 아름다울 수 없었다. 헬싱키로 가는 두 시간이 너무 짧게 느껴졌다. 나는 커피 한 잔을 손에 들고 자리에 앉아, 차창으로 보이 는 이국적인 풍경을 감상했다. 잠시 후 아이들이 편하게 있는지 살피려고 복도 쪽으로 나왔다가 다시 제자리에 앉으려는데 실수로 커피를 쏟았다. 아뿔싸! 좋아하는 커피를 제대로 마시지도 못하고 쏟은 게 너무 속상했다. 기차 안에서 파는 고급 커피였다. 하얀 설원을 바라보며 우아하게 앉아 커 피를 마시려던 나의 소박한 바람은 무산되었다.

　헬싱키에 내려서 길을 걷는데 저만치서 '엘리사(Ellisa)'라고 쓰인 파란색 헬륨 풍선이 눈에 띄었다. 뭔가 하고 가까이 가보니, 휴대폰 프로모션을 나온 팀이었다. 그들은 관심을 보이는 행인들에게 무료로 커피를 나누어 주었다. 고객 유치용 같았는데 직원 한 명이 내게도 커피를 권했다. 그렇지 않아도 아까 기차에서 쏟은 커피 때문에 기분이 안 좋았는데, 더 맛있는 커피를 대접받아서 매우 기뻤다. 나는 커피를 정말 좋아한다. 나에게 커피는 마음의 친구와도 같다. 커피와 관련된 잊지 못할 추억이 있다. 핀란드에서 정착하고 얼마 지나지 않아 유화를 배울 기회가 있었다. 주 일 회, 오전 네 시간씩 지역 문화 교실에서 유화를 그렸는데 여덟 명이 한 그룹이었다. 나를 제외하고는 모두 핀란드 사람들이었는데, 그림만 그리는 것이 아니라 중간에 커피타임을 갖고는 했다. 잠시 붓을 멈추고 모두 테이블에 둘러앉아 커피를 나누어 마신 그 시간은 무척 행복했다. 화실 동료 중에 은행지점장으로 은퇴한 한 노부인이 있었는데 종종 우리의 커피타임 때 집에서 만들어 온 사과 파이나 블루베리 파이로 섬겨주어서 감사했다. 통유리 창 너머로 보이는 호수는 잔잔하고 맑았으며, 북유럽의 햇빛은 찬란하게 빛나고 있었다. 그 호수는 네시야르비(Nesi Järvi)라 불렸고 핀란드 말로 '은혜의 호수'라는 뜻을 지녔다.

남편을 따라 길을 걷다 보니 헬싱키의 랜드마크라고 하는 헬싱키 대성당에 다다랐다. 발트해가 보이는 언덕에 있는 크고 웅장한 하얀색 건물을 올려다보았다. 참 멋지고 운치 있었다. 눈부시게 하얀 외관에 중앙의 큰 돔이 있고 이 돔을 둘러싸는 네 개의 돔이 있었다. 그 앞의 계단이 넓고 컸는데 마침, 우리가 갔을 때는 겨울이라 계단 위에 눈이 많이 쌓여서 커다란 언덕처럼 보였다. 대성당이 있는 언덕에 오르니 눈앞에 발트(Balt)해가 시원하게 펼쳐졌다. 푸른빛의 바다와 하얀빛의 대성당이 어우러져서 한 폭의 그림 같았다. 사진을 찍고 돌아서니, 아이들은 눈 위에서 신나게 미끄럼을 탔다. 내려오다 눈 위에서 뒹굴기도 하면서 아이들은 즐겁게 놀았다. 옷이 젖는 것도 아랑곳하지 않고. 우리 아이들은 어디를 가든 눈만 있으면 시간 가는 줄 모르고 놀았다. 헬싱키에서도 예외가 아니었다.

　그곳을 지나 우스펜스키 사원이라는 오래된 성당을 찾았다. 붉은 벽돌로 지은 핀란드 최대의 러시아 정교회로 돔 형태의 지붕에는 양파 모양의 돔과 황금의 십자가가 올려져 있었다. 핀란드가 러시아의 지배를 받았던 십구 세기에 러시아의 건축가가 완성했는데 비잔틴 슬라브 양식이 특징이었다. 지붕에는 모두 열세 개의 돔이 있는데 예수님과 열두 사도를 상징한다고 했다. 화려하고 이국적인 건축물이 멋있었다.

　조금 더 걸으니 '템펠리아우키오(Temppeliaukio)'라 불리는 교회가 나왔다. 거대한 암석을 파서 만들어서 '암석 교회'라고도 했다. 암반을 파고 그 위에 지붕을 올린 무척 특이한 모습의 교회였다. 외부는 깎은 바위들을 쌓아서 독특한 분위기를 풍겼다. 교회 안에는 파이프오르간도 있었다. 그곳을 나와서 시벨리우스(Sibelius) 박물관으로 향했다. 중고등학교 음악 시간에 배운 시벨리우스의 '조국이여 영원하여라'로 유명한 그 시벨리우스를 기념한 곳이다. 박물관 뜰에는 파이프오르간을 형상화한 거대한 조각물이 있었다. 저만치 발트해가 넓게 펼쳐져 있는 이곳은 핀란드인이 자주 찾는 명소라 한다. 사회책에서 유럽 지리를 공부할 때, 발트해 연안이라는 표현을 종종 보았는데 헬싱키에 와서 실컷 보았다. 발트해를 바라보고 있노라니

헬싱키 대성당 앞 계단에서 미끄럼틀 타는 아들

헬싱키 대성당 앞 계단에서 노는 딸

마음이 차분해졌다. 음악가를 기념해서인지 더 낭만이 느껴지는 장소였다. 어느덧 해가 지고 있었다. 우리는 서둘러 기차역으로 되돌아와서 다시 탐페레로 향했다. 헬싱키는 아무래도 수도여선지 생각보다 크고 볼거리가 많았다. 당일 여행이었는데도 마치 일박 이일을 머문 듯 알찬 시간이었다.

2부

핀란드 교육으로 피어난
아들의 자존감

"아들은 핀란드 학교에 입학하여 그야말로 눈부시게 성장하고,
행복을 만끽했다. 우리 부부의 염려가 얼마나 필요 없는
기우였는지 증명하는 데는 그리 오랜 시간이 걸리지 않았다."

1. 아들의 학교 에뗄라 헤르반타 꼴루

아들은 한국에서 일 학년을 마치고 핀란드에 갔다. 나는 핀란드로 가기 전 아들을 책상 앞에 앉히고 급하게 영어 파닉스를 가르쳤다. 핀란드에 가서 영어로 배우는 학교에 다니려면 최소한 영어 글자나 간단한 문장을 소리 내어 읽을 수 있어야 한다고 여겼기 때문이다. 우리 부부는 한국에서 계획을 세울 때, 아이들이 핀란드에서 영어로 교육받기를 바랐다. 그곳에서 핀란드어보다는 영어를 배워두는 것이 일석이조라 여겼다. 한국에 와서도 꾸준히 공부해야 하는 영어를 핀란드에서 배우려면, 영어 특성화 반이 있는 학교에 입학해야만 했다. 하지만 그곳은 이미 정원이 찼고 여러 절차상 입학하기 어려웠다. 통상 핀란드 공립학교에 가서 규정대로의 절차를 밟는 것이 일반화된 코스였다. 즉, 핀란드어 준비 학급에 우선 들어가서 핀란드어를 익히고, 이후에 일반학급에 편성되는 시스템이었다. 우리 부부는 고민을 많이 했다. 정확하게는 일 년 육 개월 살다가 다시 귀국할 텐데, 굳이 사용하지도 않을 핀란드어를 배우고 핀란드 학교에 다니는 것이 무슨 큰 유익이 있으랴 싶었다. 어떻게 해서든 영어를 사용하는 학교에 보내고 싶었다. 두루 알아본 끝에,

딸이 다닐 영어 유치원에 개설된 영어 프리스쿨에 다니는 것은 가능했다. 다만 한 살 어린 아이들과 공부해야 하는 어려움은 있었다. 미국인 선생님께 영어를 배울 수 있고 그곳에서 계속 체류할 것도 아니기에, 우리 부부는 아들이 한 살 어린 급우들과 같이 배우는 것쯤이야 괜찮을 거라 예상했다.

남편은 아침마다 두 아이의 손을 잡고 앤꾸(Enkku) 유치원에 데려다주었다. 딸은 이 층 유치원에, 아들은 삼 층 프리스쿨에. 사실 같은 건물이었으나 학제가 유치원 반과 프리스쿨 반으로 나뉘었다. 처음에는 둘 다 적응하는 듯했다. 비록 언어는 잘 통하지 않았지만, 시간이 가면 해결될 거라 믿고 열심히 보냈다. 하지만 하루하루 가면서 두 아이의 반응이 달랐다. 딸은 아침에 일어나면 열심히 유치원 가방을 싸서 아빠 손을 잡고 버스를 타러 나간 반면, 아들은 가기 싫어했다. 일주일째 되었을 때 아들은 더는 프리스쿨에 가고 싶지 않다고 했다. 아이들이 아무래도 일 년 이상 어리다 보니, 놀이 수준이 다르고 이해력도 달라서 어울림에 무리가 있었다. 아들이 한국에서 이 학년이 될 나이인데 프리스쿨은 말하자면 한국에서 유치원 일곱 살 반 아이들 대상이었으니 발달 단계상 수준 차이가 있었다. 어린 급우들과 공부하다 보니 아들이 스트레스를 많이 받았다. 언어가 통하지 않는 상황은 차치하고라도 교육과정이 아들에게는 적절하지 않았다. 프리스쿨에서 그림을 그리고, 글씨를 따라 쓰며 놀이 활동을 하는 것만으로는 아이에게 무료함을 주었다. 핀란드 교육은 천천히 다지며 진행하기에 더욱 그랬다. 결국, 남편은 시청의 교육과에 부지런히 알아보고 핀란드 공립학교로 보내라는 추천을 받고 전입 절차를 밟았다. 핀란드 도착한 지 열흘 만에 아들은 집에서 오 킬로미터쯤 떨어진 남부 헤르반타 초등학교(Etelä–Hervannan alakoulu)에 전입했다.

아들이 다닌 에뗄라 헤르반타 초등학교(Etelä-Hervannan alakoulu)

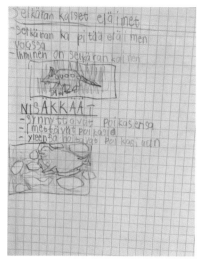

첫 학기, 아들의 쓰기 공책

첫 학기, 아들의 읽기 책

    아들은 학교에 열심히 갔다. 아침을 먹고 집 앞으로 온 스쿨택시를 타고 즐겁게 다녔다. 그 택시 안에는 다른 외국 학생들도 함께 탔다. 태국에서 온 시릴락(Sirillak)은 아들보다 한 살 많은 여학생인데 새로 전입한 아들에게 친절했고 잘 놀아줬다. 아들은 새 학급에 빠르게 적응했고 학교 가는 것을 즐거워했다. 아들을 핀란드 초등학교로 전입시키기를 잘했다. 아들은 꿈에서도 새 학교 친구들과 노는 꿈을 꿀 정도로 잘 적응했다. 아들은 특히 급식 시간을 좋아했는데 핀란드식 뷔페로 음식이 제공됐다. 학교 급식을 맛있게 잘 먹었고 집에서도 내게 학교 같은 음식을 해달라고 했다. 샐러드, 수프, 빵과 파스타, 고기 등. 토종 한국 음식을 좋아하는 남편과 그렇지 않은 아들을 위해 대개 두 종류의 상차림을 했다. 집에서 직접 콩나물을 길러서 만든 콩나물 무침이나 된장찌개를 아들은 잘 먹지 않았다. 대신 핀란드

식으로 빵과 샐러드, 햄이나 고기 등을 해주면 잘 먹었다. 기호가 다른 것은 어쩔 수 없었다. 딸은 두 가지 모두 골고루 먹었다.

학교 급식 시간

학교 가는 발걸음이 가볍게 잘 지낸다고 여긴 아들이 어느 날부터 힘들어했다. 성향이 맞지 않는 급우와 마찰이 생겼다. 알바니아에서 온 엑소니라는 남학생이 아들보다 두 살이 많았는데 유난이 체구가 크고 언행이 거칠었다. 급우들을 괴롭혔고 때로는 주먹으로 때리는 일이 예사였다. 담임 선생님이 수차례 상담하며 지도했지만 쉽게 바뀌지 않았다. 그 아이가 자주 아들을 밀치거나 주먹으로 때려서 아들이 힘들어했다.

시간이 가면서 엑소니가 아들을 괴롭히는 빈도가 높아졌다. 아들이 엑소니에게 맞고 오는 날이 점점 많아졌다. 어떤 날은 아들이 내게 엑소니가 심장을 때렸다고도 했다. 아들이 가슴을 맞은 것 같았다. 위험할 수 있다는 생각에 선생님께 그 내용을 편지로 써서 도움을 청했다. 선생님은 다음 날 답장을 보냈다. 엑소니가 학교 내에서 분노 조절이 안 되고 문제행동이 심해서 다른 학교로 전출 갈 예정이라고 했다. 실제로 며칠 후 엑소니는 전학하였고 아들은 더 이상 맞는 일이 없었다. 선생님은 항상 학교에서 어떤 상황이 생겨서 부모가 알아야 할 일이 있으면 작은 알림 수첩을 사용해서 상세히 적어 보냈다. 그 수첩은 아들의 성장을 돕는 학교와 가정 연계의 중요한 통로였다. 나는 선생님과 아이의 교육에 필요한 부분들을 상담하고 도움을 청했다. 선생님이 보내오신 좌측으로 약간 누운 듯한 가지런한 필체의 편지에 나 또한 정성껏 답신을 드리면서 우리에게 신뢰가 더욱 쌓여갔다. 아들은 선생님의 따뜻한 보살핌과 지도를 받으면서 행복하게 자라났다. 핀란드어가 매우 능숙해졌고, 급우들과도 즐겁게 잘 어울렸다.

학교에 전입한 지 두 달 정도 지난 어느 날, 아들이 학교에서 집까지 걸어서 왔다. 스쿨택시를 놓쳤는데 평소 눈으로 익혀 둔 길을 따라 걸어왔다. 그런 경우, 대개 다음 택시를 기다리면 되는데 아들은 오랜 시간 기다리고 싶지 않았다고 했다. 집으로 오는 도중 길가에 핀 민들레를 보았고, 때 이른 잠자리도 보았다. 일종의 모험심을 느끼면서 집으로 오는 길이 좋았다고 했다. 하지만 아이가 혼자 걷기에는 멀고 차도 많이 다녔다. 앞으로는 걸어오지 말고, 반드시 차를 기다렸다가 타고 오라고 일러주었다. 며칠 후, 아들은 이제 스쿨버스 대신 버스를 이용하고 싶다고 했다. 다른 친구들은 학교 수업을 마치면 친구들끼리 걸어가거나 버스를 타고 집에 간다면서 아들도 그렇게 하고 싶어 했다. 하굣길에 그날 있었던 일이나 관심 있는 이야기를 나누면서 간다고 했다. 어찌 보면 아이들에게는 그 시간이 학교생활의 새로운 즐거움이었다. 처음에는 안 된다고 했으나 아들은 날마다 졸랐다. 내 눈에는 여전히 어린 아들이 혼자서 버스를 탄다는 것에 마음이 안 놓였다. 집 앞까지 데려다주는 스쿨택시를 두고 굳이 버스를 타겠다는 생각이 이해되지 않았다. 하지만 결국 아들의 생각을 존중했고 버스카드를 사주었다. 아들은 버스 시각을 맞춰, 한 번도 지각하지 않고 학교에 다녔다.

　여름이 다가올 무렵 아들의 반에 태국에서 한 친구가 전입해 왔다. 후바돈이라는 친구였는데 마침, 길 건너 우리 집 맞은편 주택에 살았다. 등굣길 버스 정거장에서 만난 후바돈의 아버지는 우리 아들에게 자기 아들을 데리고 등하교를 같이해 달라고 부탁했다. 아들은 어느새 전입해 온 친구를 도울 수 있을 만큼 성장했다. 아들과 후바돈은 둘도 없는 단짝이 되었고 즐겁게 학교생활을 했다. 하교 후에도 서로의 집을 오가며 잘 어울렸다. 특히 후바돈 엄마는 태국 요리를 잘해서 아들이 놀러 가면 태국 음식을 맛있게 해주었다. 그래서인지 아들은 향신료가 강한 음식을 지금도 잘 먹는다. 후바돈 부모는 우리 아들을 자신의 집으로 자주 초대해서 맛있는 음식을 차려줄 때가 많았다. 그들은 아들에게 고맙다고 했다. 이 또한 아들의 복이라고 생각했다. 아들이 일방적으로 후바돈을 도운 것이라기보다 아들에게도 동네 친구가 생겨서 이전보다 더 행복했다. 아이들은 그렇게 같이 놀고 함께 통학하며 우정을 키워갔다.

2. 우수한 영어 과외보다 중요한 것

  핀란드에 사는 동안 아들은 삼 개 국어로 말했다. 주중에 학교에서는 핀란드어를 배우고 집에서는 한국어를 사용했으며, 주일 오후에 교회에 가면 영어로 설교를 들었다. 핀란드 선생님이 가르치는 주일학교에서 세계 여러 나라에서 온 친구들과 함께 예배드리고 놀이 활동을 했다. 주일학교에서는 영어만 사용했다. 우리가 드린 예배는 외국인을 대상으로 한 인터내셔널 서비스여서 영어로 소통했기 때문이다. 아들은 이 시간을 매우 좋아했고 그중에 호세아라는 아이와 유난히 잘 어울렸다. 호세아는 영어권에서 왔고 아들이 호세아와 놀면서 영어 실력이 많이 늘었다. 대부분의 핀란드 사람은 기본적으로 영어로 소통하는 데 어려움이 없었다. 나는 아이들을 데리고 마트에 가서 장을 보거나, 핀란드 지인들과 대화할 때 영어를 사용했다. 남편은 같이 공부하는 유학생 친구들을 가끔 집에 초대했다. 나는 한국 음식을 대접했고 식탁에 둘러앉아 대화할 때, 우리 부부는 그들과 영어로 대화했다. 남편의 외국 친구들은 부침개와 잡채를 특히 좋아했다. 남편은 스포츠를 워낙 좋아해서 유로스포츠(Eurosport)를 즐기기 위해 텔레비전만큼은 새것을 샀다. 전자 제품 판매장에서 SONY보다 LG, SAMSUNG 제품이 더 많은 자리를 차지하고 있는 것을 보면 가슴이 뭉클했다. 외국에 나가면 모두 애국자가 된다는 말을 실감했다. TV를 켜면 핀란드어 못지않게 영어로 된 프로그램을 많이 방영했다. 상황이 이렇다 보니 아이들은 자연스레 영어로 말하고 듣는 일상에서 살았다. 딸은 유치원과 프리스쿨에서 미국인 선생님들께 영어를 배워서 영어를 사용하는 것이 익숙했지만, 아들은 따로 영어를 배운 적이 없다. 그런데도 일상생활 속에서 경험하는 영어 환경을 통해 어깨너머로 익힌 영어를 점점 자기 것으로 만들었다. 마치 스펀지가 물을 흡수하는 것 같았다. 여름 방학이 다가올 무렵, 두 아이의 영어 실력은 매우 늘었다.

여름 어느 날, 우리 아파트에서 입주민을 대상으로 여름맞이 파티가 열렸고 우리 가족도 그 파티에 참석했다. 그곳에는 아들 또래가 없었지만, 아들은 처음 만나는 형, 누나들과 보드게임을 하거나 여러 가지 퀴즈를 맞히면서 그들과 즐겁게 어울렸다. 밤이 되어 집으로 돌아갈 시간이 되어도 더 놀고 싶다면서 집으로 가지 않으려 할 정도였다. 그때 같이 어울린 사람들은 아들의 또래가 아닌 세계 각국에서 온 유학생 형, 누나들이었다. 어느덧 아들은 핀란드어와 영어를 자유자재로 구사하게 되었다. 남편의 유학생 동기 중에 영국인 스티브(Steeve)는 이십 대 후반의 청년이었다. 당시 아들은 영화 〈스타워즈〉 캐릭터에 푹 빠져 있었다. 마침 스티브는 〈스타워즈〉 스토리를 꿰뚫고 있었다. 아들과 스티브가 만나면 〈스타워즈〉의 등장인물에 대해 한 시간 이상 신나게 주고받았다. 스티브가 영국에서 체육 교사였기에 우리 아들의 동심을 잘 이해하고 반응해 준 덕분이기도 했다. 고맙게도 스티브는 제다이, 오비 원 등 우리 부부에게는 생소한 〈스타워즈〉 캐릭터에 대해, 아들의 말을 진지하게 들어주고 실감 나는 표정으로 일일이 맞장구쳤다. 아들과 스티브의 대화를 옆에서 듣노라면 나이를 초월한 친구처럼 보였다. 아들이 그토록 유창한 영어를 어디서 익혔는지 때로는 신기했다. 놀이와 소통, 경청과 이해 아마 그런 것들을 통해 마음으로 익힌 언어가 아니었나 싶다.

아들의 영어 실력이 날이 갈수록 발전하는 것을 보며, 우리 부부는 아들을 위해 영어 과외를 시키면 좋겠다고 생각했다. 기왕이면 생활 영어를 넘어서서 읽고, 쓰고, 말하고 듣는 체계적인 과외수업을 받게 하고 싶었다. 그런데 이미 아들은 학교에서 핀란드어를 배우고 있는데 영어 과외까지 받는다면 그것이 아들에게 어떤 영향을 줄지 판단하기가 힘들었다. 고민 끝에 아들의 담임인 할라마 피아(Halama Pia) 선생님께 상담을 요청했다.

교실에서 만난 선생님께 우리의 상황을 말하고 의견을 구했다. 진지하게 듣던 선생님은 잠시 생각하더니 모국어가 아이의 성장에 미치는 영향과 핀란드 교육철학에 관해 말씀해 주셨다. 외국에서 핀란드에 온 학생은 핀란드어 집중 교육반에서 일 년 과정을 이수한 후, 거주하는 집 주변 학교에 의무 배정되었다. 그때부터 아이들은 일반학급에서 핀란드 급우들과 똑같은 교육을 받지만, 한 달에 한 번은 모국어 교육을 받았다. 학생이 어느 일정 시기가 될 때까지는 모국어 순회 교사가 학교를 방문하여(때로는 학생들이 거점 센터로 가기도 한다.) 교육했다. 그렇게 하는 까닭은 아이들은 모국어를 통해 자신의 정체성을 확립한다는 핀란드 교육철학 때문이었다. 핀란드에서는 외국 학생이 아무리 핀란드어가 늘어도, 자신의 모국어로 지속적인 학습을 병행할 때 건강한 정체성을 갖는다고 믿었다. 그리고 그렇게 형성된 모국어 사용 능력이 제대로 자리 잡을 때, 비로소 다른 언어에 대한 학습 전이도 잘된다고 여겼다. 선생님은 내게 "지금 아들에게 필요한 것은 영어 과외가 아니다. 지금처럼 한국어를 가정에서 자유롭게 사용하고, 외국어는 새로 배우는 핀란드어 한 가지로 충분하니 이를 제대로 익히는 것이 가장 효율적이다."라는 의견을 주셨다. 핀란드에 나와 살면서 두 마리 토끼를 잡고 싶었던 우리 부부는 비로소 아들에게 가장 필요한 것이 무엇인지 알았다. 필요한 시기에 최선의 길잡이가 되어주신 선생님께 감사했다. 그때까지 나는 한 사람의 성장에서 '무엇을 얼마나 갖추는가'를 가장 중요하게 생각했다. 그러나 정량적인 외적 요소만이 아니라 '학습 과정을 통해 어떤 태도를 익히는지가 중요함'은 간과했다. 아들은 한국에서는 별로 사용할 기회가 없는, 북유럽의 한정된 사람만이 사용하는 외국어를 배우고 있었다. 하지만 그 언어를 배우면서 얻는 기쁨, 비로소 경험하는 자유로운 소통이 아들의 자존감을 높여준다는 것을 미처 몰랐다. 그런데 그 부분을 피아 선생님이 짚어주셨다.

핀란드에서는 아이들이 놀이를 통해 온전한 성장이 이루어진다는 것을 모든 교육 현장에 적용했다. 딸의 유치원은 매일 한 시간 이상 바깥놀이를 정규 교육과정으로 편성했다. 아들의 학교도 마찬가지였다. 에뗄라 헤르반타 초등학교에서는 이 교시 후 모든 학생을 밖으로 나가 놀게 했다. 아이들은 운동장이나 학교 인근 숲에서 놀았다. 아이들 옆에는 당번 교사가 아이들을 지켜보며 서 있었다. 특이한 점은 학생이 나가 노는 동안 교사들도 모든 문을 걸어 잠그고 안에서 쉰다는 것이다. 아이들이 겉옷을 교실에 두고 와서 가지러 가도 문은 열리지 않았다. 절대적인 교사의 휴식권이 확보되었고 아이들에게는 마음껏 놀 시간이 허용되었다.

오전 9시 정각에 문이 열리기를 기다리는 아이들

아침에 등교하면 학교 일 층 현관문이 수업을 시작하는 시간에 맞춰 열렸다. 일찍 온 아이들은 운동장에서 놀기도 했지만, 대부분은 일 층 현관문 앞에 줄을 서며 모여들었다. 아홉 시 정각에 일 층 현관문이 열리고 아이들은 교실로 가서 수업에 임했다. 시간 사용 개념과 시간 관리가 철저했다.

중간에 쉬는 시간과 점심 놀이 시간도 길었다. 눈이 오는 추운 겨울에도 쉬는 시간은 예외 없이 적용되었다. 영하 십오 도까지는 바깥놀이하는 규정을 지켰다. 이러다 보니 아들은 학교에 가서 공부도 하지만 노는 것도 열심히 놀았다.

학교에서 기본 학습 준비물은 물론, 아침을 못 먹는 아이들을 위해 '푸로(Puuro)'라고 불리는 죽이 제공되기도 했다. 국가는 학교에 다니는 모든 학생을 그 나라의 미래, 그 자체로 여기고 학생 한 명 한 명에게 필요한 모든 지원을 아끼지 않았다. 겨울이 되면 학교 주변의 호수는 커다란 아이스 링크로 변신했다. 학교에는 크로스컨트리 장비 일체가 있어서 아이들은 눈이 내리면 학교 주변 숲길에서 크로스컨트리를 탔다. 여름이 되면 날씨가 좋은 날, 학교에서 낚시도구를 준비해서 아이들을 데리고 주변 호수로 '피싱 데이(Fishing day)'를 나갔다. 선생님이 낚시 방법을 알려주면 아이들은 낚시 체험을 했고 잡은 물고기는 모두 풀어주었다. 피터가 초대한 코티지에서 호숫가로 놀러 갔을 때, 아들은 학교에서 배운 방법으로 낚시를 하며 행복한 시간을 보냈다.

체육 활동을 할 때는 지역의 스포츠 시설을 적극적으로 활용하는 것이 인상적이었다. 여름에는 수영 수업을 위해서 인근의 수영장을 학급 단위로 찾았다. 걷거나 버스를 타고 담임 선생님이 인솔해서 다녀왔다. 여름에 스포츠데이에 육상 수업을 할 때는 지역의 스타디움에 가서 육상 코치로부터 수업을 받았다. 어느 날은 아프리카 어린이 돕기 러닝 데이를 했다. 온종일 교실 수업 없이, 구간마다 완주 스탬프가 있는 달리기 구간을 처음부터 끝까지 달리는 것이 하루 수업이었다. 아들은 매우 즐거워하고 보람도 느꼈다. 자신들이 달리기한 만큼 기금이 조성되는 것을 알고 아이들은 끝까지 완주했다. 유니세프 자선활동으로 어린이들이 달리는 만큼 스티커나 도장을 받고, 해당하는 만큼 부모님이 기부하는 날이었는데 우리 부부는 따로 안내받지 않아서 몰랐다.

학교에서 이루어지는 모든 활동은 학생의 행복하고 안전한 성장을 돕는 데 맞춰져 있었다. 핀란드에서 학교와 교사를 신뢰하는 가장 중요한 이유는 교육의 질은 교사의 질을 넘을 수 없다는 기본 전제의 중요함을 알기 때문이다. 교사는 필요에 따라 학생들을 인솔해서 야외 수업이든 견학이든 교문 밖 출입을 자유롭게 했다. 도보로 가거나 때로는 대중교통을 이용해서 이동 수업하는 모습이 인상적이었다. 교육을 뒷받침하는 제반 요건들을 학생의 눈높이와 상황에 맞게 갖춰주었다. 부모의 상황이나 가정 형편과 관계없이 최선의 교육을 받도록 세심하게 살펴놓은 흔적이 모든 장면에서 역력했다.

아들은 아침에 일어나면 학교에 즐겁게 갔다. 오늘은 무엇을 배울지 기대감을 안고 등교했다. 학교에 다녀와서는 무엇을 했는지 어떤 것을 배웠는지 말해주었다. 그 당시 나는 집에서 일체의 선행학습을 시키지 않았고, 할 수도 없었다. 그런데 아이는 날마다 배우며 성장해 나갔다. 학교에 가서 새롭게 배우고 익히며 즐거워하고 행복해했다. 그 당시 핀란드어 중점학급이라서 핀란드어 학습 비중이 크기는 했으나 기본적인 교과 편성은 균형 있게 했다. 핀란드어, 수리 학습, 환경, 예체능 등으로 구성되어 아들의 고른 성장을 이끌고 있었다. 아들이 즐겁게 학교에 다니는 모습을 보며 우리 부부 또한 행복했다. 아이에게 학교는 늘 별처럼 빛나는 보석상자였다. 오늘은 무엇을 배우게 될지, 어떤 것을 경험할지 기대로 충만한 곳이었다.

3. 에뗄라 헤르반타 꼴루 학교 탐방

그 당시 아들이 다니는 에뗄라 헤르반타 꼴루는 우리 가족에게 무한 신뢰의 대상이었고 가장 안전한 생활 장소이기도 했다. 주말이 되면 학교에 못 가서 아쉬워하는 아들을 보며, 그 나라의 교육에 대한 호기심과 신뢰가 날이 갈수록 더해갔다. 이때부터 나는 핀란드 교육에 관해 연구하기로 마음먹고 학교 탐방과 교육 관련자들 인터뷰를 계획했다. 일단은 아이가 다니는 학교를 탐방하고, 담임 선생님과 인터뷰하기로 계획하고 메일을 드렸다. 그러나 메일의 답장이 오지 않았고 한 달 이상 지났을 때 선생님을 만나서 다시 부탁드렸다. 선생님은 학교에서 이런 경우가 없었기에 협의 중이라고 하셨다. 나는 선생님께 학교 탐방을 요청하는 까닭에 관해 이메일에 쓴 것보다 더 구체적으로 설명했다. 그동안 핀란드 학교에 다니며 아들이 경험한 변화와 성장, 한국 초등교사로서 앞으로 만날 학생들에게 핀란드 교육의 우수한 점을 가르쳐주고 싶은 마음 등을 말했다. 그것을 통해 한국 학생들의 행복한 성장을 돕는다면 비록 나라는 다르지만, 매우 의미 있는 일이라고 했다. 선생님은 이야기를 듣는 내내 진지한 표정이었고 학교에 상의한 후 연락한다고 했다. 나는 아들의 담임 선생님께 간절함과 진실함을 담아 말하고 집으로 왔다. 지금 생각하니 선생님으로서는 난처하셨는지도 모르겠다. 한 달 후, 선생님으로부터 메일 답신이 왔다. 학교에서 허락했으니 학교 탐방을 와도 된다는 내용이었다. 지금까지 이런 사례가 없었지만, 오랜 협의 끝에 학교에 재학 중인 학생의 부모이기에 허락한다고 했다. 핀란드 학교에서는 외국인에게 자신들의 교육 환경이나 교육 시스템에 관해 자세히 개방하지는 않는다고 들었다. 오랜 시간 머리를 맞대고 연구한 결과, 어렵게 만들어 낸 자신들만의 교육 제도와 실상이기에 공개하기 싫어할 수 있다고 본다. 고심 끝에 허락해 준 학교와 선생님께 감사했다.

나는 본격적으로 인터뷰 계획을 세웠고 대상을 생각했다. 아들의 담임 선생님, 학생들의 부모, 중고등학생, 대학생 순으로 정했다. 남편이 유학 중인 탐페레 대학 초등 교육학과에 메일을 보내어 나의 탐방 계획에 관한 협조를 요청했다. 교육 대학을 방문해서 그들의 커리큘럼의 특징을 알고, 아이들을 진정으로 행복하게 하는 교육 비결을 연구하고 싶었다. 나는 두 아이의 엄마인 동시에 대한민국 초등교사였다. 책과 뉴스에서만 접하던 핀란드 교육을 직접 경험하며 이런 좋은 기회를 놓치고 싶지 않았다. 연구와 기록의 필요성을 느꼈다. 어찌 보면 그것은 내게 사명처럼 느껴졌다. 그것을 통해 앞으로 만날 학생들에게 꿈과 희망을 노래하는 행복한 교실을 만들어주고 싶었다. 기회가 되면 주변의 동료들에게도 함께 나누고 싶었다. 인터뷰 대상을 정한 후 일정을 짜고, 인터뷰 약속을 정했다. 제일 먼저 실행에 옮긴 것은 아들의 학교 탐방과 담임 선생님 인터뷰였다. 학교 탐방은 학생들의 학교생활 모습을 촬영할 수 있는 오전에 하기로 했고, 선생님과의 인터뷰는 학생이 하교한 이후, 오후 시간을 별도로 약속했다. 남편의 수업이 없는 날을 골라서 약속했다.

에뗄라 헤르반타 초등학교 3학년 교실

에뗄라 헤르반타 초등학교 핀란드어 집중교실

복도에 게시된 작품

복도 벽을 활용한 옷걸이

급식실 앞, 손 씻는 곳

복도 창가의 화분

다양한 사람들과 인터뷰하고 아들이 핀란드 교육을 받으며 행복하게 성장하는 모습을 지켜보면서 이 나라 교육의 특성을 알게 되었다. 그것은 학교에 대한 정의가 분명하다는 점이다. **'학교는 배우러 가는 곳이지, 배운 것을 보여주는 곳이 아니다'**라는 것이다. 이 나라의 아이들은 삶에 필요한 많은 것들을 학교에서 배웠다. 집에서 미리 공부하고 학교에 가서 보여주는 것이 아니라, 교실에서 그때까지 경험하지 않은 새로운 것을 배웠다. 남보다 더 많이 알게 해서 보내는 학교가 아니라 학교에 입학한 후, 나이에 맞게 배움을 확장해 나갔다. 학교가 학교다운 기능을 제대로 발휘하는 것을 보며 대단히 감명받았다. 그것은 아주 작은 듯하지만, 사실은 매우 큰 차이를 빚어내고 있었다. 핀란드 부모들은 자녀가 입학할 때 선행학습을 시키지 않았음에 염려하는 것이 아니라, 학교에서 배움이 시작되는 것에 대해 박수하고 신뢰했다. 아이들이 발달 단계에 맞게 마음 편히 놀면서 어울리게 하는 핀란드인의 여유를 보며 그것이 게으르거나 무관심이 아니라는 것을 알았다. 실상은 깊은 관심을 가지고 오랫동안 연구한 끝에 합의한 그들만의 교육철학임을 깨달았다. 그들은 학교와 선생님을 신뢰했다. 네 아이, 남의 아이 할 것 없이 모두가 성장할 수 있는 교육을 중시했다. 개별 학생에게 맞춰 출발선의 결핍을 보완해 주고 아이의 학업 능력과 수준을 평가하여 가정에 실질적인 정보를 제공하는 학교. 가정에서는 그 학교의 안내와 지도에 따라 아이들의 특성과 수준을 파악하고 그것에 맞게 격려하고 때로는 보완했다. 학교와 가정 사이에 효율적인 연계교육과 조화가 이루어졌다. 여기에서 정말 중요한 것은 상호 간에 깊은 신뢰였다. 우리 가족이 체류했던 2011년과 이 글을 쓰는 지금 2025년의 간극에도 불구하고 변함없는 사실이 있다. 그것은 바로 핀란드 사람들이 학교와 교사에게 갖는 신뢰와 존중의 자세이다. 그들은 교사가 자신의 아이에 대해 평가하고 가정에 알려주는 내용을 절대 신뢰한다. 그 바탕에는 선생님은 우리 아이를 사랑하고 잘되게 하려는 선한 의도에서 모든 것을 지도한다는 믿음이 있다.

핀란드에서는 일 학년에 입학하면 아이들을 수준 차로 나누어 수업한다. 학습 이해력이 우수한 그룹, 보통 그룹, 도움이 필요한 부진 그룹으로 나누어 그에 맞추어 지도한다. 이에 대해 이의를 제기하는 학부모는 아무도 없다. 수준별 수업을 해도 학부모들은 학교와 교사를 신뢰한다. 학생을 차별한다고 항의하는 학부모는 없다. 아이의 출발선을 명확히 진단하고 어느 일정 수준까지 그것을 이끌어 주려는 것은 저학년 교실의 흔한 풍경이다. 타인과의 비교를 염려하거나 남의 시선을 의식해서 다 같이 비슷하게 알고 있다는 전제로 일률적으로 수업하는 것을 핀란드에서는 지양한다. 사실 그런 수업은 수준이 높은 학생에게는 무료함을 느끼게 하고 부진한 학생에게는 따라가기 힘든 격차를 점점 벌릴 뿐이다.

핀란드 평가의 특징은 저학년 시기에는 우리나라 수행평가처럼 매우 잘함, 잘함, 보통, 노력요함 등으로 나뉘고 정량적인 평가는 없다. 그러나 학년이 올라갈수록 과목의 특성에 따라 지필 평가한다. 이를 통해 학생의 학습 내용 성취도를 정량적인 평가 결과로 가정에 보낸다. 학생의 발달 단계를 고려한 것이다. 초등학교 저학년 시기에는 타인과의 비교를 지양하고 학습 능력에 대한 점수를 부과하지 않지만, 중학년 이상에서는 평가의 방법이 바뀐다.

4. 아들의 눈에 비친 핀란드

    아들은 핀란드에서 여러 친구를 사귀었다. 같은 반 친구들이던 태국 친구 후바돈, 중국에서 온 양양, 러시아에서 온 세르게이와 안드레나, 소말리아에서 온 아프리카니와 그 형제들. 친구들과 사이좋게 어울리며 학교에서 즐겁게 생활했다. 핀란드어 집중반 과정을 마치면 우리 아파트 인근의 학교로 배정되어 다시 전학을 가야 했다. 그러나 한 학기 지나면 한국으로 귀국해야 했기에 담임 선생님과 상담했다. 아들은 선생님의 도움으로 전학하지 않고, 귀국할 때까지 나머지 한 학기를 에텔라 헤르반티 초등학교에서 공부했다. 첫해와 달라진 것이 있다면, 핀란드 일반학급과 핀란드어 집중교실을 오가며 공부한 것이다. 등교할 때는 핀란드 급우들이 있는 일반학급에 가서 핀란드어와 수학을 배웠고 핀란드 여학생 짝과 같이 앉았다. 예체능 과목을 배울 때에는 다시 핀란드어 집중교실로 이동해서 할라마 피아(Hallama Pia) 선생님께 배웠다. 이런 변화는 아들에게 좋은 경험이 되었다. 핀란드 친구들과 사귀면서 조금 더 그 나라의 문화를 잘 알 수 있었다. 후바돈과는 여전히 버스 통학을 같이했고 방과 후 서로의 집을 오가며 더

라미, 후바돈, 제민

욱 친해졌다. 그해 여름에는 지역의 주니어 축구 클럽에 지환이와 함께 등록해서 더 자주 어울렸다. 주말이 되면 자전거를 타고 지환이 집에 자주 놀러 갔다. 지환이 엄마는 아이들을 위해 맛있는 바비큐를 구워주고는 했다. 후바돈의 엄마도 아들이 가면 태국 음식을 맛나게 해주었다. 아들 주변에는 좋은 친구들이 있었다. 아들을 향한 하나님의 사랑이 느껴졌다. 시간이 가면서 같은 동네에 사는 핀란드 친구, 라미와도 친해졌다. 라미의 집은 후바돈의 집에서 조금 더 올라가면 있었다. 라미는 타멜라(Tammella) 초등학교 영어 특성화 반에서 공부했는데 지환이와 같은 반이었다. 그리기에 소질이 있었던 라미는 우리 집에 놀러 오면 아들과 그림을 그리며 놀았다. 주로 물체를 관찰하고 자세히 그리는 정밀 묘사를 즐겨 했다. 아이들의 노는 모습을 지켜보는 것은 재미있었다. 사용하는 언어가 상황에 따라 달랐다. 아들과 라미, 지환이가 놀 때는 한국어, 영어로 대화하고 제민, 라미, 후바돈이 어울릴 때는 영어와 핀란드어를 사용하고는 했다. 넷이 만나 놀 때는 삼 개 국어를 사용했는데 아이들이 소통하는 데는 문제가 전혀 없었다. 아이들이 가장 좋아한 놀이는 긴 줄넘기였다. 어찌나 신나게 노는지 정말 아이들의 천국이 따로 없었다.

이처럼 다양한 국적의 아이들과 놀면서 친구 폭이 넓어지다 보니 어느새 아들은 자신도 모르게 글로벌 역량을 지닌 소년으로 성장해 나갔다. 내가 생각하는 글로벌 역량이란 외국어로 소통할 줄 알고 타 문화권에 대한 포용성이 넓은 것이다. 또한 국적이나 인종에 상관없이 상대를 존중하고 공감할 줄 알며 친밀한 관계를 형성하는 열린 마음이기도 했다. 아들은 핀란드에서 사귄 친구들과 깊은 우정을 쌓으며 행복하게 자랐다. 주말 아침이 되면 친구들이 이른 아침부터 우리 집 문 앞에 와서 아들의 이름을 크게 불렀다. 아들은 '골목대장'이 아니라 '숲과 들대장'이었다. 우리는 그곳을 떠나왔지만, 그 아이들은 이후로도 친하게 지내며 이따금 한국으로 돌아간 친구 이야기를 했을 것이다. 아들이 그들을 그리워한 것처럼 말이다. 아들은 귀국해서 한동안 핀란드에서 놀던 친구들의 꿈을 자주 꾸었다. 길 건너 후바돈 집으로 가서 문을 두드리다 꿈을 깨는가 하면, 라미네 집으로 달려가서 문을 열었는데 아무도 없는 꿈을 꾼 적도 많다. 그 말을 듣는 내 눈가에 눈물이 맺혔다. 지금은 그 친구들과 연락이 닿지 않지만 아마 잘 성장했으리라.

지환이 엄마와는 지금도 연락하며 지낸다. 핀란드에서 지환이 집에 초대받아 갔던 그날을 잊을 수가 없다. 북유럽의 낯선 땅에서 우리 가족을 위해 정성껏 차려준 풍성한 식탁. 그것은 따뜻한 사랑의 마음 그 자체였다. 작년에 지환이가 한국 과학원에서 주관한 행사에 핀란드 한인 청년 대표로 참석하느라 한국을 방문했다. 청년이 된 아이들은 무려 십사 년 만에 다시 만났다. 서로 반가워서 어쩔 줄 몰라 하며 밤새 이야기꽃을 피웠다. 지환이는 오 개 국어에 능통한 글로벌 인재로 잘 성장했다. 핀란드의 시간이 행복했던 것은 그곳에 친구가 있었기 때문이다. 아들이 사랑한 친구들, 아들을 사랑해 준 친구들과 선생님들. 모든 게 감사하다.

핀란드에서 지나는 시간이 점점 빠르게 지나가면서 아들은 언제부터인가 요리를 즐겼다. 내가 주방에서 요리하면 곁에 와서 자신이 먹고 싶은 음식을 직접 요리하거나 가족을 위해 음식을 만들어주기도 했다. 학교에서 먹은 음식 중 맛있었던 것은 집에 와서 서슴지 않고 해보았다. 맛도 있지만 요리하는 그 과정을 행복해했다. 아들의 표정은 날이 갈수록 밝아졌고 이전보다 훨씬 행복해 보였다. 하늘에 해가 빛나듯 아들의 얼굴이 빛났고, 두 눈에는 행복을 담고 있었다. 아들의 성품이 무척 호탕하고 대범하다는 것을 이즈음 발견했다. 예전에는 미처 몰랐는데, 아들의 그림을 통해 알았다. 어느 날, 학교에 다녀온 아들은 아파트 공동 커뮤니티에서 커다란 벽지를 얻어 왔다. 평소에도 그림 그리는 것을 좋아했지만, 그날은 그림의 규모가 달랐다. 그 벽지를 펼쳐서 방 안 가득히 이어 붙이고 거대한 화폭을 마련했다. 아들은 그 위에 올라가서 기사, 드래곤, 백마와 창과 방패를 든 군사들을 많이 그렸다. 기사와 드래곤, 말이 등장하는 전투 장면들, 중세 유럽의 역사화 같은 그림을 방을 가득 메운 커다란 화폭에 꽉 차게 그렸다. 아들의 그림 솜씨는 빼어났다. 매우 사실적으로 대상을 묘사했고 표정의 섬세함을 잘 표현했다. 큰 백마를 타고 드래곤을 무찌르는, 긴 창을 든 장수. 아마 아들 자신을 투영한 것은 아닌지?

아들의 벽지 그림에는 스토리가 있었다. 책을 보지도 않고 무척이나 사실적으로 묘사해서, 우리 집에 놀러 온 이웃들은 아홉 살 된 아들이 그렸다는 말을 믿기 어려워했다. 누가 그려준 줄 알 정도였다. 상황과 분위기에 어울리는 캐릭터들의 표정은 살아 있었고, 색상 감각 또한 우수했다. 아들의 마음에 있는 심상을 담아내기엔 기존의 스케치북은 아들 성에 차지 않은 듯했다. 그렇게 벽지를 이어 붙인 커다란 종이에 아들은 마치 작품을 만드는 예술인인 양, 어느 날은 몇 시간씩 밥도 안 먹고 그림에 몰두했다. 아들의 그릇이 크다는 것을 알게 되었다. 무척 기쁘고 신선한 발견이었다.

5. 축구 클럽과 아이스하키 클럽

핀란드에서는 학교와 가정의 역할이 명확하다. 학교에서는 교사가 국가 수준 교육과정에 의거, 학교 연간 운영계획에 따라 지도한다. 학교 교육과는 별도로, 각 지역의 학부모들이 주축이 되어 운영하는 지역 스포츠 클럽이 계절별로 개설되고 활성화된다. 여름에는 유소년 축구교실, 가을부터 겨울에는 빙상 스포츠가 꽃을 피운다.

학교 교육은 철저히 교사들에 의해 교육과정이 구성되고 모든 수업의 형태와 평가권은 학교와 교사에게 전적으로 주어진다. 학교 안에 들어와서 교육 활동을 할 수 있는 자격과 범위를 법으로 정해서 교사의 질 관리를 충실하게 하고 있다. 반면, 학교 밖에서 방과 후 운영되는 스포츠 활동 클럽은 운영에 필요한 실력과 열심을 가진 학부모 발렌티어(Valenteer)가 많은 부분을 감당하고 있다. 유월 방학을 앞두고 오월쯤 되면 지역별로 축구 클럽이 활성화된다. 학부모 자원봉사자들이 주로 운영한다. 학생들은 방과 후에 여름철 내내 주 삼 회씩 축구의 기본기를 배우고 경기에 임한다.

놀이처럼 즐겁게 하나씩 하나씩 기술을 익히면서 경기를 풀어나간다. 아들도 오랜 전통이 있는 '일베스(ILVES)' 주니어 축구 클럽에 들어갔다. 우리가 사는 루꼰마끼와 인근 아날라(Anala) 지역의 아이들이 모여 있는 클럽이었다. 지역에 있는 학교 운동장을 사용하고 학부모 자원봉사자로 클럽 운영팀이 조직되었다. 아이들은 거주지를 중심으로 인근의 클럽에 가입했다. 많지 않은 회비를 내는데 이는 아이들의 유니폼 구매와 나중에 연합 리그전에 출전하는 비용에 쓴다. 클럽의 아이들은 특색 있는 유니폼을 입고 여름 내내 신나게 훈련과 경기를 펼친다. 여름 끝 무렵 지역의 모든 클럽이 모여 리그전을 벌이는데 이는 유소년 축구 클럽의 하이라이트다. 리그전을 끝으로 여름 스포츠는 막을 내리고 얼마 후 곧바로 빙상 스포츠클럽이 운영된다. 보통 축구 클럽이 6~8월까지 운영되고 이어서 9월이 되면 아이스하키 클럽이나 스케이트 클럽이 운영을 시작한다. 아이들은 누구든지 방과 후 일 년 내내 각 지역의 스포츠 클럽에서 활동한다. 물론 희망자에 해당하는 것이고 의무 사항은 아니다. 방과 후 일어나는 상황이나 활동하는 내용에 대해 학교는 관여하지 않는다. 학부모 또한 학교에 방과 후 다른 활동이나 학교 밖 생활지도를 요청하지 않는다. 핀란드 사람들은 시간 관리가 철저한 것만큼이나 관계 설정도 명확하다. 학교 일과 중 교육 활동과 방과 후 학교 밖 활동을 서로 다른 성격으로 규정하고 있다.

핀란드에서 학부모들이 주축이 되어서 자녀의 스포츠 조직을 구성하고, 운영의 주체가 되는 것이 매우 인상적이었다. 그들은 서로 연대하며 자녀들의 성장을 지원하고 있었다. 그것은 매우 정교하고 예측이 가능한 시스

축구 클럽 수료 메달 수여

템 안에서 운영되었다. 굳이 구분하자면, 여름에 운영하는 유소년 축구 클럽은 순전히 자원봉사 하는 지역의 학부모들이 주축이 되어 코치, 회계, 총무에 이르는 모든 역할을 담당한다. 이에 반해 좀 더 전문적인 장비와 많은 인프라가 있어야 하는 아이스하키 클럽은 오랜 전통이 있는 스포츠클럽팀에서 운영한다. 아이스하키의 경우, 아이들은 일정한 훈련비를 내고 지도받는다. 하지만 이 경우에도 학생의 부모들이 주축이 되어 학부모임원회를 구성하고 감독과 코치를 적극적으로 지원한다. 그들이 훈련과 경기 운영 집중할 수 있도록 제반의 지원을 아끼지 않는다. 훈련을 담당하는 코치진은 전문 스포츠인이었지만 운영의 상당 부분은 학부모들이 주축이 되어 운영했다. 경기 장소를 정하고 링크 관리를 하는 것은 학부모 임원들의 몫이었고, 지역 연합 리그전에 나가는 일체의 준비도 학부모임원회에서 결정했다. 그들은 자신의 부모들이 그렇게 한 것처럼, 자녀를 위해 재능을 아낌없이 나눠주었고 서로 힘을 합해 연대했다. 한 아이를 성장시키기 위해 온 마을이 함께 노력했다. 그 중심에 학교와 학부모가 있었고 그들은 서로의 경계를 명확히 하는 가운데 건강한 조화를 이루었다.

클럽에 가입하면 일주일에 세 번씩 훈련을 받고 기본 기술을 배우거나 경기를 펼친다. 주중 두 번은 자체 훈련을 하되 주말에 한 번은 다른 팀과 경기를 펼친다. 아이스하키는 핀란드 겨울 스포츠의 꽃이다. 핀란드의 가을이 깊어질 무렵, 기온이 영하로 내려가면 학교 운동장에 통학로만 남겨두고 펜스(fence)를 두른다. 그 안에 긴 호스로 물을 뿌려서 밤새 얼린다. 이렇게 만들어진 천연 빙상장에서 겨우 내내 빙상 스포츠를 즐긴다. 사정이 이렇다 보니 학교에서 정규 수업 시간에 아이스하키나 스케이트 활동을 즐겼다. 이듬해 봄이 되면 운동장과 빙상장을 구분하던 펜스는 없어지고 황토색 맨땅이 드러난다. 실제로 이 부분에 대해 우리 가족이 문화충격을 겪었다. 우리 가족이 탐페레에 도착했을 때, 피터가 우리 부부에게 스케이트를 빌려주었다. 남편과 내 신발 사이즈에 대해 말한 적이 없었는데도, 우리 발에 딱 맞았다. 우리는 아이들에게는 새 스케이트를 사주었고, 온 가족이 함께 탐페레 대학 맞은편 실외 아이스 링크에서 스케이트를 탔다. 이곳은 다른 데서 보던 것과는 규모가 달랐고 스케이트 경기를 해도 될 만큼 넓었다. 마침 아들은 어려서부터 인라인 스케이트를 배웠기 때문인지 스케이트를 잘 탔다. 나는 오랜만에 타는 거라 잘하지는 않지만, 남편에게 배우면서 나름대로 즐겁게 탔다. 딸은 처음부터 기초를 배웠는데 어려서인지 실력이 빨리 늘었다. 그렇게 우리는 탐페레에 도착한 첫 달부터 봄이 오기까지 그곳에서 스케이트를 즐겼다. 누구나 무료로 이용했고 아이스 링크 주변에 있는 라커룸도 자유롭게 이용했다. 추위가 물러가던 어느 날, 버스 안에서 차창 밖을 내다보던 나는 깜짝 놀랐다. 탐페레 대학 맞은편에 항상 보이던 아이스 링크가 안 보였다. 알고 보니 땅이 녹고 펜스(fence)를 거두자 땅 본연의 황토색 운동장이 드러난 것이다. 감쪽같이 속은 것 같던 기분이 지금도 생생하다. 그 아이스 링크는 우리 가족을 위해 자연이 주는 선물이었다. 우리는 서로 손을 잡거나 한 줄로 서서 스케이트를 탔고 영혼까지 충만한 행복을 만끽했다. 나는 처음부터 그곳에 설치된 빙상장인 줄로만 알았다. 그 아래에 땅이 있을 거라고는 상상하지 못했다. 그런데 알고 보니, 아이스 링크가 운동장이었다니! 정말 놀랍고 신기했다. 드러난 운동장! 그것은 북유럽의 겨울에 작별을 고하는 세레모니였다.

아들은 핀란드에 도착한 첫해 구월, 그 지역에서 오랜 전통이 있는 꼬베(KOOVE) 아이스하키팀에 등록하고 훈련에 참여했다. 클럽에서는 주중에 링크에서 연습하며 자체 경기했다. 주말에는 다른 클럽과 경기했는데 아들은 파란 눈의 핀란드 아이들 사이에서 다소 위축되어 있었다. 스틱으로 퍽을 자유롭게 치기보다는 조심스러워하고, 경기에 적극적으로 임하지 않았다. 남편은 링크장 가장자리에 서서 아들을 큰 목소리로 응원했지만, 아들은 소극적일 때가 많았다.

핀란드에서 아이스하키는 그야말로 아이들 생활의 일부이다. 클럽에 다니는 아이들이 주말에 다른 팀과 경기할 때면 모든 아이가 고르게 경기에 출전한다. 그렇게 해서 자연스레 아이스하키로 진로를 정하는 아이들도 있었다. 하지만 더 많은 경우, 아이들은 운동 자체가 좋아서 활동했다. 그러다 보니 아들은 처음에 클럽에 가입하여 기초, 기본 연습을 하고 곧바로 경기에 출전하며 실력을 쌓아갔다. 비록 남편의 바람만큼 적극적인 경기를 하지는 않았지만, 비가 오나 눈이 오나 꾸준히 클럽에 갔다. 우리는 자가용이 없었기에 13번 버스를 타고 다녔다. 아들은 무거운 장비를 가득 챙겨 넣은 아이스하키 가방을 끌고 다니며 버스에 올랐고 내려서는 한참을 걸어 아이스하키장까지 갔다. 그 사이에 숲길을 지나고 눈 쌓인 아스팔트도 거닐면서 열심히 다녔다. 아홉 살 아들에게 가방의 무게가 꽤 무거웠을 텐데도 아들은 싫은 표정 없이 열심히 끌고 다녔다. 다른 아이들은 모두 부모의 차를 타고 편하게 오갔다. 그러던 어느 날, 마침내 우리 가족 모두에게 잊히지 않는 기쁘고 감격스러운 일이 생겼다. 바로 한 해의 아이스하키 클럽 활동을 마무리하는 지역연합 리그전에서 있었던 일이다. 그해 핀란드 남서부의 주니어 클럽팀은 모두 유바스쿨라(yväskylä)시에서 열린 삐르칸마(Pirkanmaa) 지역 리그전에 참가했다. 그때의 벅찬 감동을 지금도 잊을 수 없다. 평소 소극적인 경기를 보여주던 아들이 아이스하키 지역연합 리그전에서 당당히 두 골을 넣어 팀의 승리를 이끌고 최우수 선수 메달을 받아왔다. 클럽의 모든 선수가 함께 대형 전세버스를 타고 다녀오는 일박 이일의 일정이었는데, 부모가 동행해야만 출전할 수 있었다. 남편은 만사 제쳐두고 아들을 위해 기꺼이 일정을 함께했다. 아들의 사기를 돋워주고 싶던 남편은 경기 전 아들에게 약속했다. 경기에서 골을 넣으면 평소 아들이 제일 좋아하는 일본 라면을 사주기로. 그 당시 탐페레에서 일본 라면은 고급 음식이었다. 많은 아시안 레스토랑이 있었지만 유독 일본 라면은 비싸고 고급스러운 분위기의 식당에서 판매했다. 아들은 그 말에 힘을 얻어 지역 리그전에 참여했을 때, 최선을 다해 적극적으로 뛰었다. 몸 태클도 마구 하고 요리조리 상대 선수를 피하면서 퍽을 힘껏 날렸고 두 골이나 넣었다. 십수 년이 더 지나 이십 대에 들어선 아들과 그 당시 이야기를 나눈 적이 있다. 아들은 매우 또렷이 기억했고 그때의 경험과 생각, 느낌을 이제야 생생히 전해주었다. 그때는 알지 못했던 처음 듣는 말이었다. 당시 아들은 아빠가 사주기로 한 일본 라면을 너무 먹고 싶었다고 했다. 경기장에 들어서자 무엇인가에 각성이 되듯 정신이 확 나면서 또렷해졌다고 했다. 평소와는 달리 덩치가 더 크고 날렵한 핀란드 아이들 사이사이를 주저함 없이 달렸고, 마음껏 스틱을 휘두르며 퍽을 골대에 넣었던 짜릿함이 여전히 생생하다고 했다. 아들도 자신이 그토록 신나게 경기한 것이 무척이나 뿌듯했고, 골을 넣고 들어오면서 학부모 발렌티어 아버지들의 열렬한 골 세레머니를 받으며 매우 기뻤다고 했다. 푸른 눈을 가진 금발의 핀란드 아버지들로부터 "제민 휘바(Hyvä)! 제민 휘바!"라는 환호성을 들을 때 아들은 무엇이든 마음먹으면 할 수 있음을 깨달았다고 한다. 그것은 단순히 클럽에서 골을 넣고 칭찬받은 그 이상의 의미가 있었다. 자신의 한계를 뛰어넘은 놀라운 사건이었다. 그것은 벅찬 기쁨이었고 환희였다. **외국 친구들 속에서 무엇인가 위축돼 있던 자신의 정체성을 깨부수고 알에서 나온 새처럼 아들은 그야말로 펄펄 난 경기를 펼친 것이다.** 이제 더 이상 외국인 손제민이 아닌 꼬베팀의 승리를 이끈 주역으로 자리매김하는 순간이었다. 경기 후 더 신이 난 쪽은 남편이었다. 그날의 경험에 관해 남편은 내게 들려주고 또 들려주었다. 나는 아들의 뒷바라지를 위해 최선을 다하는 남편이 고마웠다. 아빠와 아들은 핀란드 아이스하키 생활의 마지막을 그렇게 화려하고 멋지게 장식했다. 아들의 자존감이 분수처럼 치솟아 오른 환상적인 경기였음에 감사하다. 아마도 그때 하나님의 손길이 아들을 붙들고 계셨으리라 믿는다. 아들의 훌륭한 플레이는 그 뒤로도 핀란드 부모들 사이에 회자되고는 했다. 나를 만나는 다른 부모들도 그 이야기를 여러 차례 들려주었다. 환하게 웃으면서 마치 자신의 자녀 일처럼 전해준 핀란드 부모들의 응원에 감사하다.

아이스하키 클럽 KOOVE에서 활동하다

아들은 아이스하키를 통해 자신감을 회복했고 자존감이 하늘을 찌를 듯했다. 그 힘으로 다른 것들도 흥미를 갖고 탐구하기 시작했다. 하나의 성공 경험은 또 다른 의욕과 목표 의식을 불러일으키나 보다.

핀란드에서는 어린이 한명 한명을 그 나라의 미래, 그 자체로 여긴다. 한 명의 어린이를 위해 어른들은 온 힘을 합했다. 그것이 그들의 삶이고 서로를 향한 약속이었다. 서로를 신뢰하고 해야 할 일과 하지 말아야 할 것을 명확히 했다. 학부모들은 자신의 경험을 토대로 책임감을 갖고 서로 연대했다. **남의 아이를 위한 것이 결국은 내 아이를 위한다는 신념이 확고했다.** 핀란드 아버지들이 골을 넣고 들어오는 우리 아들을 위해 진심 어린 박수를 보낸 것이 그 예이다. 아마도 그들은 자기 아들이 골을 넣은 것처럼 기뻤던 것 같다.

6. 신뢰에 기초한 종합적 교육 시스템

    핀란드에서 '온 마을이 한 아이를 키운다'라는 것은 학교의 경계를 허무는 게 아니라 오히려 그 반대를 뜻한다. 아이들이 살아가는 각 지역의 학교는 학교로서의 본래 기능을 하고 학교 밖의 학부모들은 방과 후 학교 밖 스포츠 활동 운영에 참여해서 이를 전적으로 지원한다. 어느 지역에 가든 이러한 시스템이 잘 갖춰져 있다. 이것은 의무 활동이 아니라 누구든지 원하는 아이들이 선택할 수 있다. 마을을 중심으로 한 지역의 유소년 축구 클럽, 아이스하키 클럽 등이 이에 해당한다. 핀란드에서 스포츠는 단순한 취미 수준이 아니다. 아이들의 성장에 있어 학교 공부 못지않은 생활의 루틴이었다. 학교에서는 전문 자격을 가진 교사가 교육과정에 근거하여, 수업을 매개로 학생 성장을 돕는다. 학교 밖에서는 학부모 자원봉사자가 주축이 되어 지역의 전통과 마을 조직을 바탕으로 스포츠클럽을 운영한다. 그러다 보니 어떤 아이가 스포츠클럽에서 배우다가 다른 지역으로 이사해도 그 지역에 있는 다른 클럽으로 들어가면 된다. 물론, 조직을 운영하는 구성원은 다르지만, 시스템이 같기에 큰 혼란이 없다. 낯선 환경에 적응한다는 면은 있으나 그 이외의 운영 형태, 활동 내용 등은 같다. 부모들은 그처럼 안정되고 효율적인 시스템 안에서 아이들을 길러낼 수 있다. 부모가 일일이 발품 팔면서 어디가 아이에게 좋은 교육 환경인지 고심하지 않아도 된다. 공동체가 이루어 낸 합리적이고 신뢰할 수 있는 시스템이 학교와 지역, 마을 교육을 뒤받쳐 주었다.

사회와 학부모는 학교가 주도적으로 이끌고 나가야 할 부분에 관해, 전적으로 위임하고 신뢰했다. 그렇기에 교사는 자신의 소신을 따라 최선의 교육을 펼쳤다. 물론 그 '소신'은 교육 목적에 합당한 범위 내에서의 소신이었다. 학교는 핀란드를 존속하게 하고 발전하게 하는 생명의 터전과도 같은 곳이었다. 그 나라를 받쳐 온 올바른 전통과 삶의 방식, 타인과 건강한 사회성을 터득하고 그 안에서 자신의 정체성을 형성하는 곳. 그곳이 학교였고, 그 최일선에 교사가 있었다. 그것을 가능케 한 것은 교사의 전문성을 갖추게 하는 탄탄한 교사 양성 제도와 사회 안에 약속된 정신이다. 이것을 핀란드 교육위원회에서 발표한 자료에 의하면 '**신뢰에 기초한 종합적 교육 시스템 지향**'으로 표현할 수 있다. 핀란드 교육 시스템의 기반은 정부와 지방자치단체, 각 교육 기관, 교사 간 공유하고 있는 교육철학과 프로페셔널리즘에 대한 신뢰라고 밝힌다. 교사들은 어떤 결정을 하기에 앞서 충분히 토의하고 심사숙고 끝에 교육 운영의 방침을 결정한다. 때로는 너무 서서히 가는 것 아닌가 싶을 만큼 진지하고 면밀하게 논의한다. 그러나 일단 결정된 교육방침과 방향에 대해서는 지속해서 확실하게 시행한다. 그래서 학교 교육에 권위가 있고 신뢰할 수 있다. 그렇기에 자녀의 유급을 결정하는 담임 교사의 판단에도 그들은 수용하고 협력한다. 우리 교육에서 '사회성'이 미흡하여 일 년을 더 공부하라고 한다면 그것을 쉽게 받아들일 수 있을는지? 이것이 가능한 것은 온 국민을 대표하는 합의체가 오랜 기간 머리를 맞대고 논의하여 이뤄 놓은 그들만의 견고한 교육 시스템 덕분이다. 상호 신뢰와 존중을 기반으로 한 시스템 안에서, 그들은 학교와 교사의 결정과 행동에 믿음을 보내고 지지한다. 이 시스템의 수혜를 한국에서 간 우리 자녀들이 마음껏 누렸다.

이곳의 교사들은 석사 학위에 따르는 오 년간의 대학 교육과정을 통해 교직 생활 전반을 통해 지켜나갈 교육철학을 내재화한다. 그것은 개별적인 교육철학이 아닌, 이 나라 교육 전반의 교육철학이기도 하다. 이를 요약하면 정직과 공정한 사회 가치 존중, 학생들의 내적인 동기부여, 학생들의 자신감 신장, 겸손과 관용의 삶의 태도, 학생 개개인의 상황과 수준에 맞는 관심과 지원이다. 핀란드의 국가와 사회는 이러한 교육철학을 갖고 교단에서는 교사에게 신뢰와 존경을 보낸다. 그 신뢰에 부합한 교육을 펼치고자 교사들은 부단히 노력하고 있다. 학교와 교사는 지금 내가 가르치는 학생이 핀란드의 미래를 세워간다는 투철한 사명감과 성실함으로 가르친다. 학부모는 공교육과 교사를 바라보는 신뢰와 애정을 담아 응원한다. 이 안정된 시스템의 울타리 안에서 학생들은 학교 가는 것이 마냥 행복하기만 하다. 그들은 그 울타리 안에서 매일 새롭게 익히는 배움이 즐겁고 상호 존중과 협력을 통해 서로의 성장을 돕는다. 그것이 곧 그 나라의 국민성을 결정하고 마침내 세계 국가 브랜드 1위라는 명성을 갖게 하고 있다. 그러나 언제 어디에서든지 완벽한 시스템은 없다. 상황에 따른 판단과 선택에 책임은 오롯이 선택자의 몫이다.

핀란드가 지닌 여러 우수한 점에도 불구하고 시간이 흐르면서 이 사회에도 불평과 모순은 존재한다. 최근 핀란드 반타 공항에서 성 중립 화장실을 설치했다. 혁신과 변화는 미래 지향의 건강한 사회를 이뤄갈 때 가치 있다. 세월이 지나도 변치 않아야 할 중요한 전통과 가치는 보존되어야 한다. 어른들은 아이들에게 '다양성의 인정'과 더불어 '올바른 가치와 전통'을 전수할 책임이 있다. 전통적으로 지켜온 가치를 무시하고 무조건 새로운 사조를 좇는 게 능사가 아니다. 오랜 세월을 거치며 인류의 보편타당한 삶 속에서 전수해 온 윤리와 가치는 소중하다. 이를 후대 세대에게 가르치고 전하는 것을 소홀히 한다면, 질서와 중심 가치가 사라진 혼란 사회가 도래할 수 있다. 그 단적인 예로 인류 사회의 근간이 되는 건강한 가정 윤리와 성 정체성의 불확실성이다. 사람의 정체성은 부모로부터 배운 삶의 양식을 통해 큰 영향을 받는다. 존재의 뿌리가 되는 부모를 알고 부모와 함께 사는 가정의 가치는 다른 어떤 공동체와도 구별되는 최고의 가치이다. 또한, 한 인간의 정체성은 국가와 가문을 논하기에 앞서, 남자와 여자라는 본질적인 존재 됨에서 뿌리를 찾는다. 그 양성으로부터 인류는 존속해 왔다. 그 누구도 부모 없이 세상에 존재하는 사람은 없기 때문이다. 그러나 언제인가부터 소위, 새로운 사조를 환영하는 그룹에서는 이를 부인하고 다른 가치를 심으려 한다. 미래세대를 책임지는 교사의 한 사람으로서 볼 때 그것은 매우 위험한 시도라고 본다.

심신이 건강한 사람은 올바른 윤리 의식을 따르고 이에 근거한 사랑을 자신과 타인을 위해 실천하며 살아간다. 남녀로 구성되는 인류 보편의 가족 개념을 부인하고 그 이외의 다양한 가족의 형태를 인정한다면 그것은 윤리의 기초를 무너뜨리는 것이다. 올바른 가정은 제도이기에 앞서, 한 인간이 지니는 정체성의 뿌리이다. 그러기에 학교는 건강한 가정의 가치, 올바른 성 윤리에 근거한 교육방침을 정하고 가르쳐야 할 책무가 있다.

내가 소중히 여기는 나라, 우리 가족이 행복을 누리고 온 핀란드. 그 수도인 헬싱키 반타 공항에 성 중립 화장실이 설치되고, 화장실 문 앞에 유니버설 성 표시가 그려진 뉴스를 보면서 마음이 참담했다. 아이들의 천국, 너무나도 위대한 교육 제도를 갖춘 핀란드가 올바른 가족의 개념과 바른 성 정체성 교육을 놓치고 있는 것 같아 너무나 안타깝다. 젠더 감수성을 기른다는 이유로 전통의 가정 윤리를 평가절하하는 것은 결코 옳지 못하다. 교육자는 사회의 흐름에 밀려 주어지는 것을 녹음기처럼 말하는 자가 아니다. 무엇이 진정 자라나는 다음 세대이 아이들에게 전해야 할 가치가 있는 것인지 옥석을 가려서 알려줘야 할 사명이 있다. 교사라는 이름이 부끄럽지 않도록 아이들을 위해 진실한 사람으로 살고 싶다. 남성과 여성이라는 인간 본연의 존재에 기반한, 건강한 가정이 바로 서는 사회가 바른 교육을 지속 가능케 하는 원동력이다. 그러므로 외국의 사조를 무조건 받아들일 것이 아니라 우리 풍토에 적합한 교육철학을 논의해야 한다. 오천 년 역사를 지탱해 온 우리 역사, 문화, 사회 특성에 맞는 교육철학을 논의하고 분단의 현실 속에서 미래를 대비하는 대한민국 교육철학이 수립되길 바란다.

핀란드의 그것이 아무리 좋다고 해도 우리 토양에 맞는 것을 추구해야 한다. 그 나라의 교육 현주소에서 우리나라 학생에게 유익한 가치는 받아들이되, 성 중립과 같은 그릇된 풍조를 개념 없이 받아들이는 것은 지양해야 한다. 이것도 옳고 저것도 옳다는 것은 결국 아무것도 없다는 것과 일맥상통한다. 이것이 옳으면 저것은 옳지 않은 것이기에, 자라나는 아이들에게 옳은 것과 선한 것을 선택하고 가르치는 수고와 헌신이 우리 교육에서 반드시 있어야 한다고 본다. 다양성의 인정이라는 좋은 말속에는 자칫, 고유하게 지켜가야 할 본연의 것을 놓칠 수도 있다는 함정이 있다. 다양성 이전에 교육의 본질과 원칙을 수립하고 그 든든한 토대 위에 기회의 평등, 협력과 상생의 정신을 가르치는 공교육이 되기를 바란다.

 핀란드는 우리나라처럼 주변의 강대국인 소련에 의해 큰 어려움을 겪은 역사가 있다. 겨울이 길고 추운 날씨, 러시아와 스웨덴이라는 강대국 사이에 놓인 지정학적 열세. 핀란드가 기대할 것은 교육을 통한 우수한 인적 자원을 길러내는 것이었다. 남보다 수월성을 지닌 인재 육성과 함께 그와 더불어 나라를 책임 있게 이끌어가는 보편적이고 역량 있는 국민을 기르는 것에 큰 목표를 두었다. 그러기 위해 오랜 기간에 걸쳐 각계를 대표하는 교육 관련자들이 모여 난상 토론했다. 그들은 객관 타당하고 방대한 연구 자료에 근거하여 이 나라만의 교육철학을 견고히 세웠다. 그 철학의 가치 아래 모든 교육 활동과 제도는 운영된다.

7. 학습의 전이 효과

아들은 핀란드 학교에 입학하여 그야말로 눈부시게 성장하고, 행복을 만끽했다. '핀란드 말로 배우는 것이 무슨 유익이 있을까?' 하고 염려한 것이 얼마나 필요 없는 기우였는지 증명하는 데는 그리 오래 걸리지 않았다. 나는 한국에서 십여 년 이상 교편을 잡았음에도 불구하고, 나의 경험과 시선에서만 아들의 미래를 예견했고, 내 생각이 최선이라는 착각을 했었다. 아들의 핀란드 학교생활을 지켜보면서 나도 많이 변했고 성장했다. 가장 큰 변화는 **내가 옳다고 여기는 것이 최선이 아닐 수도 있다는 생각의 전환이었다.** 아들은 학교에 다니면서 때로는 학교를 집보다 더 좋아하는 모습을 보여주었다. 주변에 알아보니 다른 집 아이들도 같은 입장이었다. 핀란드의 아이들은 학교에 가지 못하는 주말을 싫어한다고 들었는데, 바로 우리 아들이 그러했다. 아침이 되면 누가 깨우지 않아도 일찍 일어나 혼자 등교 준비를 다했다. 아들은 비가 오나 눈이 오나 학교 가는 것을 즐거워했다. 현관문을 열고 나설 때면 늘 밝게 웃으며 기대하는 얼굴로 나섰다. 핀란드 학교에는 배움과 놀이, 예측이 가능한 규율과 엄격한 질서가 공존했다. 학생들이 마냥 자유롭기만 한 것은 아니었다. 해도 되는 것과 하면 안 되는 것에 관해 명확한 구분을 배웠고 그에 따라 실천하는 배움터였다. 그곳에서 안정된 면학 분위기 속에 날마다 행복한 성장이 일어났다.

이 무렵 아들의 교육을 떠올리면 마치 하얀 도화지에 새로운 그림을 그리는 것 같았다. 학교에서 이루어지는 모든 수업은 핀란드어로 진행했기에 그 어떤 선행학습도 불가능했다. 영어로 수업했다면 집에서 어느 정도 예습이라도 해주었을 텐데 핀란드어는 우리 부부에게도 생소한 언어였다. 나중에는 오히려 아들이 핀란드어를 우리에게 통역해 주고는 했다. 아들은 학교 이외에 다른 어느 곳에서도 교과 학습 내용을 배우지 않았다. 그저 학교에서 배우는 것이 학습의 전부였기에, 배우는 모든 것이 날마다 새롭고 재미있었다. 아들은 학교에 가서 호기심을 가지고 새롭게 배우고 익혔다. 나는 아들이 오롯이 학교에 잘 적응하기만을 바라며 그 어떤 가정 학습도 시키지 않았다. 아들은 새 학교에 적응하는 것만으로도 벅찼다. 게다가 핀란드어 집중교육반인지라, 세계 여러 나라에서 온 아이들의 문화적 특징을 관찰하는 것도 아들에게는 흥미로운 경험이었다. 아들은 학교에서 돌아오면 그날 학교에서 새롭게 배운 것과 자신이 어떻게 생각하고 느꼈는지를 말해주었다. 한국에서보다 내게 말하는 빈도와 내용이 더 풍성해졌다. 아들은 학교에 간 지 며칠 안 되어 표정이 이전보다 매우 밝아졌다. 영어 프리스쿨에 다닐 때는 어딘가 모르게 불편해 보였는데 분위기가 달라진 것이다. 핀란드 학교에 보내기를 잘했다고 생각했다. 아들이 속한 학급은 '핀란드어 집중교육반'이라 불리는 국제 학급이었는데 핀란드어, 수학, 예체능 교과, 환경 교과를 배웠다. 일반학급에 비해 핀란드어 집중 교육 시간이 더 많았다.

아들은 학교생활에 즐겁게 적응해가는 동시에 그 나이에 알맞게 전인적인 성장을 이루어 나갔다. 집에 오면 심심하니까 책을 읽었고, 주변의 숲과 호수에 나가서 마음껏 놀았다. 외국에 있다 보니 한국에 있는 조부모님과 친지들로부터 편지를 받고 답장을 쓰면서 가족의 소중함을 더욱 마음에 새겼다. 집에 오면 핀란드 TV에서는 영어 드라마나 애니메이션을 자주 방영했다. 자연스레 영어 습득이 빨라졌다.

결과를 중시하는 교육에서는 처음부터 답안지를 제시하고 그 정답을 향해 필요한 기술, 지식의 습득만이 전부라고 여긴다. 핀란드 교육에서 경험한 것은 학습의 전이가 일으키는 행복한 성장이었다. 처음부터 '핀란드 언어로 수업을 듣는 것이 무슨 필요일까'라고 여긴 이면에는 학습의 전이에 대한 무지함이 있었다. 교육학에서 보고 교실에서 적용하던 개념이지만 이것이 타 문화권에서 만날 때 어떤 효과를 주는지 몰랐다. 그래서 아들에게 어떻게 해서든 영어 교육을 받게 하려 했다. 한 살 어린 동생들과 배우는 것을 감수해서라도. 결과적으로, 아들의 눈부신 성장을 통해 나의 판단은 옳지 않았음을 깨달았다.

어떤 것을 학습할 때 습득한 지식이나 기술이 다른 학습 과제나 문제 해결 상황에 옮겨지는 것을 가리켜 학습의 전이(Transfer of learning)라고 한다. 또 한편에서는 그것을 해낼 수 있는 학습자의 능력을 의미한다. 가령, 수채화를 그리면서 색상의 조합 기술을 배운 어린이는 다른 회화 영역에서도 그것을 사용하고 적용할 수 있다. 수학을 배울 때 익힌 한 가지 개념이 다음 단계의 새로운 공식을 이해할 때 기반이 되는 것도 같은 이치이다. 모든 학습은 이처럼 경험과 지식을 낱개로 나열하는 것이 아니라 상호 연관을 통해 이뤄진다. 십수 년간 학생을 가르쳐 온 나는 그 학습의 전이를 교실 환경에서만 적용하려 했던 오류를 범했다. 다행히 그 오류가 우리 부부의 생각에 머물렀기에 망정이지, 만일 아들이 환경에 순응해서 한 살 어린 동생들과 영어 유치원에 다녔다면 어땠을까? 아들은 귀국할 때까지 핀란드의 또래 친구들과 어울려 학교생활 하지 못하고 영어 한 가지만 했을 것이다. 영어 실력은 더 늘었을지 모르지만, 제한된 경험에 그쳤을 것이다. 아는 만큼 보인다고 하지만, 경험한 만큼 알게 되는 것이다. 결국은 상호 불가분의 관계에 있다고 할 수 있다. 경험하기 전에는 몰랐던 것들이 비로소 그 길을 지나 보아야 보인다. 아들이 핀란드어가 아닌 영어로 교육받아야 핀란드에서 보내는 시간이 아깝지 않다고 여겼던 선입견은 보란 듯이 사라졌다. 아들의 도전정신과 어린 나이였음에도 자신의 의견을 끝까지 주장했던 아들에게 고마울 따름이다.

부모나 교사가 학습을 설계할 때, 반드시 고려해야 하는 것이 학습의 전이다. 이는 학습자의 성장을 돕는 데 있어 간과해서는 안 될, 중요한 교육 목표 중 하나이다. 배움의 과정에 있는 자녀(학생)가 이전에 학습한 지식이나 기술, 어떠한 능력을 새로운 상황에서 효과적으로 적용할 수 있도록 해야 한다. 이를 통해 학습자는 선험적 경험으로 습득한 것들을(그것은 인지적, 신체적, 정의적 전 영역을 통칭) 새롭게 맞닥뜨리는 다양한 상황에 적절하게 적용하게 된다. 유연하고도 다양한 사고와 시도를 통해, 문제 해결 능력을 발전시켜 나갈 수 있다. 그러므로 유능하고 최적의 학습설계는 바로 이러한 학습의 전이를 고려한 학습 경험과 학습 환경을 조성하는 것이다. 학습자가 단순한 지식이나 어떤 기술의 습득에 그치는 것이 아니라, 여러 가지 새로운 상황에 적용하여 확장된 학습력을 갖도록 도울 수 있다. 이런 과정의 반복을 통해, 창의적인 문제 해결력을 기르게 되고, 도전정신과 자신감을 함양하게 된다. 이것은 곧 자기 효능감과 자존감의 향상으로 이어진다.

한 영혼의 위대한 성장을 돕기 위해 주변의 유능한 학습 설계자가 주도 면밀하고 친절하게 안내하는 것은 정말 중요하다. 아들의 핀란드 생활을 통해, 나는 그것을 피부에 와닿게 경험했다. 한국에서는 나름대로 열심히 가르치는 성실한 교사라고 자부했었다.(물론 내 주변에는 더 훌륭한 동료분들이 많았지만) 그러나 핀란드라는 특별한 무대에서 나이 두 자녀를 교육하며 비로소 이전에 보이지 않던 것들이 보였다. 나를 넘어서는 신선한 발견이었고, 내가 서 있는 교사로서의 현주소를 직시하게 했다. 그것은 냉정한 깨달음이었다. 학습의 전이를 인지적 측면에 치중하여 바라본 것은 아니었는지 스스로 반성했다. 아들에게 핀란드 공립 초등학교 교육을 피하게 하고 싶었던 것은 바로, 그러한 학습의 전이를 전인적으로 조망하지 못한 오류였다. 사실은 아들에게 가장 최상의 교육 환경이 바로 핀란드 공립 초등학교였다. 전혀 할 줄 몰랐던 핀란드어였기에 모든 게 새롭고, 단 한 가지의 선행학습도 이뤄지지 못했던 그 척박한 환경이 오히려 크나큰 자산이었다. 날마다 새로워지는 일신우일신(一新 又 一新). 아들은 매일 온몸과 마음으로 그것을 경험했다. 그것이 얼마나 학교 가는 발걸음을 즐겁고 행복하게 했던지! 학교가 그렇게까지 행복하고 재미있을 수 있다는 것을 아들에게서 배웠다. 그것은 신선한 충격인 동시에 경이로움이었다. 그렇게 가랑비에 옷 젖듯 아들은 하나하나씩 배움의 영역을 넓혀 갔다. 그리고 마침내 이곳저곳에서 위대한 학습의 전이를 발휘했다.

첫째, 언어 소통 능력의 발달이 눈에 두드러졌다. 핀란드어로 배운 읽기와 쓰기를 통해, 영어를 읽고 쓰는 것에도 관심을 가졌다. 같은 알파벳을 쓰기에 독학으로 해냈다. 그것은 유럽 일주를 할 때 만난 세계 각국에서 온 대학생 형, 누나들과 스스럼없이 어울려서 온종일 풀장에서 놀 때 유감없이 발휘되었다. 핀란드어로 읽을 수 있게 된 아들은 영어도 제법 읽었다. 한국에서 초등학교 일학년을 마칠 때까지 영어 선행학습을 전혀 시키지 않았기에 곁에서 지켜보는 것이 신기할 정도였다. 한 가지 있다면 유치원에서 알파벳을 외우게 한 것이었다. 또한, 모국어에 대한 감각을 잃지 않게 하려고, 한국에서 책을 여러 권 가져갔는데 아들은 그것을 읽고 또 읽은 후, 또 사달라고 했다. 나는 한국에 있는 동생들에게 부탁해서 시리즈로 보내 달라고 했다. 이때 읽은 독서력이 바탕이 된 것일까? 중학교 때까지 문제집 한 권 안 풀던 아들은 고등학교에 입학해서 본격적인 대입 공부를 시작했다. 대입 수능시험에서 국어 영역 백분위 99.8%에 드는 실력을 발휘했다. 결국, 핀란드어, 영어, 국어는 언어 구조는 달랐지만, 그것을 학습하고 사용하는 아들에게는 종합적인 배움의 성장으로 이어졌다. 언어 소통 능력이 종합적으로 길러졌음을 알게 되었다. 본의 아니게 아들의 경험과 성장은 연구 아닌 연구의 결과가 된 셈이다. 그 후로 나는 교실 현장에서 영어와 한자 학습에 대한 노출의 빈도를 이전보다 의도적으로 많이 하고 있다. 단편적인 지식이 아니라 이 모든 것들이 어우러져 종합적인 의사소통 능력에 긍정적인 영향을 줄 수 있음을 경험했기 때문이다. 아들의 핀란드 학교생활은 나에게도 성장의 계기가 되었다. 나의 교직 생활은 핀란드 이전과 이후로 나뉜다고 해도 과언이 아니다. 아무도 알아주지 않는다고 해도 나는 묵묵히, 그리고 기쁘게 이 길을 걷고 있다.

둘째, 수학에 대한 흥미와 자신감이 높아져서 새로운 과제를 만날 때 즐거워했다. 핀란드 교실에서는 수학 시간에 자기주도 학습을 강조한다. 수학을 잘하는 학생이 먼저 과제를 해결하면, 속도가 더딘 급우를 기다려주거나 배운 내용에 관해 자신만의 창의적인 문제를 만들어 복습한다. 수학 시간에는 선생님이 먼저 가르쳐주고, 학생들의 자기주도 학습이 이어진다. 학습 과제를 해결한 학생은 선생님께 들고 나가 피드백을 받고, 이해가 안 되는 학생은 손을 번쩍 든다. 선생님은 그 학생의 곁에 가서 지도해 준다. 아들은 학교에서 수학을 잘한다고 선생님께 칭찬을 들었다. 아들은 수학 문제 해결에 자신이 붙자, 집에서 한국에서 가져온 이학년, 삼학년 일학기 수학 교과서를 혼자 공부해서 다 마쳤다. 나는 도움을 줄 필요가 없었다. 문제를 푸는 아이의 입가에 미소가 번졌다. 자기주도 학습 습관의 출발선은 호기심과 흥미, 이전 학습에서 성공의 경험이 아닌가 싶다. 누가 시키지 않더라도 공부해야 할 목표가 있고, 흥미와 호기심이 바탕이 되어 스스로 책상에 앉는다면 이미 절반은 성공한 학습이다. 학습은 인간이 경험하는 중요한 기쁨 요소이다. 긍정적인 학습 경험은 다음 단계의 학습에 자신감을 불어 넣는다. 이는 자기 주도적인 학습 태도로 이어지는 선순환을 낳는다.

셋째, 미술 시간에 배운 채색의 기법을 이용해서 집에 와서 상상의 인물들을 동원해서 커다란 벽화를 완성했다. 다양한 색감을 이용해서 채색하는 아이의 몰입은 백야의 나라 핀란드에서 밤까지 이어졌다. 경이롭기까지 했다. 물고기를 작은 어항에 두면 그만큼만 자라난다고 한다. 그러나 큰 바다에 풀면 훨씬 크게 자란다고 한다. 아들은 그 시기, 특별했던 배움의 바다에 헤엄치고 있었던 것은 아닌가 싶다. 아들에게 미안한 마음이 든 것도 그때였다. 한국에서 초등학교 일학년까지 같은 학교에 데리고 다니면서, 나는 남의 시선을 의식한 적도 있었다. 존재 자체만으로도 소중한 아들을 월말 평가에서 성적이 나쁠까 봐 많이 꾸짖기도 했다. 핀란드에 나와서 발견하게 된, 아들의 새로운 면모에 감동이었고, 스스로 노력하는 아들에게 고마웠다. 어쩌면 그것은 새로운 면모가 아니라 환경과 상황이 안 되어서 발현되지 못했을 수 있다고 본다. 자녀들에게 이런 기회를 주시고 환경을 열어주신 하나님께 감사했다.

넷째, 학교에서 배운 버섯관찰 채집 수업과 낚시 체험 등 자연 친화적인 환경 수업을 통해, 집 주변의 수목과 버섯 이끼에게까지 관심 갖고 환경을 아끼는 태도를 배웠다. 숲에 다니면서 함부로 꺾지 않고, 생명이 있는 것을 소중히 여겼다. 이런 자세는 타인에 대한 존중과 배려로 이어졌고, 이후 한 국에 돌아와서도 바른 인성을 지닌 아이로 성장하는 밑거름이 되었다. 후에 아들이 중학교 사춘기 시절을 보낼 때, 다른 것으로 해소하지 않고 산길과 숲을 마음껏 넘나드는 MTB를 즐겨 탔다. 자전거가 좋았던 까닭도 있겠지만, 핀란드에서 뛰놀았던 숲을 기억하며 달린 것은 아니었는지 짐작도 해본다. 핀란드의 숲은 아들에게 대자연의 놀이터였고 친근한 배움의 현장이었으며 인성을 기르는 터전이 되기도 했다.

다섯째, 학습과 배움의 긍정적인 경험은 이후의 또 다른 배움에 과감히 도전하게 하는 원동력이 되었다. 아들은 새로운 환경, 낯선 과제 앞에서 위축되기보다 정면으로 헤쳐가는 도전감이 강한 아이로 성장해 갔다. 핀란드 어는 영어와 완전히 다르고 러시아어와도 구별된다. 그 북유럽의 낯선 언어를 익히고 그들의 사회에 적응한 아들은 진취적인 기상을 길렀다. 낯선 환경과 새로운 과제는 오히려 아들에게 설렘을 갖게 했고, 적극적인 기대를 불러일으켰다. 그런 아들의 강한 도전정신은 성장하는 내내 이어졌는데 기억에 남는 에피소드가 있다. 열일곱 살, 중학교 졸업식을 마친 아들의 단독 일본여행이다. 아들은 중학교를 졸업하고 친구 한 명을 데리고, 삼박 사일의 일본여행을 했다. 비행기 표 구매부터 동선 계획까지 모두 혼자 해냈다. 나는 처음에 말렸지만, 남편은 아들을 믿고 남편 친구가 운영하는 동경 인근 기숙사에 숙소를 예약했다. 아들은 믿어주는 만큼 성장했다. 또한 자신을 품어주고 환영해 준 핀란드 학교와 사람들로부터 타인을 진정으로 배려하고 돕는 마음을 배웠다. 이후 아들은 소외되거나 힘든 처지의 사람을 보면 그들을 마음에서 진심으로 공감해 주는 따뜻한 마음을 자주 표현했다. 그것은 동정이 아닌 타인을 향한 관심과 존중이었다. 바람직한 것은 아들이 사회 현상이나 집단의 갈등을 직면할 때, 어느 한쪽에 크게 흔들림 없이 균형감각을 지닌 아이로 성장한 것이다.

8. 아들의 신나는 독학

　귀국을 한 학기 남겨 둔 시기에 한국의 친한 선생님께 부탁해서 삼학년 국어, 수학, 수학 익힘책, 리코더를 항공택배로 받았다. 나는 아들을 위해 야심 찬 홈스쿨 계획을 세웠다. 내가 보기에는 그다지 부담되지 않는 정도로 계획했는데, 아들은 학교 다녀와서 나와 공부하는 것을 싫어했다. 그 대신 친구들과 어울려 숲과 호수로 놀러 다니고 자전거 타고 놀면서 자유롭게 지내고 싶어 했다. 하지만 나는 조바심이 났다. 이제 이곳은 몇 달 머물다가 한국으로 갈 텐데, 그때를 준비하지 않으면 귀국해서 뒤처질까 봐 걱정되었다. 내가 준비한 학습량이 많지는 않았다. 그럼에도 아들은 정해진 시간에 엄마랑 앉아서 공부하는 것에 흥미를 느끼지 못했고 급기야 혼자 공부하겠다고 선언했다. 잘 설득해서 내가 공부를 시키려 했으나 아들은 따라주지 않았다. 하는 수 없이 교과서와 공책을 주고 목표량을 제시했다. 며칠 후 밖에서 돌아온 나는 깜짝 놀랐다. 책상처럼 쓰던 주방 탁자에서 아들은 아주 열심히 수학 공부를 하는 것이었다. 그것도 아주 몰두해서. 그야말로 자기주도 학습을 성실하게 해내는 모습을 보며 난 기쁘기도 하고 궁금하기도 했다. 내가 설정한 주간계획표는 거부하는 반면, 시키지 않아도 혼자 진득이 앉아서 한국에서 온 수학 교과서를 척척 푸는 것이었다. 가만히 옆에 앉아 지켜보는데 아들이 내게 물었다.

"엄마, 공부가 이렇게 재미있는데 한국에서는 왜 공부 안 한다고 혼냈어요?"

곰곰이 생각하니 아들이 일학년 때 내가 공부를 봐주면서 얼른 이해하지 못한다고 혼냈던 것 같다. 나는 까맣게 잊었는데 아들은 그것을 기억했다. 자녀를 키우면서 교육상 필요하다고 생각되면 나는 호되게 꾸짖었다. 과하게 자주는 아니었지만 따끔하게 안 되는 것을 가르쳐야 할 때는 심하게 혼냈다. 아이를 사랑하기에, 아이가 해서 되는 것과 안 되는 것을 정확히 가르치고 싶은 것은 모든 엄마의 마음이다. 그런데, 때로는 사랑인 줄 알고 아이에게 했던 말과 행동이 나의 욕심일 수도 있다는 것을 그때는 몰랐다. 그래서 부모 노릇은 참 힘들다. 자식이 잘되라는 마음에서 가르쳐주고 엄격하게도 하는 것이다. 그런데 그게 사랑인지, 나의 이기심인지 분간하는 것이 혼란스러울 때도 있었다. 아들이 기억하는 혼냈던 순간이 그것이 아니었나 싶다.

아들은 어려서부터 이해력이 좋고 언어 감각이 뛰어났다. 한 가지를 알려주면 금방 깨우치고 알려주지 않은 것들도 미루어 짐작해서 알 때가 많았다. 그런가 하면 시적 감수성도 풍부했다. 아들이 어렸을 때 같이 손잡고 길을 걷다 보면, 아들은 같은 장면을 보아도 시적인 말을 했다. 아들이 다섯 살 무렵, 구리에서 살 때 일이다. 구리 시민의 휴식처인 장자 못에는 분수가 있었다. 둘이 한참을 보면서 감상하고 있는데 아들이 갑자기 말한다.

"엄마, 분수가 뽀글뽀글 비누 거품이 나요."

그 신선한 표현에 나는 천재 시인이라도 탄생한 듯이 감탄했다. 아들의 눈에는 낙수하며 발생하는 물거품을 보고 비누 거품이라고 여긴 것이다. 그런가 하면 아들과 산책하며 하늘을 보면서 감상하는데 아들이 갑자기 내게 말했다.

"엄마, 바다에요!"

아들의 눈에는 하늘이나 바다나 같은 하늘색이니 그리 보인 것이다. 아들의 시적인 감수성은 비단 자연현상만이 아닌 일상에서도 종종 발현되고는 했다. 한번은 침대 위에 고운 레이스 천을 펼쳐놓았다. 텔레비전 위에 먼지가 앉지 않도록(그때는 텔레비전 위에 면적이 넓었다.) 덮을 용도로 시장에 가서 사 온 것인데 잠시 침대 위에 놓았다. 거실에서 놀던 아들은 방에 와서 침대 위를 보더니 갑자기 올라가서 그 레이스 위에 누워 몸을 이리 둥글, 저리 둥글하면서 좋아했다. 아름다운 감수성과 시적인 표현력을 보며 사랑스러웠다. 이렇듯 아들의 존재 자체만으로도 아름답고 소중했다.

그런데 아들이 학교에 입학할 무렵 내게는 예상치 않았던 모습이 발견되었다. 조바심을 내고 무엇인가 알지 못하는 심적 부담을 크게 느꼈다. 아이의 미래를 책임지는 부모로서 행여나 내가 제대로 돌봐주지 않고 챙겨주지 않으면 남보다 뒤처지지 않을까? 또래보다 낙오되지 않을까? 하는 막연한 두려움이었다. 학습, 건강, 인성 지도 등, 세상에는 자녀 교육에 관한 좋은 것들이 넘쳐났다. 각종 매스컴에서는 육아 고수 부모의 사례를 친절하게 소개했다. 그들을 따라 하고 우리 아이에게 적용해보기도 했다. 아이를 위해 최선의 교육 환경을 만들어주려고 부단히도 애썼다. 해야 할 것은 너무 많았다. **그런데 거기에서 빠진 것이 있었다. 아이의 눈높이에서 속도를 맞춰주는 것, 아이의 마음과 필요를 가만히 들여다보는 '마음의 여유'가 없었다.** 나는 학교에서 수년 동안 학생들을 가르쳤기에 자녀 교육에 자신 있었다. 그러나 학생을 지도하는 것과 내가 낳은 아이를 가르치는 것은 별개의 문제였다. 교사이기 전에 엄마로서 그것은 또 하나의 과업이었다. 그 과정에서 나는 본의 아니게 아이를 나의 틀에 맞추려고 한 것은 아니었을까 되짚어 보았다.

아들은 결국 한국에서 공수해 온 이학년 수학 교과서를 참고서 한 번 보지 않고, 한 달도 안 되는 기간에 혼자 다 공부했다. 재미있다고 하면서 앉은 자리에서 일어나지 않고 몰두하는 아들을 보며 나는 뒤통수를 맞은 기분이었다. 내가 계획했던 주간일정표보다 아들 스스로 더 효율적인 시간 관리를 했다. 나의 계획대로라면 한 학기 걸렸을 수학 교과서를 아들은 단 한 달 만에 다 공부했다. 그것도 틈틈이 공부하면서 스스로 시간 계획을 세우고 놀이처럼 했다. 나도 믿기지 않았다. 도대체 무엇이 이렇게 아이를 만들었을까?

아들은 한국의 이학년 과정 수학 교과서를 한 달이 못 되어서 다 마치더니 이윽고 삼학년 일학기 과정도 독학으로 다 풀었다. 내게 물어본 기억이 별로 안 난다. 아들은 스스로 학습 과제를 해결해 나갔고, 내가 알려주려고 하면 혼자 해보겠다면서 즐겁게 공부했다. 아들에게는 공부가 재미있고 흥미로운 것이었다. 그도 그럴 것이, 그 어떤 선행이나 학원이 없이 그야말로 미지의 세계가 교과서에는 펼쳐졌기 때문이다. 당시 수학 교과서는 아들에게 있어, 미지의 신나는 모험 세계였다. 아무도 밟아보지 않는 눈밭을 걷는 것처럼 아들은 설렘과 흥미를 갖고 책장을 펼쳐 나갔다. 그 눈빛은 진지했고 간식 먹는 것도 잊은 채, 몰입했다. 마치 테트리스 벽돌을 깨듯이 봉합된 학습 과제를 깨우치며 자신의 것으로 만드는 아들을 보며 기쁘고 감사했다.

한국에 가면 삼학년 음악 교과서에 리코더가 나온다. 나는 그때를 대비해서 리코더를 가르치려 했다. 그러나 아들은 '엄마, 나중에 할게요.'라고 하면서 배우지 않았다. 나중에 한국에 돌아가면 학교에서 리코더 배울 때 하겠다고 했다. 여기에서 나와 갈등이 시작되었다. 내 생각과 달리 아들은 따라오지 않았다. 수학은 혼자 다 익혔지만 귀국해서 한국 학교 수업을 따라가려면 준비할 것이 많았다. 글쓰기, 리코더 연주 등 제대로 챙기려면 할 게 정말 많았다. 그러나 아들은 내 계획을 따르지 않았다. 그즈음 이로 인한 갈등이 내 안에서 점점 커져 갔고 매우 힘들었다. **나도 아들을 지켜만 보고 신경 안 쓰면 편하겠지만 부모의 책임감에 그럴 수 없었다. 아들이 내 계획을 따라와야 아들의 미래가 행복할 것 같았다.** 시간은 흘러가는 데 아들은 핀란드 생활에 푹 빠져서 한국에 돌아간 이후는 안중에도 없었다.

9. 가장 중요한 것은 자존감

그즈음 헬싱키대학교에 경희대 김 교수님이 방문 교수 자격으로 왔다. 그분은 이 년 동안 연구 목적으로 왔는데 중학생 아들을 데리고 왔다. 김 교수님은 이 선생님이 잘 아는 분이었다. 이 선생님은 내가 핀란드 교육에 관해 연구한다는 것을 알고 그분을 소개했다. 헬싱키대학교로 가서 그분을 만나 많은 대화를 했다. 내가 보고 경험한 핀란드 교육과 한국에서의 접점에 대해 전문가와 논의하고 싶던 차였다. 또한 귀국을 앞두고 아들을 대하는 나의 태도에 대해 전문가의 의견을 듣고 싶었다. 교수님께 갈 때, 한국에서 가족이 보내 준 밑반찬을 몇 개의 밀폐 용기에 담아가서 드렸다. 교수님은 매우 기뻐하면서 고맙게 받으셨다. 핀란드에 살면서 한국에서 가족들이 보내 준 택배가 도착하면, 주변의 한인 가정에 김 같은 먹거리를 나눠주면서 친밀감과 우정을 표현하고는 했다.

교수님은 전공인 교육정책을 연구하러 오면서 넓은 세상, 좋은 교육 여건을 경험하게 할 목적으로 아들을 데려왔다고 했다. 두 자녀를 핀란드 학교에 보내는 처지에서 내가 본 핀란드의 교육과 정책을 연구하는 교수님의 관점에서 들려주는 이야기들은 같은 맥락을 지녔다. 교수님 역시 나와 비슷한 고민을 했다. 이 나라 교육철학과 교육 제도가 너무 훌륭하다고 했다. 그러나 귀국하면 이것을 어떻게 한국의 현실과 접목하느냐 하는 것이 본인에게도 큰 고민이라고 했다. 대화 중 자연스럽게 내 아들과의 갈등을 나누자 교수님은 좋은 의견을 들려주었다. 지금 배우는 핀란드 공부나 이곳의 생활에 집중하는 것이 한국에 가면 쓸데없을 것 같아도 그렇지 않다고 했다. 핀란드에서 지금 경험하는 것들이 아들의 성장에 지대한 영향을 줄 것이라 했다. 핀란드 교실과 교육 환경, 함께 어울린 사람들과의 관계에서 오는 긍정적인 경험, 타인을 배려하고 존중받으며 서로 형성한 신뢰감 등. 지금은 눈앞에 보이지 않는다 해도, 그러한 것이 쌓여 세상을 넓게 보는 안목을 갖게 하고 아이에게 자신감을 심어줄 것이라 했다. 어려운 환경을 헤쳐가는 원동력이 될 것이라 했다. 지금은 아들이 이곳의 생활을 충실하게 하고 그것을 누리도록 놔두라는 조언까지 곁들여 주었다. 처음 뵙는 분인데도 이렇게 진심 어린 말을 해줘서 무척 감사했다. 내가 미처 깨닫지 못했던 것들을 알게 해준 헬싱키대학에서의 만남은 매우 의미 있는 시간이었다. 비로소 묵은 체증이 내려가듯 마음이 홀가분해짐을 느꼈다. 나는 집에 와서 벽에 붙여 놓은 아들의 주간일정표를 떼었다. 마음껏 놀도록 응원해 주고 아들의 하루하루를 지켜보며 감사하기로 마음먹었다.

신기하게도 며칠 후, 중국에서 유학을 온 탄유(Tanyuu) 박사도 내게 똑같이 말했다. 그녀는 남편의 유학 동기로서 온 가족이 함께 이곳에 체류 중이었다. 소그룹 모임에서 매주 만났다. 그녀는 이공계 과학자였는데 인문학적 소양이 풍성했다. 나이는 젊었지만 생각이 아주 깊고 신중했다. 셀 모임을 하면서 그날 나눔의 주제는 자녀 양육이었다. 그녀는 자녀 교육에 있어 가장 중요한 것은 'Self esteem(자존감)'이라고 했다. 그것이 확립되어야 세상을 자신 있게 살아갈 마음의 힘이 생긴다고 했다. 그것을 위해 자신의 어린 아들과 핀란드에 남고 싶다고 했다. 그러나 그 부부 역시 학위를 마치면 중국으로 귀국해야 하는 상황이기에 그녀 역시 이곳에 있는 동안 최대한 이곳의 교육 환경을 아들에게 경험하게 하고 싶다고 했다. 그러면서 덧붙이기를 이곳에 체류하는 동안 자녀들에게 다른 무엇보다도 지금, 이 순간의 행복을 누리고, 미래에 대한 염려가 아닌 지금의 자존감을 높이 세워주라고 조언했다.

같은 시기에 똑같은 말을 두 명의 박사로부터 들었다. 나는 그것이 하나님의 뜻이라 믿었다. 이제 핀란드에서 남은 시간을 앞으로 어찌 보낼지 명료해졌다. 아들이 이곳에서 누리는 행복과 성취감에서 오는 자존감 신장. 그것이면 충분했다. 외국에서 적응하고 낯선 언어를 익히며 주변의 사람들과 더불어 사는 것. 그것을 성공적으로 수행한 자녀들은 앞으로도 그렇게 해갈 것이다. 핀란드, 한국, 다른 어디에서든. 마침내 나의 오랜 갈등과 염려에 마침표를 찍었다. 더 좋은 엄마가 되려고 무거운 책임감을 품는 대신, 나 또한 자유를 누리기로 했다. 나는 내가 그냥 있으면 아이가 제대로 서지 못할 것 같은 불안감이 컸다. 그래서 스트레스가 심했고 나름대로 고심했다. 그러나 이제 방향이 분명해졌다. 아들에게 얼마 남지 않은 이 시간을 흠뻑 누리게 하고 싶었다.

10. 귀국 전 쓴 일기

　우리 네 식구가 함께했던 일 년 반의 유학 생활을 마무리할 때가 다가오면서, 나는 아들과 관련한 일상의 일들을 기록하기 시작했다. 그냥 지나치기에는 말할 수 없이 아름답고 소중한 시간이었기에. 하루하루가 빛나는 보석 같았다. 아들은 어려서 그런 생각을 하지 않았겠지만, 나는 이 기록이 먼 훗날 아들과 우리 가족 모두에게 값진 추억이 되리라 여겼다. 나는 그 당시 소박하고도 평범한 일상을 담았지만 지금 들여다보니, 평범하지 않은 나날이었다. 다시 읽어도 입가에 미소를 머금게 하는 그날의 기록을 여기에 옮겨 본다.

2011년 5월 7일 토요일 〈고슴도치 잡기〉

　귀국하기 두어 달 전 핀란드의 오월은 참으로 아름다웠다. 숲은 온통 초록으로 물들고 온갖 꽃과 버섯이 자라났다. 집 앞뜰에서는 베리가 자라났다. 호수에는 각종 새가 날아들고 구름은 두둥실 아름다웠다.
　토요일 오전, 아들은 라미와 숲에 놀러 갔다. 라면 상자를 가지고 가서 기어가는 고슴도치를 잡아 왔다. 미끄럼틀에 올라가서 고슴도치를 데리고 놀기도 하다가 다시 풀숲으로 놓아주었다. 오후에는 지환이가 놀러 와서 이번에도 아이들은 한국어와 영어를 번갈아 쓰며 놀았다. 피자를 맛있게 먹은 후 나무로 새총을 만들어 놀았다. 아이들의 표정이 얼마나 행복한지 보기만 해도 즐거웠다.

2011년 5월 14일 토요일 〈까우까 야르비(Kauka Järvi) 피크닉〉

울면서 기도했다. 아침에 눈물이 났다. '주님 어찌해야 하나요?' 나는 이 제 양육에 자신이 없다. 내 방법 내 스타일을 고수하려 했으나 이제 한계에 왔다. 아이가 말을 안 들을 때 정말 힘들고 지쳤다. 아들을 위해 사랑하는 마음으로 정성을 쏟고 무엇인가 해주려 해도 따라주지 않는다. 한국으로 귀국한 뒤에 뒤처지지 않게 하려고 일정표를 짜고 공부를 시키려 해도 도 무지 아들은 따라주지 않고, 매일 미루고 놀기만 한다. 너무 힘들다. 이곳 에서야 얼마든지 즐겁고 잘 해내고 있지만, 한국의 현실은 그렇지 않을 것 이다. 이렇게 핀란드 공부만 하다가 한국에 가면 어떻게 따라갈 것인지, 나 는 지금부터 염려가 되어서 마음이 애가 탔다. 한국의 학교와 교육 환경이 여기와는 사뭇 다를 텐데, 아들은 그런 것에는 아무 관심도 없고 나만 혼 자 속을 태운다. 이런 사랑과 관심이 지나친 나머지, 아들을 탓하고 불평하 는 마음이 커진다면 이것은 사랑이 아니라는 마음이 번뜩 들었다. 아들을 위한다고 하면서 나의 계획에 따라주지 않는다고, 아들을 있는 그대로 인 정하고 사랑하지 못한다면 그것은 어리석은 짓이다. 아들과 앉아 진지하게 대화했다. 아들이 무엇을 원하고 어떤 것을 하고 싶어 하는지에 대해. 대화

후 공부량을 확 줄였다. 비로소 마음이 숨통이 트이는 것 같다. 내가 오히려 행복해진다.

    요즘 아들과 지환이는 함께 공부하고 있다. 귀국 전에 아들과 지환이를 나란히 앉혀놓고 우리나라 국어 교과서로 공부를 가르쳐준다. 서로에게 유익한 시간이다. 공부를 마친 후, 지환이 엄마를 오라고 해서 우리 일행은 집에서 가까운 까우까 야르비 호수로 피크닉 갔다. 간식으로 준비한 케이크, 음료수, 과자 등을 먹었다. 그곳에서 아이들은 정말 즐겁게 놀았다. 까우까 야르비의 풍경은 한 폭의 그림처럼 아름다웠다. 숲이 호수를 에워싼 호숫가 모래밭에서 배구, 피구, 축구, 술래잡기, 무궁화 꽃이 피었습니다 등을 하고 놀았다. 소년들은 천국의 아이들처럼 신나게 웃고 놀며 즐거워했다. 아름다운 자연 속에서 멈출 줄 모르는 아이들의 놀이와 한바탕 웃어젖히는 소년들의 웃음소리에 나 역시 행복했다. 이들의 행복이 앞으로도 지속되길 마음으로 기도했다. 아들은 호수에서 돌아온 뒤에도 집 앞 놀이터에서 모래성을 쌓고 놀았다. 너무나도 즐겁게. 우리 아들은 정말 어디를 가든, 무엇을 하든 놀이에 천부적인 재능이 있는 것 같다. 눈과 모래, 호수와 숲. 핀란드의 모든 자연은 아들의 놀이터이자 놀이도구 그 자체였다. 주님이 베푸신 아름다운 자연 속에서 아들은 신나게 놀았다. 놀잇감을 찾아내고 노는 방법에 있어서는 그야말로 '놀이 신동'이었다. 아들을 위해 세웠던 야심 찬 공부 계획은 아들의 천부적인 놀이 재능에 밀려 빛을 발하지 못했다. 그런데 나의 마음은 감사하고 평안했다.

2011년 5월 24일 화요일 〈아들 학교 인터뷰〉

오늘은 제민이네 학교를 탐방하고 선생님과 인터뷰한 후, 선생님의 소개를 받아 학교 이곳저곳을 촬영했다. 급식실과 도서관, 복도와 교실, 수업 장면 등을 카메라에 담았다. 나중에 언젠가 한국의 동료들과 공유하기를 바라면서. 이 나라의 위대한 교육 제도와 경험을 혼자만 마음에 담아두기에는 너무 아깝다. 이들의 교육철학에 담긴 '한 아이를 끝까지 책임지고 최선의 기회를 부여하는 학교 교육'에 대해 널리 공유하고 함께 사유하고 싶다. 우리나라 학생들의 보다 더 행복한 배움과 성장을 위해서. 그날이 오기를 진심으로 바라면서 나의 온 힘을 다해 학교 탐방을 했다. 그 탐방과 인터뷰가 성사되기까지 오랜 시간 기다렸다. 선생님은 학교에서 이 부분에 관해 오랜 시간 논의 끝에 어렵게 허락받아 주셨다. 참 감사한 일이다. 한국의 연수단이나 어떤 교육 기관의 대표성을 지닌 인물도 아닌, 그저 외국인 학생 엄마일 뿐인데 거절하지 않고 허가해 주었다. 그 덕분에 학교 내부의 곳곳을 기록으로 남길 수 있었다.

너무 집중한 탓인지 탐방을 마치고 귀가했을 때 몸살 난 것처럼 힘들었다. 아마, 긴장이 풀리고 오랫동안 소원했던 것을 이루고 나니 피로감이 몰려온 듯하다. 오후에 아들이 주니어 축구팀에서 지환이와 함께 연습했다. 이날은 평소에 가던 아날라 학교가 아닌 다른 장소에서 훈련했다. 고맙게도 지환이의 핀란드 친구 아빠가 제민이도 같이 픽업해 주었다.

5월 25일 수요일 〈생일파티〉

오늘은 해나 동생의 생일파티이다. 탐페레 최대의 실내 놀이터 'HOPLOP'에서 파티를 했다. 아들과 딸이 초대받았고 지환이도 왔다. 생일파티 덕분에 탐페레의 한국 어린이들이 모두 모여서 신나게 놀았다. 얼른 보면 한국인 줄 알 정도였다. 그곳에서 몇몇 핀란드 아이들이 몸무게를 초과한 놀이기구를 타고 놀았다. 얼른 보기에도 고학년으로 보였다. 아들은 그들에게 다가가서 놀이터 규정을 어기는 것을 항의했다. 치열한 말다툼 끝에 핀란드 아이들이 자리를 비켜주었다. 덕분에 아들과 파티에 모인 아이들은 그 놀이기구를 타고 즐겁게 놀았다. 아들이 핀란드 말을 잘한다는 것은 알고 있었지만, 핀란드 형들을 이길 만큼 잘하는 줄은 몰랐다.

5월 28일 토요일 〈아들의 생일파티〉

아들의 열 번째 생일파티를 해주었다. 원래 아들은 팔월이 생일이지만 이곳에서 만난 친구들과 한국으로 떠나기 전 생일파티를 해주고 싶었다. 나는 레나에게 배운 방법으로 세상에서 하나뿐인 초코 케이크를 만들었다. 마트에서 사 온 피자, 초콜릿 등을 차려 놓고 지환이와 라미를 초대했다. 후바돈은 가족 여행을 가서 초대하지 못했다. 소년들은 맛있게 먹고 레고 조립과 물총 놀이 등을 하면서 즐겁게 놀았다. 아파트 클럽 룸에 가서 탁구를 하고 자전거를 타며 숲길을 달렸다. 나뭇가지를 다듬고 고무밴드를 이용해서 고무총을 만들어 놀기도 하면서 모두 무척 즐거워했다. 지환이는 밤 아홉 시가 넘어서 집으로 갔다.

5월 31일 〈피자〉

라미가 놀러 왔다. 아이들을 위해서 피자를 만들어주었다. 이제 오븐으로 하는 웬만한 음식은 자신 있다. 케이크, 파운드 케이크, 머핀, 피자 등. 아이들은 맛있게 먹었다. 아이들은 식탁을 치운 후 이번에는 둘이 앉아 그림을 그렸다. 가위를 관찰해서 정밀 묘사를 했다. 라미의 그림 솜씨가 제민이 못지않게 수준급이다. 신나게 바깥놀이하던 모습만 보다가 조용히 대상을 응시하며 그리는 것을 보니 아이들의 흥미와 관심은 참 다양함을 느꼈다. 지환 엄마에게 들어보니 라미는 미술에 관심이 많고 재능이 있다고 한다.

6월 2일 목요일 〈종업식〉

6월이 되어 학교는 종업식을 했다. 남편과 나는 아들의 선생님께 드릴 작은 선물과 꽃다발을 사서 학교로 향했다. 정말 고마운 분이다. 할라마 피아 선생님은 한결같은 사랑과 성실함으로 우리 아들을 이 년간 맡아 지도해 주었다. 그분의 헌신적인 지도 덕분에 아들은 행복하고 성공적인 학교 생활을 마칠 수 있었다. 아들에게 있어 제2이 고국과도 같은 핀란드에서 하루하루 시간 가는 것이 아까울 만큼 행복과 성장, 배움의 기쁨과 자존감의 신장으로 뻗어갔던 아들의 소년기. 그 시간의 중심에 핀란드 담임 선생님이 계셨다. 그 수고에 비하면 너무 작은 선물이었다. 종업식을 하는 강당에서는 졸업생들의 연극 공연이 있었고 외발자전거 타기 쇼가 있었다. 인상 깊은 것은 교장 선생님이 모범 학생들에게 장학금을 수여하는 장면이었다. 핀란드 학교는 평등하고 차별 없는 교육의 대명사라고 여겼다. 그런데 각 반에서 뽑힌 모범 학생에게 모두가 보는 앞에서 장학금을 수여한다는 것이 내게는 다소 충격이었다. 내가 인식한 일률적인 평등과는 달랐다. 학생의 차이를 인정하고 그에 맞는 보상을 모두가 보는 앞에서 버젓이 행하는 그들의 교육 풍토가 낯설기도 했다. 교실에 게시된 아이들 미술작품에 이름표를 붙이지 않을 만큼 위화감 조성을 지양하는 나라에서 소수의 선발된 아이들에게만 장학금을 수여하는 모습은 사실 부적절해 보였다. 그것이 나쁘다는 것이 아니라 시선이 다르다는 것을 느꼈다. 그들 중의 누구도 장학금을 받는 아이들을 향해 차별이라 인식하지 않고 진심으로 축하해 주었다. 그것은 바로 신뢰였다. 선생님의 선발 방식과 결과에 순응하고 그럴 만한 이유가 있다고 믿어주는 신뢰. 그것이 아직도 그 전통을 유지하게 하는 원동력이었다. **그 사회를 떠받치는 어마어마한 힘은 바로 사회 곳곳에 뿌리내린 정직과 신뢰였다.**

평등의 개념을 해석하는 것이 얼마나 심도 있게 논의하고 사회적 합의를 거친 고심의 결과인지 알 수 있었다. 기회의 평등, 가치의 평등이지 과정과 결과에 대해 일률적 가치를 부여하는 것이 아니었다. 수월성을 인정하고 그에 상응하는 보상을 시행하는 것. 그것을 누가 차별이라고 말하겠는가? 그런 면에서 언제부터인가 우리나라 학교에서 여러 사람 앞에서 상장을 수여하고 격려하는 모습이 사라진 것에 대해 아쉬움이 든다. 여러 사람 앞에서 소수 학생에게 상장 수여하는 것이 차별과 위화감을 조성한다고는 생각하지 않는다. 잘하는 분야의 수월성을 여러 사람 앞에서 인정하고 격려하는 것은 교육 현장의 중요한 과정이라 여긴다. 자긍심을 높이고 성취동기를 부여하는 것은 학생의 더 나은 성장을 도울 수 있다. 상장을 못 받는 아이들을 차별한다고 여길 것이 아니라, 그 상장의 수여 분야와 기회를 확대하는 것이 바람직하다고 나는 생각한다. 물론 사람마다 여러 가지 관점의 차이는 있겠으나 나의 교육경험에 비춰볼 때, 그것이 옳다고 본다.

졸업식 서커스

학교의 종업식은 일종의 축제와도 같았다. 아들의 학급에서는 러시아에서 온 여학생 안드레나가 장학금을 받았다. 교실에 와서 아들의 짐을 챙기고 마지막으로 선생님과 기념 촬영을 했다. 준비한 선물을 드리자, 선생님은 너무 과분하다고 하면서 기쁘게 받아주셨다. 언젠가 아들이 성장하여 이 나라를 다시 방문하는 기회가 있다면 꼭 찾아뵙기를 바랐다. 그분은 진정한 스승이었다. 우리 아들이 좋은 선생님 밑에서 공부한 것이 정말 감사했다. 아들은 선생님의 사랑과 지도를 통해 많이 배우고 성장했으며 행복하게 지냈다.

6월 6일 월요일 〈송별 피크닉〉

지환이네랑 해나네 아이들과 함께 탐페레 대학 앞에 있는 공원으로 송별 피크닉을 갔다. 엄마들이 각자 음식을 준비해 왔다. 나는 샌드위치, 지환 엄마는 김밥, 해나 엄마는 음료수와 과자를 준비했다. 우리는 돗자리를 넓게 펴고 그 위에 둘러앉았다. 맛있게 먹고 신나게 놀면서 기념 촬영을 하며 이별의 아쉬움을 달랬다. 그날 지환이는 우리 집에서 잤다. 아이들의 마지막 파자마 파티였다.

6월 7일 화요일

오늘은 아들이 지환이 집에 가서 놀았다. 축구도 하고. 우리 아이들이 읽던 한국 책을 지환이와 그 동생들에게 주었다. 탐페레 도서관에 기증할 수도 있었지만 지환이 형제에게 주는 것이 더 좋다고 판단했다. 아들이 집에 올 때 지환 엄마가 고맙게도 용돈을 주었다고 한다.

11. 노르웨이 여행과 런던 병원 수술

　우리 가족은 귀국하기 전, 열흘 정도의 일정으로 노르웨이와 영국 여행을 계획했다. 노르웨이는 원시 자연의 광활함을 느낄 수 있고 대자연이 살아 숨 쉬는 곳이라고 들었다. 피요르드에도 가보고 싶었다. 게다가 탐페레 공항에는 노르웨이 오슬로 공항까지 운행하는 경비행기 '라이언에어(RYANAIR)'가 있었다. 영국은 노르웨이와 이웃했고 런던에는 시숙부님이 계셨기에 귀국 전 아이들과 찾아뵙고 싶었다. 핀란드에 도착했던 첫해 영국 여행했던 기억이 좋았기에 한 번 더 둘러보고 싶은 마음도 있었다. 처음 갔을 때 들르지 못한 그리니치 천문대에도 가볼 생각이었다. 마침, 스티브도 같은 시기에 오슬로에 갈 일이 생겨서 우리 가족과 같은 비행기를 타고 오슬로로 향했다. 비행기 안에서 아들과 스티브는 한 시간 넘게 〈스타워즈〉 캐릭터 이야기를 실감 나게 주고받았다. 그들만의 세계, 〈스타워즈〉 스토리는 해도 해도 질리지 않는 이야깃거리였다. 우리가 공감해 주지 못하는 〈스타워즈〉 세계에 스물일곱 살 스티브와 열 살 꼬마 아들은 푹 빠져들었다. 오슬로 공항에 내릴 때까지 그들의 이야기는 그치지 않았다. 어느

새 아들의 영어 실력은 수준급 일상 영어를 구사하고 있었다. 심지어 그들은 비행기 안에서 작은 목소리로 역할극도 했다.

오슬로에 도착한 우리는 먼저 오슬로 대학을 둘러보았다. 뭉크 미술관도 방문해서 그 유명한 '절규(The Scream)' 원화를 감상했다. 시내 분수대에 앉아 예쁜 사진도 찍었다. 그러나 거기까지였다. 그날 밤, 아들은 갑자기 배가 아팠다. 한밤중 숙소 앞 당직 병원에 갔으나 의사는 단순 복통으로 보았다. 이튿날 아침, 아들은 증세가 호전된 듯했고 웃기도 하며 좋아 보였다. 그러나 저녁이 되자 다시 복통을 호소했다. 노르웨이 여행 중, 두 차례 의사의 진료를 받았으나 그들은 정확히 진단하지 못했다. 우리는 단순 복통인 줄 알고 소화제를 먹게 했다. 그러나 아들은 나아지지 않았고 먹은 것이 없음에도 점점 더 아파했다. 걷는 것조차 힘들어해서 우리 부부가 번갈아 업기도 했다. 숙소를 찾아가는 노르웨이 베르겐 인근 어느 길 위에서 나는 열 살 아들을 등에 업은 채, 재미있는 이야기를 들려주었다. 아들이 평소에 흥미를 갖는 우화였는데 등장인물에 어울리는 실감 나는 목소리로 한껏 재미있게 표현했다. 사실, 나는 그때 너무 불안하고 두려웠다. 등에 업힌 아들이 힘들어하며 말수가 적어질 때, 속은 타들어 갔고 눈물이 왈칵 쏟아지려 했다. 하지만 아파하는 아들 앞에서 울 수 없었다. 아들을 위해 내가 해줄 수 있는 유일한 것은 최대한 흥미진진한 이야기를 들려주는 것이었다. 아들이 이야기에 집중하느라 잠시라도 아픔을 잊기를 바라는 마음이었다. 핀란드로 되돌아가고 싶었으나 비행기나 기차표 예약이 녹록지 않았다. 일정대로 영국 런던으로 가는 것이 더 빨랐다. 생각지도 못한 위기 앞에서 우리 부부는 오직 하나님만을 붙들었다. 어떻게 하루아침에 이런 일이 생긴단 말인가! 제발 아무 일도 안 생기기를 간절히 기도했다. 여행 나흘째, 드디어 런던의 시숙부님 댁에 도착했다.

시숙부님은 런던의 한인교회 장로님이었다. 평소 신앙심이 깊고 사랑이 많으셔서 주변의 존경을 받았다. 시숙부님은 우리 아들을 위해 기도해 주시고는 빨리 병원부터 가자고 했다. 영어에 능통한 숙부님의 딸에게 급히 병원을 알아보게 하고 내게는 입원을 대비해 짐을 챙기라고 했다. 한밤중 달려간 병원에서 아들을 진찰한 영국 의사는 단순한 복통이 아니고 당장 수술해야 한다고 했다. 마침 병상 하나가 비어 있어서 곧바로 입원했고 이튿날 아침 첫 수술 시간이 비어 있어서 가장 이른 시간 안에 수술받았다. 수술을 마치고 나온 영국 의사가 얼마나 심각한 상황이었는지 설명할 때, 가슴이 떨리고 두 눈에서는 눈물이 흘렀다. 지금 다시 생각해도 하나님의 은혜라고밖에 설명할 수 없는 긴박한 상황이었다.

> "그가 너를 그의 깃으로 덮으시리니 네가 그의 날개 아래에 피하리로다 그의 진실함은 방패와 손 방패가 되시나니."
>
> 〈시편 91:4〉

우리는 부모로서 최선을 다했지만, 갑자기 발생하는 위기 앞에 너무 연약했다. 어떤 일이 벌어지는지 알 수 없었고 완전하지도 못했다. 그때 비로소 알았다. 내가 아무리 자녀를 사랑한다고 해도 갑작스러운 위험에서 지켜주고 책임질 수 있는 분은 하나님 한 분이심을. 그러기에 자녀에게 해줄 수 있는 가장 큰 사랑은 하나님을 알게 하는 것이다. 그 하나님은 눈에 보이지 않는데 어떻게 알게 할 것인가? 나는 하나님이 자신을 우리에게 눈으로 보여줄 수 없기에 그 아들 예수님을 이 땅에 보내셨다고 믿는다. 죄로 인해 하나님을 만날 수 없는 우리를 위해 십자가에서 대신 죽어주시고 죄 용서함을 받게 해주신 예수님. 그 예수님을 전하고 진실한 믿음을 갖게 하는 것, 그것이 바로 부모로서 해줄 수 있는 가장 큰 사랑이자 책임임을 나는 그때 깊이 깨달았다.

런던에서 무사히 돌아온 후 우리 가족은 일주일 동안 짐을 꾸리며 귀국을 준비했다. 아이들도 한국에 가져갈 짐과 두고 갈 것을 구별해서 각자의 짐을 쌌다. 아들은 아직 수술 부위가 자극되어서 무거운 것을 들거나 뛰고 달릴 수는 없었다. 하지만 다행히도 일상생활에 큰 지장은 없었다. 아들이 곁에 있는 것만으로도 귀하고 감사했다. 이제는 한국으로 돌아가고 싶었다. 핀란드에서 지낸 지 햇수로 이 년, 많은 경험과 좋은 사람들의 만남 속에서 행복과 기쁨을 누렸고 감사한 시간이 많았다. 그러나 무엇보다 감사한 것은 우리 네 식구가 런던에서 무사히 돌아왔다는 사실이었다. 귀국하던 날 루꼰마끼 집에서 헬싱키 반타 공항으로 떠나기 전, 아들은 길 건너 후바돈 집으로 갔다. 평소 애지중지하던 손때 묻은 아이스하키 스틱을 후바돈 집 현관문 옆 기둥에 세워두고 왔다. 후바돈과 가족은 후바돈의 외갓집이 있는 태국에 가서 만나지 못했다. 귀국한 지 이 주 정도 지나 아들과 후바돈은 딱 한 번, 스카이프(Skype)로 영상통화를 했다. 마치 이산가족을 만난 것처럼 무척이나 반가워하던 아들과 후바돈의 표정이 지금도 생생하다. 꿈처럼 지냈던 루꼰마끼의 시간은 그렇게 두 소년의 마음에 추억의 한 페이지로 남겨졌다.

3부

딸의 행복한 성장을 이끈
핀란드 영어 유치원

"이렇게 각광 받는 고급 목재로 되기까지 나무들은 추운 날씨 속에 눈보라를 이기며 성장해 온 것이다. 마치 어린 딸이 2중 외국어 환경을 극복해 가는 것이 혹한을 이겨내는 핀란드의 나무처럼 느껴졌다."

1. 앤꾸 영어 유치원과 수요 산책

딸은 한국에서 유치원 여섯 살 과정을 마치고 핀란드에 갔다. 남편이 EU 에서 초청한 유학생 신분이어서 자녀들도 EU 회원국인 핀란드의 교육 혜택을 누렸다. 핀란드 탐페레시에는 핀란드어 유치원과 영어 유치원이 있었고 원하는 대로 선택할 수 있었다. 딸은 앤꾸 영어 유치원에 입학했다. 미국인 선생님들이 가르쳤고 모든 소통은 영어로 해야만 했다. 딸의 담임은 메낀넨(Mrs. Makkinnen) 선생님이었고, 바깥놀이 시간에는 이스모(Ismo) 남자 보조 선생님도 동행했다. 옆 반의 알렌(Allen) 선생님도 친절한 분이어서 우리 딸이 본인 학급이 아닌데도 꼭 먼저 말을 걸어주었다. 소피아(Sophia) 여선생님은 당시 한류의 열풍으로 한국을 무척 좋아했다. 소피아 선생님은 한국에서 온 딸에게 반갑다면서 직접 만든 팔찌를 선물했다.

매일 아침, 남편은 딸의 손을 잡고 버스에 올라 유치원에 데려다주고 학교로 향했다. 딸에게 있어 새로운 유치원에 적응하는 것은 모험과도 같았다. 모든 게 낯선 것도 힘들었지만, 한국에 있을 때 딱히 영어 공부를 하지 않은 채 갔기에 기본적인 인사말 정도를 알 뿐이었다. 게다가 같은 반 또래 아이들은 핀란드 아이들이 대부분이어서 수업은 영어로 하지만 꽤 길게 주어지는 쉬는 시간과 바깥놀이 시간에는 핀란드어로 활동했다. 상황이 이러다 보니 어린 딸은 갑자기 들려오는 2개 국어를 동시에 익히느라 만만치 않았다.

수업 시간에는 일정한 좌석에 앉아 선생님께 배우고 규칙적인 시간표에 맞춰 정해진 커리큘럼과 의도된 조직 활동이 있어서 참여하는 데 큰 어려움이 없었다. 그러나 놀이시간에는 상황이 매우 달랐다. 딸은 핀란드 아이들이 주고받는 낯선 언어를 전혀 배울 수 없었다. 부모는 집에서 한국어를 사용하고 유치원 선생님은 영어로 수업했기에, 핀란드어를 듣고 말할 수 있는 환경이 제한되었다. 물론 아이들과 놀면서 하나씩 익힐 수 있었겠지만, 핀란드 아이들은 딸을 놀이에 끼워주지 않았다. 지금 생각하면 그 아이들도 이해는 된다. 한참 성장하는 어린이일 뿐인데, 외국에서 와서 말이 안 통하는 급우를 배려하기엔 너무 어린 여섯 살이었다. 그럼에도 딸은 눈이 오나 비가 오나 유치원에 열심히 다녔다. 낯선 환경을 만나 적응하고 헤쳐가며 어려움을 극복하는 것은 아이의 성장에 중요한 의미가 있다고 본다. 그과정을 통해 아이는 세상을 살아가는 방법을 배우고 있었으리라! 부모 마음같아선 편안하고 좋은 경험만을 하게 하고 싶다. 그러나 그렇지 못한 상황에서 아이 스스로 어려움을 이겨 나가는 것은 그 나름대로의 가치가 있다. 어색함과 낯섦, 부딪힘과 외로움을 통해 시나브로 내면이 단단하게 영글어 간다. 적응하는 시간을 견뎌야 하는 인내와 끈기, 공동체 안에서 적극적인 참여를 통한 협력과 성취감을 익혀나가는 것이다. 이러한 과정과 경험은 결국 딸아이의 자존감을 높이는 통과의례라 믿고 딸을 위해 기도했다.

매주 수요일, 나와 딸아이의 소소하지만 특별한 데이트를 했다. 그것은 바로 유치원 인근에 있는 퓌니끼(Pyynikki) 전망대에 오르는 것이었다. 그곳에서는 전망대 양쪽으로 넓게 펼쳐진 아름다운 호수를 볼 수 있었다. '뿌하 야르비(Pyhä Järvi)'와 네시 야르비(Näsi Järvi)라 불리는 두 호수는 바라보기만 해도 가슴이 탁 트였다. 전망대 안에 있는 카페테리아에서는 커피와 뭉끼(Munkki)를 팔았다. 유치원에서 전망대 언덕까지는 걸어서 삼십 분 정도의 거리였다. 그곳으로 갈 때는 북유럽풍의 예쁜 주택가를 지나 전나무숲에 들어서고 야트막한 동산을 올라가야 했다. 나는 이 동산을 오를 때마다 기분이 좋았다. 나무와 풀, 야생화가 어우러진 그곳은 흡사 한국의 곰배령을 오를 때 보았던 야생화가 펼쳐진 숲길 같았다. 핀란드의 겨울은 매우 길어서 오월이 되어야 비로소 봄이 온다. 이때가 되면 대지는 한바탕 기지개를 켜며 온 산야에 이름 모를 야생화 천국을 이룬다. 딸의 손을 잡고 유치원 하굣길에 수요일 산책을 시작한 때가 바로 이 오월이었다. 유치원에 적응하느라 애쓰는 딸을 위해 무엇인가 특별한 시간을 선물하고 싶었다. 지치고 힘들 때, 그 시간을 기대하면서 힘을 내라는 의미이기도 했다. 그래서 생각한 것이 수요 산책이었다. 남편이나 아들과는 하지 않았던 우리 둘만의 특별한 루틴이었다.

전나무 숲을 지나 동산을 오를 때마다 딸에게 자주 들려준 말이 있다. 바로 겨우내 눈바람을 이겨낸 핀란드 나무 이야기였다. 핀란드는 '숲과 호수의 나라'라는 말에 어울리게 어디를 가나 우거진 숲이 있다. 핀란드 사람들은 숲과 더불어 살아간다. 숲에서 자라는 나무는 시월부터 시작되어 이듬해 사월까지 지속되는 기나긴 겨울을 지나며 혹한을 견뎌내고 단단하게 자란다. 핀란드 나무는 세계에서 알아주는 고급 목재로 손꼽힌다. 이 나라 사람들은 자국에서 생산한 좋은 목재는 수출하고 자신들은 오히려 저렴한 외국산 목재를 주로 사용한다고 했다. 이렇게 각광받는 고급 목재로 되기까지 나무는 추운 날씨 속에 눈보라를 이기며 성장해 온 것이다. 어린 딸이 2개 국어 환경을 극복해 가는 것이 마치 혹한을 이겨내는 핀란드의 나무처럼 느껴졌다. 딸이 이 말을 어느 정도 이해했는지는 모르지만, 나는 동산에 오를 때마다 딸에게 들려주었다. 나중에는 내가 말을 꺼내려고 하면 딸이 먼저 말하기도 했다. 처음 동산 언덕을 올라갈 때, 봄의 풀숲 사이사이 곳곳에 피어난 보랏빛 제비꽃은 그 작은 키가 오히려 잔잔한 감동을 주었다. 화려하지 않지만 넓고 은은하게 피어 있는 꽃들을 보며 한국에서도 보던 꽃이 이곳에도 있으니 정감 있었다. 푸르른 침엽수들 사이에 있으니 더 눈에 띄어 곱게만 느껴졌다. 그때 내 마음에 딸과 함께 자주 와야겠다는 생각이 들었다. 딸에게 말했다. 앞으로는 엄마랑 수요일마다 데이트하면서 전망대 언덕에 올라 뭉끼를 먹자고. 딸은 매우 좋아했고 우리의 수요 산책은 그렇게 시작되었다.

퓌니끼 전망대에서 파는 뭉끼는 시나몬 향이 나고 설탕이 듬뿍 묻은 핀란드식 도넛이었는데 딸은 그것을 매우 좋아했다. 그곳에서 뭉끼와 커피를 주문하고 호수가 보이는 테라스에 앉아 둘이 먹노라면, 오후의 햇살이 우리 머리 위에 비쳤다. 새들은 지저귀고 세상은 평화와 행복으로 넘쳐나고 있었다. 아무 걱정이나 불안 없이 그 시간 자체가 참 좋았다. 아이가 입술에 하얀 설탕 알갱이를 잔뜩 묻히면서 뭉끼를 맛있게 먹는 모습을 바라보는 것만으로도 행복했다. 자녀를 키우면서 얻는 행복은 이런 것이 아닌가 싶다. 지나고 나니 내가 자녀를 위해 수고하고 헌신한 것 못지않게 자녀로부터 받은 절대적인 신뢰와 사랑이 내 인생을 얼마나 충만하게 채워주었는지 알겠다. 엄마 손을 놓치지 않으려 꽉 잡던 고사리 같은 여린 손길의 보드라운 감촉이 지금도 느껴진다. 그렇게 딸은 하루하루 키가 자라고 마음이 자라고 있었다. 매일 식사 시간 기도해 줄 때 '무럭무럭 자라게 해주세요.'라고 했는데 정말 하루가 다르게 쑥쑥 자랐다. 몸과 마음의 모든 면에서. 딸과 나는 매주 수요일을 기다렸다. 처음에는 딸을 위해 생각한 수요 산책이었는데 어느덧 나에게도 그 시간은 없어서는 안 될 힐링의 시간, 휴식처로 자리 잡았다.

2. 엄마랑 딸이랑, 행복이 샘솟는 하루하루

　수요 산책 시간을 가진 다음부터 우리는 수요일이 기다려졌다. 그 시간은 내가 딸을 돌본다기보다 엄마와 딸이 함께 손을 잡고, 아주 짧은 여행을 다녀오는 것 같았다. 실제 그곳은 탐페레를 찾는 관광객들의 필수 코스이기도 하다. 그 당시엔 그것이 평범한 일상이었지만 다시 생각하니 매우 특별한 시간이었다. 정말 낭만 있고 아름다운 날들이었다. 딸도 언덕에 오르는 시간을 무척 즐거워했다.

　핀란드에 도착한 이듬해, 오월 오일은 수요일이었고 우리는 그날도 어김없이 언덕에 올랐다. 마침, 아이스크림 카트가 있었다. 기다란 콘에 아이스크림 종류를 달리해서 세 숟가락 올려주었는데 어린이날 기념으로 딸에게 사주었다. 다른 때는 언덕에 올라와도 아이스크림 카트가 없었는데 그날은 눈에 띄었다. 딸에게 어린이날 기념이라고 말하며 인심 쓰듯 아이스크림을 건넸는데, 아이는 활짝 웃으면서 받았다. 집에 가다 녹을까 봐 아들의 것은 사지 못했다. 사실 외국에 있으면 한국에서 챙기는 기념일이나 공휴

일을 별로 신경 안 쓰게 되는 것 같다. 현지에서 적응하느라고 마음에 여유가 없기도 했지만, 여러모로 절약해야 하는 상황도 이유였던 듯하다. 그 아이스크림을 사주면서 나는 기분이 좋았다. 그렇지 않아도 어린이날에 그냥 지나가기가 왠지 서운했는데 그렇게라도 딸을 기쁘게 해줄 수 있었으니까. 그토록 꿈꾸던 핀란드에 와서, 눈앞에 놓인 호수를 보며 딸의 손을 잡고 숲을 거니는 그 시간은 아이스크림처럼이나 달콤했다. 마치 벽장 속에 김치 두고 아껴먹는 별식 같은 시간이었다고나 할까? 그렇게 하루가 가고 또 하루가 가면서 핀란드에서의 시간은 흘러갔다. 더디지도 빠르지도 않고 딱 좋을 만큼.

수요 산책을 하지 않는 날은 집에 오는 길에 딸과 탐페레 도서관 메쪼(METSO)에 들르거나 시장을 볼 때가 많았다. 메쪼는 건축물이 매우 크고 아름다웠는데, 보유한 장서와 이용하는 사람이 많았다. 핀란드 사람들에게 있어 도서관은 시장이나 마트만큼 일상과 가까이 있었다. 어린 자녀를 데려온 부모부터 백발의 노인에 이르기까지 많은 시민이 책을 읽고 대출하거나 잡지, 신문을 보았다. 아쉬웠던 것은 일상생활에서 영어로 소통했던 나는 딸에게 핀란드 책을 읽어 줄 수 없었던 점이다. 오래 거주할 곳은 아니었기에 굳이 핀란드 글을 배울 필요는 못 느꼈다. 다만 핀란드 지인들과 더욱더 친밀한 소통을 하고 싶어서 핀란드 말을 배우는 것은 의미 있다고 생각했다. 우리는 그림책이나 세계 여러 나라의 건축물이나 문화를 소개하는 책, 미술 관련 서적을 주로 꺼내 들었다. 외국책이 꽂힌 코너가 있었는데 한국 책은 몇 권 안 되었다. 한국에 올 때, 도서관에 연락해서 우리가 갖고 있던 책 일부를 기증했다. 책을 본 후, 이 층 카페테리아에 가서 간식을 먹었는데. 가끔 아이스크림을 사주기도 했다. 그곳에는 피아노실이 있어서 예약하고 피아노 연습을 하기도 했다. 꼭 책을 읽지 않더라도 딸에게 도서관을 가까이하는 마음을 길러주고 싶었다. 그때 이 층 계단에 스파필룸 화분이 층층이 있었는데 우아하게 핀 흰 꽃이 예뻤다. 도서관에 가면 왠지 마음이 평온하고 행복했다.

집에 가는 13번 버스를 타기 전, 정류장 근처 아시안 마켓에 주기적으로 들러서 'TOBU'라고 쓰인 두부를 샀다. 콩나물도 길러 먹고 한국에서 가족들이 보내 주신 음식으로 먹거리는 부족하지 않았지만, 두부는 직접 사야 했다. 그 두부는 우리나라 두부 같지 않고 네모난 용기에 넣은 물에 잠겨 있었는데 손바닥 절반만 한 작은 크기였다. 때로는 소호(SOHO) 백화점 옆의 실내 시장에서 장을 보았고 스톡만 백화점 지하에서 연어와 같은 먹거리를 사기도 했다. 좀 지내다 보니 어떤 품목을 어디서 사면 효율적인지 알게 되었다. 지환 엄마가 실생활 정보를 신신찮게 알려주어서 큰 도움이 되었다. 딸과 거닐며 시내를 걸어오면서 시장을 보던 일상 또한 행복한 나날이었다. 평범한 일상이 이어졌지만, 날마다 행복이 샘솟았다. 우리의 마음속 어디를 들여다보아도, 그늘진 곳 없이 햇빛 찬란한 시간의 연속이었다. 우리는 잠시 들른 여행객이 아닌 생활하기 위해 탐페레로 왔기에, 얼마 지나지 않아 그곳의 이국적인 풍경 또한 익숙해졌다.

몇 달 지나지 않아, 사람 사는 곳은 어디나 비슷하다는 생각이 들기 시작했다. 이국적인 건물과 풍광들, 옷차림과 외모는 달랐지만 기본적인 삶의 방식은 같았다. 마트를 가든 유치원에 가든, 전망대에 오르든 다른 사람을 만났을 때 지켜야 하는 예의는 같았다. 다른 사람을 존중하는 만큼 나도 존중받는다는 것이다. 서로를 배려하는 따뜻함과 상대방의 처지에서 생각하는 성숙함은 어디에서나 소중한 가치였다. 모두를 행복하게 해주는 기본 시민 자세였다. 핀란드인들은 그런 태도가 어려서부터 몸에 배어 있었다. 그곳에 살면서 신선한 충격을 받았다. 마트나 도서관처럼 여럿이 이용하는 시설을 이용할 때 일이다. 문을 여닫을 때, 먼저 앞에 가던 사람이 문을 열고 나가면서 내가 들어갈 때까지 그 문이 닫히지 않도록 붙잡아 주었다. 뒷사람이 나오다가 문에 부딪히지 않도록, 그 문을 붙들고 있어 주는 그 손이 고마웠다. 작은 행동이었지만 상대로부터 존중받음을 느꼈고 기분이 좋았다. 처음에는 '매너가 특별히 좋은 사람인가 보다.'라고 생각했는데 모두가 그렇게 했다. 그들의 생활 곳곳에 이런 자세가 습관화되어 있었다. 서로에게 전이되는 존중과 배려의 태도는 특별한 자들의 소유물이 아닌, 그 사회 구성원 모두의 것이었다. 모든 생활 장면에서 타인을 배려하는 모습이 느껴졌다. 그 후로 나도 그렇게 살아오고 있다. 횡단 보도에서는 시골 외진 곳이라 해도, 달리던 차량이 저만치 미리 멈춰서서 행인이 길을 다 건널 때까지 기다려준다. 작지만 위대한 습관이 핀란드의 국가 브랜드를 1위로 만들어주는 것 같았다.

3. 처음으로 초대받은 생일파티

　하루는 딸이 급우 데레사로부터 생일파티에 초대받았다. 데레사는 오후 돌봄 교실에서도 같은 반이어서 다른 아이들보다 함께하는 시간이 더 많았다. 데레사 엄마가 알려준 주소지를 들고 딸과 버스를 타고 찾아갔다. 탐페레에서도 부유한 동네에 있는 데레사의 집은 잔디가 넓게 깔린 크고 예쁜 집이었다. 집의 지하층에는 놀이를 위한 별도의 크고 예쁜 방이 있었다. 데레사 엄마에게 초대해 주어서 고맙다고 말하자 환한 미소를 지으면서 우리 딸이 이곳에 잘 적응하고 친구들과 사이좋게 지냈으면 좋겠다고 대답했다. 데레사가 집에 가서 한국에서 온 우리 딸에 대해 말했나 보다. 딸은 심성이 곱고 침착한 데다 성실하며 무엇이든 열심히 하는 아이였다. 유치원 과제를 할 때 선생님께 칭찬을 많이 받았다. 글씨도 가지런히 잘 쓰고 색칠도 꼼꼼히 잘했다. 여전히 같은 반 아이들은 2개 국어를 사용했기에 딸이 적응하느라 힘들기는 했지만, 나름대로 마음의 근육을 키워가던 때였다. 이런 시기에 경험한 데레사의 생일파티는 딸에게 큰 기쁨을 주었다. 파티에는 우리 딸만 빼고 모두 핀란드 아이들이 초대받았다. 유치원에는 외국에서 온 다른 아이들도 있었는데 데레사는 외국 친구 중에서는 딸아이만 초대했다. 파티가 끝날 시간에 데리러 오기로 하고 그 집을 나왔다.

그날 딸은 레이스 있는 카라가 달린 핑크색 블라우스와 청바지를 입고 운동화를 신고 갔다. 평범한 일상복이었지만 딸에게 잘 어울리는 귀엽고 단정한 옷차림이었다. 그런데 도착해서 보니, 다른 아이들은 모두 동화책에 나오는 공주처럼 특별한 드레스를 입고 왔다. 신발도 예쁜 구두를 신고 평소 유치원에서 보던 차림이 아니었다. 이곳에서는 생일파티에 모일 때 여자아이들은 예쁜 드레스를 입는다는 것을 처음 알았다. 남자아이들은 특별히 그렇지 않았던 듯하다. 우리 딸만 차림새가 달라서 아이가 위축되지는 않을까 내심 걱정이 되었지만 그것은 기우였다. 그날 데레사 부모는 한국에서 온 친구가 어색할까 봐 일부러 딸을 더 각별히 챙겨주었다. 나중에 딸이 가져온 사진에 데레사네 집 잔디밭에 놓인 커다란 오픈카에 초대받은 아이들이 올라앉은 모습이 담겨 있었다. 딸은 그 아이들 사이 한가운데서 손에 브이 자를 그리며 활짝 웃고 있었다. 집에 올 때는 데레사 엄마가 답례선물까지 들려 보냈다. 데레사의 생일파티에 다녀온 딸은 들떠 있었다. 그곳에서 얼마나 즐거웠고 무엇을 했는지 들려주면서 행복해했다. 이런 시간을 만들어준 데레사와 그 부모에게 무척 고마웠다. 나중에 귀국 전에 지영이 생일파티를 열고 데레사를 꼭 초대해야겠다고 생각했다. 그때에는 딸에게 청바지와 운동화가 아닌 예쁜 원피스를 입게 해줘야겠다고 마음먹었다. 한국 인터넷쇼핑몰에서 딸에게 어울릴 만한 원피스를 검색하니 수많은 원피스가 있었다. 그중에서 가장 어울릴 것 같은 연한 분홍색을 골랐다. 스팽클

이 은은하게 박히고 겹 망사 치마로 디자인한 원피스였다. 대전의 친정 주소로 주문을 했고, 나중에 항공택배로 보내 주실 때 같이 동봉해달라고 친정어머니께 부탁드렸다. 핀란드에서 원피스를 받은 딸은 무척 기뻐했다.

파티 후, 딸은 데레사와 더 가까워졌다. 이전에는 인사만 나누던 사이였는데 말도 좀 더 하고 데레사의 친구인 아우렐리아와도 알게 되었다. 놀이할 때도 같이 어울리고 야외 활동에서도 곧잘 놀았다. 하지만 단짝이라고하기엔 아직 거리감이 있었고 데레사 주변에는 많은 핀란드 친구들이 있었다. 딸과 예전보다 더 가까워진 것은 사실이었지만 딸에게는 핀란드 말이아닌 영어로 이야기하고 같이 놀 친구가 필요했다. 딸아이 마음의 근육이단단해지면서 처음 도착했을 때의 어색함이나 낯설어하는 단계는 뛰어넘었다. 하지만 영어로 이야기를 주고받는 면에서 본다면 아쉬움이 있었다. 급우들은 여전히 놀이시간에는 핀란드어를 주로 사용했고 선생님이 영어로 말하라고 지시해야 마지못해 영어로 하고는 했다. 이러다 보니 딸은 유치원의 일상생활에서 친구들과 영어로 말할 기회가 별로 없었다.

4. 인도에서 온 새 친구

어느 날, 유치원에서 돌아온 딸이 그날 있었던 일을 들려주었는데 하마터면 눈물이 날 뻔했다. 쉬는 시간에 친구들은 여느 때처럼 핀란드말을 주고받으며 놀았다. 딸은 혼자 토끼 인형을 안고 소파에 앉아 친구들이 노는 모습을 물끄러미 보고 있었다. 어쩌면 딸은 그 토끼 인형이 마음의 친구 같은 것이었는지도 모르겠다. 아이들이 놀다가 가족 놀이를 시작했다. 엄마, 아빠, 아이들 역할을 나누어 맡고 한참을 놀던 아이들이 갑자기 딸에게 와서 자리를 비키라고 했다. 소파에 앉아서 가족 놀이해야 한다면서 딸을 저리로 가라고 했다. 딸은 하는 수 없이 자리에서 일어나, 혼자 창가에 우두커니 서서 인형을 꼭 안고 있었다고 했다. 그런데 그다음 말이 더 마음 아팠다.

"엄마, 나도 가족 놀이를 하고 싶었어요. 그런데 같이할 수가 없었어요."

어린 딸은 얼마나 속상했을까? 딸이 비록 핀란드 말은 잘못해도 영어로는 소통할 수 있었는데 아이들은 굳이 핀란드 말만 써야 했을까? 아이들이니 그럴 수 있다고 해도, 여러 명의 급우 사이에서 딸이 감내해야 할 소외감이 느껴졌다. 마음이 너무 아팠고, 기도하면서 눈물이 났다. 하나님께 기도하는 것 이외에 다른 방도가 없었다. 언제나 신실하신 하나님은 이 상황에서도 가장 선한 길로 인도하실 분임을 믿었다. 나는 딸에게 이야기 해주었다. 추운 겨울의 눈보라를 이겨낸 핀란드 나무처럼, 이런 어려움을 극복하면서 훌륭한 사람으로 커가는 과정이라고.

남편에게 이 이야기를 하자 그도 속상해했다. 하지만 딸 이상으로 속상해하는 나와 달리 담담한 어조로 시간이 가면 더 나아질 것이라고 나를 위로했다. 이튿날, 내 생각에는 딸이 유치원에 안 간다고 할 것 같았다. 그런 상황에서 유치원에 가기 싫을 것 같았다. 그러나 딸은 아침을 먹고 여느 때처럼 버스 타러 갈 준비를 했다. 기특하기도 했지만, 마음 한편이 아려왔다. 그날 아침에는 내가 딸의 손을 잡고 버스에 올랐다. 다른 때는 남편이 데려다 주었지만, 그때는 그리하고 싶었다. 딸을 유치원 일 층에서 올려보내고 돌아 나와서 기도했다. 누가 지나가면서 보았다면 이상하게 보았을는지도 모른다. 하지만 하루이틀도 아니고 몇 달째 마음고생하는 딸을 생각하니 절박했다. 2개 국어에 노출되어 수업은 영어로 하고 놀이는 핀란드어로 하면서 홀로 토끼 인형을 안고 서 있는 딸. 소파에 앉아 가족 놀이하는 친구들을 부러워하고, 앉아 있던 소파에서도 혼자만 일어나야 하는 어린 딸을 생각하면 체면이나 남의 시선이 두렵지 않았다. 마침, 오가는 행인이 드물었고 길모퉁이에서 절실한 마음으로 기도했다. 어린 딸이 오늘은 마음 상하는 일 없이, 건강하고 즐겁게 지내도록 보호해 주시기를. 유치원에 있는 선생님과 아이들 모두가 건강하고 하나님이 보호해 주시기를. 무엇보다 딸이 영어로 같이 놀 수 있는 마음 맞는 친구를 만나게 해주시기를 두 손 모아 기도했다. 두 눈에서 뜨거운 눈물이 흘러내렸다. 아마 마음으로도 울고 있었던 듯하다. 나라면 견디기 힘들었을 것 같다. 감사하게도 딸은 그런 상황에서도 포기하거나 회피하지 않는 견고한 마음의 심지를 지녔다. 그랬기에 그날 아침에도 싫은 내색 안 하고 묵묵히 유치원 계단을 올라갔다. 이틀 후, 유치원에서 돌아온 딸이 소식을 전했다. 같은 반에 인도에서 한 여학생이 새로 왔는데 이름은 '따만나'라고 했다. 그 아이 아빠가 탐페레에 있는 노키아(Nokia) 연구원으로 일하기 위해서 왔는데 영어를 매우 잘한다고 했다. 약간의 인도식 억양이 있기는 했으나 미국인 선생님과 자유자재로 대화하면서 장난도 치는 것을 볼 때 거의 모국어 수준이었다. 따만나는 오자마자 딸과 친해졌다고 했다. 성격도 명랑하고 재미있는 놀이도 많이 알고 있어서 바깥놀이 활동할 때(매일 한 시간 이상 의무 과정이다. 심지어 비가와도 레인코트 입고 나간다.) 줄곧 같이 놀았다고 했다. 말하는 딸의 표정이 무슨 상장을 받고 온 사람처럼 신바람이 났다. 나는 매우 기쁘고 감사했다. 유치원에서 온종일 영어로 대화하고 바깥놀이를 함께하며, 방과 후 스케이트도 같이 배울 수 있는 친구를 드디어 만났다. 이날부터 딸의 유치원 생활은 완전히 달라졌다. 딸에게서 마치 봇물 터지듯 영어가 튀어나왔다. 사실 그 이전부터 영어로 의사소통이 되었음에도 그것을 마음껏 표현할 기회가 제한되었다. 딸이 이렇게 영어를 잘하는 줄 몰랐다. 따만나를 만난 후로 말하는 것을 넘어서서 영어로 노래도 만들고 동시를 짓기도 했다.

딸은 새로 온 단짝이 생기면서 마침내 자신 안에 갇혀 있던 껍질을 깨고 힘찬 날갯짓을 했다. 핀란드 아이들과의 놀이 활동에서도 주도적인 역할을 하기 시작했다. 친구들이 핀란드 말을 하며 놀 때 딸은 먼저 다가가서 영어로 말을 걸고 같이 어울렸다. 그러다 보면 자연스레 영어, 핀란드어 할 것 없이 소통되었다. 사람이 다른 사람에게 주는 관심과 위로가 얼마나 값진 것인지 딸의 변화를 보면서 실감했다. 딸은 더 이상 토끼 인형을 안고 혼자 놀지 않았고 오히려 혼자 있는 아이가 있으면 먼저 말을 걸고 같이 놀자고 했다.

이후에 귀국해서 딸이 공부하는 학급에서는 소외당하고 혼자 외톨이 된 아이들이 거의 없었다. 심성이 곱고 선량한 성품을 지닌 까닭도 있으나 앤꾸 유치원에서의 경험이 영향을 주었을 수 있다고 여긴다. 딸에게서 타인에 대한 배려와 따뜻함, 주변 사람들이 함께 행복할 수 있도록 힘쓰려는 마음이 엿보였다. 지금도 기억나는 인상 깊은 것은 딸이 전학 온 남학생 급우를 챙겨준 일이다. 딸이 핀란드에서 귀국한 후, 초등힉교 사힉년 때 같은 반에 남학생 한 명이 전학을 왔다. 그 남학생은 숫기가 없고 조용해서 낯선 환경에 적응하는 것을 힘들어했다. 쉬는 시간에 혼자 앉아 있고 급식 시간에 밥을 먹은 후에도 급우들과 어울리지 못했다. 딸은 먼저 다가가서 말을 걸었고, 다른 교실로 이동 수업하러 갈 때마다 전학생을 챙겨서 다른 친구들과 함께 다녔다. 다른 남학생들이 둘이 사귀냐는 농담을 할 때도 아랑곳하지 않고, 같은 반 친구인데 서로 친해야 한다면서 오히려 놀린 아이들을 무색하게 했다. 그렇게 몇 달을 지낸 후, 드디어 그 남학생이 다른 학생들과 편하게 어울리게 되었다. 딸은 누가 시킨 것도 아닌데 외롭고 소외된 이웃이나 딱한 처지의 급우들을 보면 자신이 할 수 있는 한 배려하고 도우려 했다. 성장하면서 고등학교에서 반장을 도맡아 하고, 대학에 가서도 학생회 활동을 하면서 공동체를 위해 노력했다. 자신과 함께하는 사람들을 배려하고 사랑이 있는 공동체가 되도록 애쓰는 딸을 보며, 우리 딸이지만 고맙고 기특하다. 앞으로 설어살 딸의 삶이 기대된다.

핀란드에서 귀국한 뒤로 나는 이때 경험한 것을 학급 운영의 철칙으로 삼았다. **단 한 명의 아이도 소외감 느끼는 분위기나 환경을 만들지 않는 것.** 그것은 쉬운 것 같지만 교사의 면밀한 배려가 없으면 놓치기 쉽다. 자리 배치나 학급 조직을 운영할 때 항상 소외되거나 겉도는 아이들이 없도록 했다. 이를 미리 방지하기 위해 학년 초 학생들과 개별 상담하면서 실태 파악을 했다. 만일 특별한 이유 없이 한 명이라도 그런 학생이 발생한다면, 그것은 다수에 의한 보이지 않는 폭력이나 다름없다. 수업할 때도 그 원칙을 적용하고 있다. 고학년을 가르치며 음악 시간 리코더를 연주할 때, 아이들은 다 교과서 악보를 보며 연주하는 것처럼 보인다. 하지만 사실 그중에는 독보능력이 없는 학생들이 있다. 수업 시간은 제한되고 교실 내 학생 수가 많아서 이런 부분까지 보충해 주기는 어렵다. 그렇게 하려면 쉬는 시간 화장실에 갈 새도 없이 숨차게 움직여야 한다. 몇몇 아이들의 독보능력을 키우려면 음악 교과 진도 이외에 시간을 별도로 확보해야 한다. 오선지라는 기초에서 시작하여 차근차근 지도해 준 것도 이런 의지의 반영이었다. 배움에는 기쁨이 있고 모르는 것은 죄가 아니다. 다만 불편할 뿐이다. 그런데 대개 경우, 학생들은 몰라도 아는 척한다. 모른다고 하는 순간 타인의 시선이 신경 쓰이기 때문이다. 그러다 보니 학습 부진아의 기초학습 능력 부진의 상태가 누적되는 경우가 종종 있다. 이런 학생은 수업 시간마다 다수 학생 속에서 위축되고 소외감을 경험할 수 있다. 나는 학급을 운영할 때 〈논어 위정 편 17〉을 교수학습의 근간으로 삼는다.

> **"知之爲知之 不知爲不知 是之也"**
>
> **아는 것을 안다고 하고 모르는 것을 모른다고 하는 것,**
> **이것이 바로 안다는 것이다.**

학생들에게 학습 내용이 이해 안 되는데도 아는 척하는 것을 부끄러워하고 모르는 것을 모른다고 말하는 용기를 가지라고 강조한다. 보충 과제를 내주고 지도할 때 받아쓰기 부진아는 국어 우등생(보충을 통해 앞으로 우등생이라고 믿기에 우등생)이라 부른다. 영어 부진아는 잉글리쉬 사랑둥이(영어를 잘하지 못할 뿐이지 너는 그 자체로 사랑스러우니까 사랑둥이)라고 한다. 이런 분위기 속에 아이들은 점점 학습 중 모르는 것은 모른다고 말하는 것에 부끄러움을 느끼지 않았다. 교과서를 들고나와 내 교탁 옆에 놓인 책상에 앉는 것을 좋아한다. 학생들은 특별히 사랑받고 보충 지도를 받는다고 여긴다. 나의 이러한 학급 운영 방침은 딸의 유치원 경험에 크게 영향받았다. 핀란드에 가기 전에도 그런 교육 방향을 추구했지만 상황에 따라 부분적으로 적용했다. 다녀온 이후에는 더욱 확신을 갖고 모든 수업 장면과 학급 운영, 학생 생활 지도의 근간으로 삼고 있다. 나의 자녀가 성장하는 동안 나 역시 성장하고 변화되었다.

5. 여름 방학을 보내며

핀란드 학교와 유치원의 여름 방학은 유월 초부터 팔월 중순까지 이 개월 이상이다. 방학을 이용해 우리 가족은 유럽 오 개국을 여행했다. 독일, 오스트리아, 이탈리아, 스위스, 프랑스를 여행했다. 정말 멋지고 잊지 못할 여행이었다. 남편은 논문 준비로 바쁜 시간을 쪼개 여행을 준비했다. 본인의 고백을 빌리자면 논문 쓰는 것보다 더 열심히 준비했다고 했다. 공부만 하기에도 힘들었을 텐데 가족을 위해 애쓴 남편에게 감사하다. 여행한 곳이 모두 좋았지만, 특히 인상에 남는 곳은 독일 퓌센 지역의 '백조의 성(Schloss Neuschuwanstein)'과 이탈리아 북부의 '돌로미티(Dolomiti)'였다.

독일의 퓌센에 있는 백조의 성은 미국 디즈니랜드의 모델로 널리 알려진 아름다운 성이다. 십구 세기 독일 바이에른 왕국의 국왕이었던 루드비히 2세가 짓기 시작했다. 그는 백조를 무척이나 좋아해서 성의 외관을 백조 모양으로 지었다. 우리 가족이 갔을 때 성문 앞은 세계 각국에서 온 관광객으로 붐볐다. 한 번에 다 들어가지 못하고 번호표를 뽑아 일정 수만큼 입장했다. 비가 내린 탓인지 딸이 매우 추위를 느꼈다. 아이의 양말이 젖어서 내가 신었던 보송보송한 털양말을 벗어 신겨 주니 좋아했다. 성 내부에는 백조와 관련된 것들이 많았다. 백조가 이끄는 큰 배에 올라탄 왕과 왕비의 그림, 백조 문양으로 만든 방문의 손잡이 등. 심지어 백조의 머리에 왕관을 씌운 벽화도 있었다. 루드비히 2세는 마흔 살에 죽었고 백조의 성은 그의 아들이 완공했다고 했다. 아마도 눈을 감으면서도 아쉬워했으리라! 특별히 왕관의 방을 구경했는데 바닥의 정교한 모자이크 타일이 인상적이었다. 백만 개가 넘는 타일을 천연석으로 꾸몄다고 하니 얼마나 많은 사람이 수고했을까? 성에서 나와 성의 옆면을 볼 수 있다고 하는 구름다리로 갔다. 너무 높아서 아찔했고 다리가 제대로 꼿꼿이 펴지지 않았다. 이 구름다리에서 보는 성의 측면 모습은 무척이나 아름다웠다. 안개가 걷히고 성의 측면을 보게 되어서 감사했다.

측면에서 바라 본 백조의 성

　'돌로미티'는 이탈리아의 북부에 위치한 유명한 산악지대이다. 이천 미터
가 넘는 높은 고도에 위치한 이곳은 너무나도 광활하고 장엄했다. 대자연
의 신비 앞에 그냥 지나칠 수 없어서 무려 네 번이나 차를 주차하고 구경했
던 기억이 난다. 태고의 신비가 깃든 대자연의 웅장함은 우리 인간이 얼마
나 작은 존재인지를 일깨워 주었다. 하나님이 창조한 자연의 위대함 앞에
서 가슴 벅찬 감격을 느꼈다. 산을 무척이나 좋아하는 남편은 연신 셔터를
누르며 감흥에 젖었다. 많은 오토바이 여행자도 질주를 멈추고 내려서 구
경했다. 아들이 계속해서 말한 것이 생각난다. "so beautiful!." 기회가 되
면 그곳에 다시 가보고 싶다.

이탈리아에서 본 돌로미티

　여행에서 돌아온 후 남편은 공부에 더 매진했고, 나와 아이들은 집 인근
의 숲과 호수를 다니면서 방학을 보냈다. 여름에는 북유럽 특성상 백야가
나타난다. 밤에도 낮처럼 환하고 새벽 두 시는 되어야 약간 어두운 정도이
니 밤에 자려면 두꺼운 커튼을 쳐야 했다. 핀란드는 계절의 변화가 뚜렷했
고 긴 여름에 비해 가을은 또 매우 짧았다. 추운 겨울이 되기 전에 봄, 여름
을 마음껏 누려야 겨울을 잘 이겨낼 수 있었다. 겨울이 가고 봄이 올 때의
저녁놀은 환상적이었다. 여름의 백야만큼이나 인상적이다.

5월의 저녁놀, 봄이 오는 들에서

핀란드의 여름은 매우 아름답다. 온 천지에 아름다운 꽃들이 만발하고 낮이 길다 보니 활동량도 많고 사람들은 생기가 넘쳐났다. 나는 자전거를 타고 숲길을 달리거나 이웃으로부터 배운 솜씨로 머핀과 케이크를 만들면서 행복한 여름 방학을 보냈다. 이따금 딸은 디즈니 캐릭터가 그려진 노란 수영복을 입고 놀이터에서 신나게 놀았다. 수영복은 물놀이할 때 입는 거라고 아무리 말해도 그게 마음에 든 모양이었다.

우리 집에서 조금만 걸어가면 '까우까 야르비(Kauka Järvi)'라고 불리는 이 지역 최고의 아름다운 호수가 있었다. 야르비(Järvi)는 핀란드어로 호수를 뜻한다. 그곳은 관광객에게는 알려지지 않았지만, 지역 주민이 많이 찾는 휴식처였다. 숲으로 둘러싸인 까우까 야르비는 호수라기보다는 작은 바다라고 해도 믿을 만큼 크고 넓었다. 그때 까우까 야르비로 가려면 풀밭을 지나 숲길을 가로질러 언덕을 내려갔다. 우리 집에서는 도보로 사십 분 정도 걸었던 듯하다. 가는 도중 팔월의 핀란드가 온통 총천연색 야생화로 뒤덮인 아름다운 풍경을 보았다. 집주변과 사뭇 달리 호수로 향하는 길에는 한국에서 보지 못한 특이한 모양과 고운 빛을 띤 이국적인 야생화 군락이 있었다. 보면서 갈 길을 멈추고 한참 동안 바라보기도 했다. 나는 아이들을 데리고 그곳에 자주 갔다. 주말에 남편이 쉴 때는 온 가족이 함께 가서 물총놀이를 하고 수영도 하며 놀았다.

6. 남편의 포르투갈 유학

　가을 학기가 되어 남편은 포르투갈로 공부하러 떠났다. 내가 아이들을 전적으로 책임지고 돌봐야 하는 상황이 되었다. 예상은 했지만, 막상 남편이 곁에 없으니 비로소 그의 자리가 얼마나 큰지 느꼈다. 출국 전날 마트에서 필요한 용품을 살 때 나와 남편, 딸이 함께 갔다. 남편은 한국 음식이 생각나면 먹겠다면서 신라면 다섯 개를 장바구니에 담았다. 탐페레에서는 내가 직접 기른 콩나물과 아시안 마켓에서 산 두부를 넣어 된장찌개를 상에 올렸다. 남편은 한국에서와 크게 다르지 않게 식사했다. 하지만 포르투갈에서의 상황은 다를 것이다. 어린 딸은 주머니에 손을 넣더니 꼬깃꼬깃 접은 오 유로짜리 지폐를 꺼냈다. 누가 시킨 것도 아닌데, 아빠의 신라면을 자신이 모은 용돈으로 사준다고 했다. 이때 딸의 나이가 겨우 일곱 살이었다. 남편은 그 라면은 먹기 아까울 것 같다고 하며 눈물 나게 감동했다. **딸아이가 혼자 떠나는 아빠를 위해 사준 사랑의 라면, 그것은 세상에서 하나밖에 없는 '금 라면'이었다.** 남편은 새벽 버스를 타고 헬싱키로 가야 해서 일찍 잠자리에 들려 했다. 그러나 어린 딸은 아빠와 헤어질 생각에 너무 슬픈 나머지 계속 울었다. 아빠가 안아주고 달래주어도 해도 눈물은 그치지 않았다. 이제 떠나면 몇 달 동안 아빠를 못 볼 것을 알고 계속 울었다. 그날 밤 남편은 딸을 품에 안고 재워주었다. 아빠 품에서 잠든 딸을 살포시 침대 위에 뉘어놓고 그제야 잠시 눈을 붙였다.

새벽에 탐페레 터미널로 가서 아이들과 함께 남편을 배웅했다. 남편은 중간에 한 번 오겠다고 약속하고는 차에 올랐다. 우리 셋은 남편이 탄 차가 보이지 않을 때까지 손을 흔들었다. 나는 내가 비교적 강인하게 잘 대처하리라고 여겼는데, 막상 남편이 포르투갈로 떠나고 나니 허전하고 슬프기까지 했다. 터미널에서 나와서 집으로 가는 버스를 타러 갔다. 양손에 잡은 아들과 딸의 손을 더 힘주어 쥐었다. 남편이 곁에 없는 동안, 아이들이 허전해하지 않도록 남편의 몫까지 사랑하고 더 잘 돌봐야겠다는 책임감이 밀려왔다.

이즈음 아들이 처음으로 아이스하키 스틱을 잡았다. 아들은 주 일회 활동하는 '토요 아이스하키 교실'에 다녔다. 난생처음 아이스하키 세계에 입문했지만, 솜씨가 크게 늘지는 않았다. 이때는 스틱과 헬멧, 무릎 보호대 정도만 갖추고 나이가 더 어린 아이들과 기초반에서 연습했다. 딸도 스케이트 클럽에 들어가서 스케이트를 배우기 시작했다. S자 형태로 움직이는 마카롱을 배울 때 유난히 즐거워했다. 구월이 되면서 딸은 유치원에서 프리스쿨로 진급했다. 배우는 내용이 좀 더 심화되고 쓰기 공부를 더 많이 했다. 아들의 교실에는 새로 러시아에서 친구들이 전입했다. 이제 아들과 딸은 이곳의 생활에 완전히 적응하고 즐겁게 잘 다녔다. 낯선 환경에 적응하는 단계를 넘어서서 그룹 활동에서도 주도적인 역할을 했다. 나는 남편의 부재 중에 주어진 상황에서 최선을 다했다. 탐페레 적십자센터에서 운영하는 외국인을 위한 핀란드어 교실에 등록하고 열심히 배웠다. 핀란드 말로 쓰인 도서관 책을 딸에게 읽어 주고 싶었다. 유하니 선교사님이 이끄는 독서 나눔 모임과 지역 소그룹 모임에도 열심히 나갔다.

남편이 포르투갈에 있는 동안 주변에서 나와 아이들에게 관심을 갖고 따뜻하게 챙겨주었다. 교회의 데이비드와 라우라 부부는 우리 애들에게 아빠의 빈자리를 채워주려 자신들의 집으로 초대했다. 라우라는 아이들의 주일학교 선생님이었는데 맛있는 저녁 식사를 준비해 주어서 고마웠다. 그런가 하면 추석 무렵, 한국에서 온 교환 학생들이 명절 음식을 해서 우리 집으로 모였다. 처음 이곳에 도착했을 때 남편이 공부하는 탐페레 대학에는 한국의 서강대, 건국대, 한양대, 이화여대, 아주대 등에서 온 교환 학생들이 몇 명 있었다. 남편은 자신이 처음 노르웨이 갔을 때 그 막막하고 외로웠던 때를 떠올리며 학생들을 초대하자고 했다. 그들을 위해 나는 한국 음식을 준비했고, 모처럼 된장찌개와 김치, 부침개 같은 한국 음식을 맛본 학생들은 매우 행복해했다. 이따금 남편이 공부하는 탐페레 대학교 도서관에서 책을 읽다가 학생들을 만나면 반가웠다. 모두 인사성이 바르고 성실했다. 학생들은 핀란드에 처음 와서 우리 집에 초대받았던 기억을 떠올리며 아이들에게 사랑의 품앗이를 해주었다. 아빠를 그리워할 우리 아이들을 위해 추석 모임을 계획했고 서로 음식 준비를 나누어 맡았다. 나는 집에서 밥과 된장찌개를 끓여 놓고 학생들을 맞이했다. 그들이 해온 음식은 생각보다 맛있고 풍성했다. 내가 한 것 못지않게 솜씨가 좋았다.

음식을 나누어 먹은 후 방에 들어가서 윷놀이를 했다. 아이들은 모처럼 떠들썩한 집안 분위기에 반가워했다. 사실 우리 집에서 추석 모임을 하자고 연락받았을 때, 그다지 큰 기대는 하지 않았다. 아이들이 추석이라 아빠를 그리워할 것 같아서 상의했다고 하면서 음식은 자신들이 해온다고 했다. 마음 씀씀이는 고마웠지만, 학생들도 공부하기 바빴을 텐데 언제 음식을 배웠으랴 하는 마음에 별 기대를 하지 않았다. 오히려 내가 음식을 준비해야 하지 않을까? 하는 생각도 했다. 그런데 이렇게 열심히 준비한 것을 보니 감동이었다. 학생들은 내게 말했다. 핀란드에 처음 왔을 때 모든 게 낯설고 외로웠는데 우리 집에 초대받아 한국 음식을 먹으면서 눈물이 날 뻔했다고. 이곳에서 누군가 이렇게 환영해 주고 챙겨준다는 것이 무척이나 고마웠다고 했다. 그때 대접받은 것을 이렇게라도 갚을 수 있어서 기쁘다고도 했다. 그 말을 들으며 사람은 사랑의 존재임을 새삼 깨달았다. 어리다고만 여겼던 교환 학생들로부터 받은 사랑의 무게는 이전에 내가 준 것보다 훨씬 무거웠다. 한국에 와서도 연락하고 지내고 싶었으나 각자 바쁘다 보니 그러지 못했다. 지금쯤 마흔을 바라볼, 그때 그 학생들이 문득 그리워진다.

들판의 나무가 알록달록한 옷을 입기 시작할 무렵, 초록 일색이던•숲은 단풍으로 물들고 파란 호수와 어우러져 그림 같은 풍경을 연출했다. 그즈음 우리 집 옆 길가에 늘어선 자작나무가 단풍빛을 띠고 석양에 노을이 질 때면, 북유럽의 가을 정취를 깊이 느꼈다. 그 무렵 나는 시내의 적십자센터에서 운영하는 '외국인을 위한 핀란드어 교실'에 다녔다. 다른 한쪽 교실에서는 중년 이상 여성들이 모여 뜨개질을 했다. 모자나 양말을 떠서 팔고 그 수익금으로 이웃을 돕는다고 했다. 핀란드어 강습에 갈 때마다 그 모습을 보다 보니 어느새 내 마음에도 뜨개질하고 싶은 생각이 들었다. 실을 사서 그 할머니들 옆에 앉아서 하나씩 배웠다. 그분들은 동양에서 온 젊은 애 엄마가 서툰 핀란드어로 물어가며 배우는 모습이 대견했나 보다. 서로 열심히 가르쳐주셨고 나는 그 덕분에 얼마 지나지 않아 목도리와 모자도 뜨게 되었다. 추운 겨울이 오기 전, 품질 좋은 양털실로 가족들의 목도리와 모자를 떠 주고 싶었다. 사실 실 값이 모자나 목도리값보다 비쌌지만, 많은 사람이 뜨개질을 즐겨하는 모습을 보면서 나도 도전받았다. 첫 작품으로는 아들의 모자와 딸의 목도리를 떠 주기로 했다. 아들을 위해서는 민트색 모자를, 딸을 위해서는 아이보리색 목도리를 떴다. 아이들은 매우 기뻐했다. 그다음으로는 남편의 모자를 떴다. 남편이 귀국할 때에 맞춰 크리스마스 선물로 떴다. 버스 터미널에 마중 나가 직접 씌어주고 싶은 마음에, 남편을 위해서 짙은 네이비색의 양털을 샀다. 뜨개질을 하다 보니 시간 가는 줄 몰랐고 버스를 기다릴 때나 버스에 승차해서도 뜨개질했다. 한올 한올 단이 생기고 그 단이 모여 면을 이루면서 완성해 가는 재미가 쏠쏠했다. 핀란드의 가을은 뜨개질과 함께 깊어만 갔고 이내 첫눈이 내렸다. 우리는 핀란드에서·한 번의 가을과 두 번의 봄, 여름, 겨울을 겪었다. 핀란드에서 처음이자 마지막으로 맞이한 가을은 오는가 싶더니 생각보다 빨리 지났다. 그 무렵 남편이 일주일 휴가를 얻고 집에 왔다. 우리는 서로 얼싸안고 기뻐했다. 남편은 아이들과 많이 놀아주었고 아들을 주니어 아이스하키 클럽에 데리고 가서 등록시켰다. 기왕 하려면 프로 클럽에서 정식으로 배우고 게임도 하면서 경기 출전까지 하라고 격려해 주었다. 그 짧은 일주일 동안 남편은 아들을 위해 아이스하키 무장 장비와 근사한 캐리어까지 사주고 다시 포르투갈로 돌아갔다. 이 개월 후에 다시 만나자고 하면서. 남편이 그렇게 중간에 다녀가니 마음이 한결 위로되었다. 역시 가족은 함께 있어야 하나 보다.

7. 미국인 선생님과 뮤지컬

　딸은 따만나와 절친이 되어서 스케이트 강습도 같은 시간에 받았다. 영어가 날로 유창해지고 어떤 때는 길을 걷다가 아름다운 풍경을 보면 영어로 동시를 지었다. 미국인 담임 선생님은 특히 'R'과 'L' 발음의 차이를 정확하게 알고 구별해서 발음하도록 지도해 주었다. 세월이 흘러 대학생이 된 딸이 외국인 친구들과 프리 토킹을 능숙하게 하는 것도 이때 익힌 영어가 한몫하는 것 같다. 딸은 중학교 때 캐나다에서 열린 'TAMWOOD 영어 캠프'에 참가한 적이 있다. 밴쿠버의 아름다운 지언괴 로키산맥 지락의 숲을 무대로 세계 각국에서 온 친구들과 사 주 동안 함께 한 캠프였다. 그곳에서 딸은 본인도 놀랄 만큼 아주 오랜만에 능숙한 영어 실력을 발휘했다. 한국에 돌아온 후, 일상생활에서 영어를 사용할 일이 거의 없어서 많이 잊힌 줄 알았는데 그게 아니었다. 언어는 지식이 아니라 생활 속에서 몸으로 익히는 것이었나 보다. 딸이 영어 프리스쿨 과정을 수료할 때, 지역의 명문 '아무리(AMURI)' 국제 학교 입학시험에 당당히 합격해서 입학 허가증을 받았다. 핀란드 친구 중에도 합격하지 못한 아이들이 많았다. 하나님은 딸에게 노래와 춤에 관한 재능을 주시고 이것을 잘 훈련받고 무대에서 펼칠 수 있는 좋은 만남의 복도 주셨다. 딸의 미국인 담임 선생님은 낮에는 영어 유치원 선생님이지만 퇴근 후에는 뮤지컬 감독으로도 활동했다. 미국에서 활약하다가 핀란드에 오면서 퇴근 이후나 주말을 이용해 아마추어팀을 지도한다고 했다. 그래서인지 선생님이 맡은 아이들은 크리스마스 때나 유치원 후원을 위한 갈라 쇼에서 멋진 공연을 펼치고는 했나. 그 아이들 중에 딸이 있었다. 딸은 선생님을 통해 연기의 기본을 익혔고 여러 사람 앞에서 크고 또렷한 목소리로 노래하며 율동하는 것을 기초부터 꼼꼼하게 배웠다.

가을에서 겨울로 넘어갈 무렵 딸은 프리스쿨에서 크리스마스 연극 연습에 더욱 집중하고 많은 시간을 보냈다. 담임 선생님의 지도에 힘입어 딸과 친구들은 실감 나는 연기와 대사를 표현하는 것을 배우며 성장해 나갔다. 딸은 이때 물 만난 고기처럼 영어로 대사를 정확히 표현하며 즐겁게 연기했다. 공연에는 단체로 노래 부르고 율동을 하는 시간이 있었는데 딸은 이를 위해 집에 와서도 연습했다. 영어로 수업을 듣기만 하다가 뮤지컬과 노래로 공연 준비를 하는 시간은 또 다른 성장을 의미했다. 영어 실력이 더 발전할 좋은 기회였다. 영어가 늘어가는 것에 비례해서 한국어 단어는 잊기도 했다. 어떤 날은 단풍 든 나뭇잎을 보다가 한국말로 오렌지 칼라와 그린 칼라를 무엇이라고 하는지 기억이 안 난다고 했다. 이즈음 딸은 친구들의 생일파티에 초대를 받는 일이 많아졌다. 아역 모델로도 활동했던 릴라의 생일파티, 수줍게 웃는 모습이 귀여웠던 릴리의 파티, 마이라의 파티, 따만나의 생일 등에 초대받았고 즐겁게 다녀왔다. 딸이 한국에 가기 전 나도 생일파티를 해줘야겠다고 마음먹었다.

　크리스마스 때는 동방박사와 아기 예수를 공연했는데 딸은 동방박사로서 즐겁게 공연했다. 노래도 크게 잘 불러서 지켜보는 내 마음이 기뻤다. 뿐만이 아니다. 그해 겨울 유치원과 프리스쿨 후원을 위해 학부모 및 탐페레의 유명 인사들을 초대해서 디너쇼를 했다. 극장식 무대가 있는 이층으로 된 관객석이 있는 큰 홀이었다. 그곳에서 공연할 아이들을 선발했는데 자원자를 중심으로 팀을 만들었다. 딸도 그 팀에 있었다. 아이들은 노래하고 춤추면서 공연했는데, 딸은 집에서도 공연 곡인 'Spagetti & Meatball'을 율동과 함께 열심히 연습했다. 딸이 큰 무대에 올라 친구들과 손을 잡고 공연하는 모습이 참 대견했다. 한국에서 가져온 분홍 하트 무늬 원피스를 예쁘게 입고 노래하는 딸은 떨지도 않고 오히려 무대 공연을 즐기는 것 같았다. 선생님도 많이 칭찬하셨다. 디너쇼를 통해 딸이 한층 성장했다.

8. 스환뿌, 스기다리뿌

가을부터 겨울까지 아들은 아이스하키 클럽에서 훈련받고 딸은 스케이트 클럽에 다녔다. 훈련의 강도나 노력 면에서는 아이스하키가 훨씬 많은 에너지가 필요했다. 이에 반해 스케이트는 조금 더 부담이 없고 가벼운 마음이었다. 일단 장비도 많지 않았고 연습일도 주 이회였다. 딸은 첫날부터 즐겁게 연습에 임했고 핀란드 선생님은 열심히 지도했다. 마침 따만나도 엄마와 함께 그 클럽에 다녔다. 두 애들은 그곳에서 만나 서로 의지가 되는 것 같았다. 아는 친구가 있으니 딸은 더욱 재미있게 다녔다. 타만나가 있어서 딸의 유치원 생활이 훨씬 풍성해졌고 영어가 많이 늘었다. 타만나 역시 딸을 만난 덕분에 오자마자 단짝이 생겼다. 아이들은 서로 우정을 나누는 동시에 다른 핀란드 친구들에게 먼저 다가가기도 했다.

이 무렵 딸은 낮에는 프리스쿨에서 배우고 하교 후에는 내 손을 잡고 스케이트를 배우러 다니며 그해 겨울을 보냈다. 우리는 자동차가 없었기에 버스에서 내린 후 한참을 걸어야 했다. 마트를 지나 오솔길을 걸어서 마침내 헤르반타 아이스 링크장에 도착하곤 했다. 핀란드의 겨울은 일조량이 적어서 오후 세 시만 돼도 밤처럼 어둡다. 누가 보면 우리나라의 밤 열한 시라고 착각할 만한 날씨다. 이 시간에 유치원에 다녀온 딸을 데리고 스케이트장까지 가려면 그 길이 멀게 느껴졌고, 딸아이도 힘들어했다. 걷다 보면 좀 더 빨리 스케이트장이 나왔으면 하는 마음이 들었다. 그때 생각한 것이 나무의 이름을 지어주는 것이었다. 핀란드어로 나무는 뿌(Puu)라고 한다. 버스에서 내려 약 이십 분 정도 걸으면 스케이트장이 나왔다. 가는 길목 중간쯤에 위치한 큰 전나무를 가리켜 '스케이트를 환영하는 나무'라는 의미에서 '스환뿌'라고 했다. 조금 더 가서 거의 다다랐을 때는 '스케이트를 기다리는 나무'라고 해서 '스기다리뿌'라고 지어주었다. 딸이 걷다가 힘들어하면 '스환뿌가 언제 나오나 가보자.'라고 하면서 도닥였다. 이윽고 스기다리뿌가 나오면 딸이 먼저 "엄마! 스기다리뿌에요."라고 반가워했다. 우리는 스환뿌와 스기다리뿌를 찾는 재미에 한결 덜 힘들었고, 일종의 낭만을 느끼기도 했다. 스케이트 배우러 가는 딸의 발걸음이 가볍게 느껴졌다.

핀란드의 겨울이 지나면서 일월이 되고 이월이 되면서 마침내 삼월이 되었다. 아직은 눈이 쌓여 있지만 그래도 해가 길어졌고, 스케이트장 갈 때 어두움 대신 저녁노을을 볼 수 있었다. 그때 어슴푸레 어둠이 깔리는 땅 위 하늘에 오렌지빛과 핑크빛이 감도는 노을을 배경으로 셔터를 연신 눌렀는데 딸은 마치 아역 모델처럼 다양한 포즈를 지으며 즐거워했다. 그 엄마에 그 딸이었다. 스케이트장 가는 길은 우리의 또 다른 추억을 만드는 공간이었다. 그 사진이 지금 보아도 참 예쁘다. 스케이트장을 가는 길이 더 이상 어둡지 않을 무렵, 그해 겨울 시즌은 막을 내리고 있었다. 딸은 봄이 오는 삼월 말, 스케이트 쇼에 참가했다. 딸은 팀 동료들과 노란 병아리 옷을 입고 멋진 공연을 펼쳤다. 혼자 하는 것도 좋지만 여럿이 함께 합동 공연을 하니 더욱 멋졌다. 공연은 거의 한 시간 이상 걸렸고 연령과 수준별로 다양한 쇼를 펼쳤다. 병아리 같은 유치원 팀의 공연을 시작으로 마지막에는 아이스링크 위에 등장한 자동차 주변을 뱅글뱅글 도는 프로팀의 환상적인 공연이 펼쳐졌다. 핀란드는 겨울 스포츠가 꽃피는 나라임이 틀림없다. 아들이 아이스하키 지역 연합 리그전에서 MVP를 받은 것처럼, 딸도 스케이트 쇼를 통해 자신만의 MVP를 마음에 새겼을 것이다. 스케이트 쇼를 보며 기쁘고 감사했다. 이만큼 잘 자라준 아이들에게 고마웠다. 하나님은 그곳의 모든 환경과 상황에서 항상 최선과 최상, 그리고 최고의 것으로 채워주셨다.

9. 오월의 생일파티

　귀국할 날이 다가오면서 나는 좀 더 많은 탐페레의 추억을 남기고 싶었다. 수요 산책도 좋았지만 탐페레의 곳곳에 있는 관광지와 교육적인 곳을 탐방하기로 했다. 먼저 지도와 인터넷을 통해 탐페레에서 유명한 볼거리 명소를 찾아보았다. 그때까지 우리의 루틴은 주로 집과 프리스쿨, 헤르반타 학교, 교회, 시내 상점들이었다. 물론 이 외에도 많이 다녔지만, 자동차가 없고 생활하기 바빠서 여기저기 탐방할 여유가 적었다. 마지막 학기여서 남편은 졸업논문을 쓰느라 바쁘고 예민했다. 남편의 마음을 편히게 해주려고 노력했다. 밥을 정성껏 준비하고 집안에서는 조용히 지냈으며 신경쓸 일을 만들지 않아야 했다. 아이들 돌봄과 탐방은 내가 맡기로 했다. 먼저 시내 중심가에 있는 '핀레이슨(Fynlason)' 거리를 찾았다. 그곳에는 '무민 박물관', '스파이 박물관' 등 관광 명소가 있었다. 두 아이와 함께 박물관을 견학했다. 스파이 박물관에서는 생각보다 흥미로웠고 역사 공부도 되었다. 박물관에 다녀온 딸은 2차 대전 당시, 스파이가 사용했던 **독이 든** 반지가 인상적이었는지 그림일기에 썼다. 무민 박물관도 생각보다 재미있었다.

무민이 하마인 줄 알았는데 핀란드에서 만든 전통 캐릭터라고 했다.

　나는 얼마 안 있으면 곧 헤어지게 될 딸의 친구들을 집에 초대하기로 했다. 딸의 생일은 팔월이지만 그때는 귀국한 이후라 미리 앞당겨서 오월에 생일파티를 해주기로 했다. 딸이 그동안 친구들 생일파티에 여러 번 초대받았는데, 귀국 전에 딸의 생일파티도 해주고 싶었다. 날짜는 프리스쿨 수료식 일주일 선으로 정했다. 딸의 유치원 친구 엄마들에게 연락해서 우리 집 주소를 알려주고 초대했다. 쇼핑몰 두오에 가서 파티용품과 답례품을 담을 예쁜 종이백을 샀다. 우리 집 앞 놀이터를 생일파티 무대로 사용하기로 했다. 이윽고 약속한 날이 되자 아이들이 하나둘씩 도착했다. 한 명도 빠짐없이 모두 왔다. 핀란드 엄마들은 시간 개념이 철저해서 정확히 약속된 시간 오 분 내외에 도착했고, 그로부터 두 시간 후에 데리러 왔다. 아이들을 위해 정성껏 준비한 음식을 차려주고 곧바로 놀이터로 가서 놀았다.

　나는 어린 손님들을 위해 눈가리개를 하고 술래잡기했다. 아들도 함께 놀았다. 아이들은 나를 피해 요리조리 도망하면서 재미있어했다. 딸의 핀란드 친구들을 위해 열심히 놀아 주었다. 아이들은 매우 행복해 보였고, 나는 이날의 추억을 카메라에 담았다. 지금도 이 사진을 보면 나도 모르게 미소가 지어진다. 아이들은 미끄럼틀을 타고 그네도 타면서 신나게 놀았다. 나중에는 잔디밭에서 아파트 벽을 기준 삼아 원, 투, 쓰리 런던!(무궁화꽃이 피었습니다.)을 하기도 했다. **딸은 더 이상 한국에서 온 지영이가 아니었다. 그냥 유치원 친구 지영이였다. 마침내 핀란드의 혹한을 이겨내고 멋진 나무로 자라준 우리 아이들의 노력에 박수를 보낸다. 내색을 안 해서 그**

렇지, 매우 힘들었으리라! 딸의 생일파티에서 아이들과 놀아주면서 나 또한 행복했다. 생일파티에서 딸은 미리 사두었던 분홍 원피스를 입고 우아한 맵시를 뽐냈다. 처음이자 마지막이었던 핀란드의 생일파티에서 딸은 해바라기처럼 활짝 웃으며 행복을 누렸다.

10. 딸의 눈부신 성장

꿈같은 시간이 흐르고 남편의 논문도 거의 마무리되어 갔다. 딸의 영어 실력은 날이 갈수록 발전했다. 듣고 말하는 것을 넘어서 읽고 쓰는 것도 점점 잘했다. 같이 길을 걸을 때나 자연의 아름다운 정취를 느낄 때는 즉석에서 영어로 동시를 짓거나 노래를 만들어 불렀다. 한국말로도 종종 시적 표현을 담아 동시를 짓는 것을 즐겨 했다. 하지만 국제학교에 입학할 정도의 실력을 갖춘 딸은 영어 표현이 한국말보다 더 익숙해지고 있었다.

귀국하기 얼마 전인 유월 초, 여느 때처럼 딸과 함께 집 근처 동네 마트 시와(SIWA)에 갔다. 맑고 푸른 하늘에는 흰 구름이 두둥실 떠 있었다. 시와는 우리 집에서 버스 한 정거장 거리였는데 우리는 이 길을 수도 없이 다녔다. 겨울에는 길 위에서 빨간 눈썰매에 아들딸을 태우고 마치 유모차처럼 내가 앞에서 끌어주기도 했다. 그날 시와로 향하는 길에 아이의 기분이 좋았나 보다. 평화롭고 행복한 딸의 마음에 동시가 저절로 피어났다. 길을 걸으며 즉석에서 영어 동시를 지어 노래하듯 말했다. 그때가 만 여섯 살,

프리스쿨 졸업을 앞둔 때였다. 나는 그날 딸이 지은 영어 동시를 오래 기억하고 싶어서 집에 돌아와 일기에 써 두었다.

<Walking lukonmakki>

The green grass is coming my eyes gipidi du-a, gipidi de-i
The sky is blue and white
In this sky there is a white lamb
I think I am the shepherd
My mom and I are walking lukonmakki road to SIWA
I like Finland
Finland is good

딸과 함께 김치를 담갔다. 오래전 딸이 돌도 되기 전, 십 개월 무렵인가 있었던 일이다. 내 등에 업혀 있던 딸이 태양초 가득 넣은 매운 김치를 입 주변이 빨갛도록 먹은 적이 있다. 그때 나는 김치 담은 통을 열어 두고 주방에서 음식을 하고 있었는데 등에 업힌 딸이 너무 조용해서 이상했다. 고개를 돌려보니 어린 딸이 고사리 같은 작은 손을 내밀어 갓 담가온 김치를 꺼내어 우물우물 먹고 있었다. 입 주변에 김치 양념이 많이 묻어 있었는데 울지도 않고 먹고 있었다. 그때 내가 얼마나 놀랐는지 모른다. 혹여 매운 맛이 아기를 자극해서 배탈이 나거나 위장에 나쁜 영향을 줄까 봐 걱정했었다. 다행히 아무 일도 없었다. 그때부터 딸이 매운 음식을 좋아한다는 것을 알았다. 핀란드에서 담근 김치가 맛있었는지 그때 딸이 지은 동시다.

〈김지영〉

김치를 담았네!
새빨간 김치네
내가
어릴 때 먹었던 김치네

김치를 처음 먹나 보다
김지영이면 좋겠네!
그러면,
김치영이면 어떨까?

남편의 논문이 마무리되어 가던 유월 초 프리스쿨을 마칠 무렵, 앤꾸 유치원에서 졸업 공연을 했다. 큰 공연장을 빌렸고 많은 학부모가 함께했다. 딸은 한국에서 가져온 색동 한복에 분홍치마를 입고 활짝 웃으며 즐겁게 공연했다. 이년 전, 한국에서 핀란드에 가져갈 옷을 여행 가방에 담을 때 꼭 필요한 옷만 넣었다. 그때 딸은 한복은 꼭 가져가야 한다면서 제일 먼저 챙겼다. 어린 마음에도 외국에 살면서 한복이 필요할 거라 여겼나 보다. 딸의 그 선택은 옳았다. 공연할 때 아이들은 노래를 부르고 춤을 추며, 작은 피리 같은 것을 불면서 연주했다. 딸이 입은 한복이 공연을 더욱 빛내주었다. 아이가 어찌나 즐겁게 공연을 하던지 같이 있던 다른 핀란드 부모들도 칭찬했다. 그들은 딸의 한복을 보며 '뷰티풀'을 연발했다. 딸은 무대 체질이었다. 여러 사람 앞에서 공연할 때, 전혀 떨지 않고 당당했다. 오히려 활짝 웃으며 리듬감 있는 동작으로 분위기를 살렸다. 한복을 입고 족두리까지

한 딸이 즐겁게 공연하는 모습은 어린 민간 외교관 같았다. 딸의 반에는 다른 외국 친구들도 있었는데 그들은 모두 핀란드에서 구입한 여름 원피스를 입었다. 단연 딸의 한복이 눈에 띄었다. **내가 보아도 우리 한복이 아름다웠다. 그러나 그보다 더 빛나는 것은 마침내 핀란드 나무처럼 혹한을 이겨낸 딸의 밝게 웃는 얼굴이었다.**

한복 입은 꼬마 외교관

4부

핀란드에서 돌아온
아이들의 성장 이야기

"아들은 MTB를 타고 숲길 사이를 질주할 때 무척 좋아했다.
핀란드에서 뛰놀았던 숲속을 떠올리며 한국의 산과 들을 질주한
것은 아닌지 생각해본다."

"핀란드에서 익혔던 뮤지컬의 기본기가 빛을 발하는 시간이었다.
이미 딸은 큰 무대에 서본 경험이 있지만 〈백설 공주〉는 그보다
훨씬 준비할 것이 많고 스케일이 큰 공연이었다."

1. 핀란드여! 안녕

    남편의 논문 제출 후 귀국 기념으로 계획했던 노르웨이-영국 여행은 뜻하지 않게 아들의 수술로 마무리되었다. 우리가 살다 보면 뜻하지 않은 어려움과 고난을 만날 때가 있다고 듣기는 했는데, 이렇게 직접 겪어 보니 사람이 얼마나 나약한 존재인지 알았다. 런던에서 우리 네 식구가 무사히 귀국할 수 있었음에 진심으로 감사했다. 핀란드에 돌아와서 남은 일주일 동안 귀국 준비를 했다. 도착했을 때보다 살림살이가 더 늘어서 짐을 정리하는데 꼬박 일주일이 걸렸다. 짐 정리를 빠르게 잘하는 남편이 한참 동안 생각하고 망설인 물건들이 있다. 바로 아들의 아이스하키 장비들이었다. 남편은 물끄러미 장비들을 내려다보더니 짐 싸는 것을 멈춘 채 헬멧을 써보기도 하고 아들의 땀이 배어 있는 무장들을 만져보았다. 나는 당연히 두고 갈 줄 알았다. 한국에서는 아이스하키를 시키기 어렵기 때문이다. 핀란드처럼 활성화된 것이 아닌 데다가 그때까지만 해도 나는 아이스하키는 목동 아이스링크에서만 하는 줄 알았다. 우리 집은 의정부인데 어떻게 목동까지 다니랴 싶은 마음에 가져갈 것은 생각도 안 했다. 그런데 남편은 달랐다.

아들의 손때가 묻고 땀이 밴 장비들을 두고 갈 수 없다면서 캐리어에 담았다. 한국에 가서 아이스하키를 계속 시킬지는 그때 가서 생각하자고 했다. 결국 아들의 하키 장비는 기다란 스틱만 빼고 모두 챙겼다.

2011년 6월 24일 아침, 우리 가족은 귀국 비행기에 오르기 위해 헬싱키 반타 공항으로 가야 했다. 핀란드에 올 때와 마찬가지로 남편은 피터에게 부탁했다. 그는 장인에게 빌린 대형 Van에 우리가 꾸린 짐을 실었다. 이웃에 사는 소중한 친구 레나가 아침부터 와서 짐 정리를 도와주었고 마무리 청소까지 해주었다. 아쉬운 작별을 고하고 손을 흔드는 레나를 뒤로한 채 우리를 태운 피터의 차는 헬싱키를 향해 달렸다. 그동안 숱하게 거닐었던 숲길과 우리의 보금자리인 루꼰마끼 집이 멀어지고 있었다. 길가에 늘어선 자작나무를 뒤로 한 채 우리는 헬싱키를 향해 달렸다. 탐페레여! 안녕.

루꼰마끼 집 앞에서 바라본 마을 풍경

2. 귀국

　반타 공항에서 우리의 처음과 나중을 함께 한 고마운 친구 피터와 마지막 허그를 하고 한국행 비행기에 몸을 실었다. 지금까지 지내 온 모든 게 꿈만 같았다. 마치 동화 속으로 긴 여행을 갔다가 다시 현실의 세계로 돌아가는 기분이었다. 비행기 안에서 우리 부부는 텔레비전 구입에 관해 이야기했다. 나는 한국에 가면 아이들 교육을 위해 TV를 사지 말자고 했고 남편은 스포츠를 보려면 꼭 사야 한다고 했다. 그렇게 우리의 한국에서의 이 막은 열리고 있었다.

　공항에 도착하니 가족들이 마중 나와 있었다. 오랜만에 다시 만난 가족들이 무척 반가웠다. 짐을 정리하고 적응하기까지, 우선 부천의 시누 집에 며칠 머물기로 했다. 시누의 따뜻한 환대에 장기 비행의 피로가 풀렸다. 우리를 위해 정성껏 음식을 준비해 주었고, 짐을 정리하고 이사할 때까지 충분히 쉬도록 배려해 주었다. 세월이 흘러 다시 생각해도 그 마음이 참 고맙다. 친정에서 맡아주었던 살림은 우리가 이사하는 집으로 곧바로 이삿짐

차에 실어서 보내 주셨다. 나는 복직 준비로 바빠서 부모님께는 우선 전화로 인사드렸다. 한국에 오니 모든 상황이 너무 바쁘게 돌아갔고 해야 할 일이 산적했다.

딸의 일학년 같은 반 친구들이 핀란드에서 온 딸을 환영해 주었다. 아들은 삼학년에 배정되었고 일학년 때 같이 공부했던 아이들이 반겨주었지만 새로운 환경에 낯설어했다. 핀란드에서와 달리 말수가 줄었고 교실에서 조용한 편이었다. 아마 이때, 아들이 경험한 문화충격이 컸으리라고 짐작된다. 핀란드와는 사뭇 다른 주거 환경과 학교 제도 안에서 아이들은 적응하느라 애썼다. 그도 그럴 것이, 일단 집과 학교 사이엔 아파트가 줄지어 있었고 핀란드에서 공부할 때와 많은 것이 달랐다. 핀란드의 숲과 호수에서 마음껏 뛰놀던 아이들로서는 참 힘들었을 것이다. 그런데도 아이들은 별로 내색하지 않았고 적응하려 노력했다. 아이들도 알았을 것이다. 핀란드는 동화 속의 특별한 시간이었음을. 이제는 이곳에서 적응하고 한국 학교에 맞게 열심히 해야 한다는 것을. 남편 역시 오랜만에 복직하여 바쁜 일상을 소화하느라 힘겨웠다. 동화 속에서 현실로 옮겨온 우리는 각자의 힘겨움과 씨름했다.

이즈음 아들은 핀란드 꿈을 자주 꾸었는데 꿈에서 친구네 집에 가서 문을 두드리다 잠에서 깨곤 했다. 얼마나 그곳을 그리워했는지 알 수 있다. 핀란드에 혼자서라도 남고 싶어 했던 아들은 우리 가족 중에 가장 그곳을 그리워하고 있었다. 딸은 아들처럼 꿈을 꾸지는 않았으니까.

3. 방과 후 학교와 영어 뮤지컬

핀란드에서 돌아온 후 우리의 생활은 마음의 여유 없이 너무 바빴다. 나는 두 아이를 데리고 출근하며 직장에 적응하기도 벅찼다. 상황이 이러다 보니 학교를 일찍 마친 아이들이 처음에는 우리 교실로 왔으나 시간이 가면서 규칙적인 생활을 원했다. 배운 것을 복습하고 놀이도 하며 무엇보다 엄마가 퇴근할 때까지 안전하게 보호받을 수 있는 공간이 필요했다. 그런 곳을 찾던 중에 교회에서 운영하는 방과후 학교를 알게 되었다. 그곳에서 여러 선생님이 국, 영, 수 복습을 도와주었고 미술, 바이올린, 성경 공부, 영어 뮤지컬 등을 가르쳤다. 특히 소피(Sophi) 선생님은 어린이 영어 뮤지컬에 탁월한 지도력이 있었다. 영어 뮤지컬 과목은 일 년 전부터 신설되었다고 한다. 이렇게 해서 아들과 딸은 귀국하자마자 한국에서도 뮤지컬을 배웠다.

우리 아이들이 방과후 학교에 등록했을 때는 그해 겨울 공연을 위해 〈백설 공주〉를 준비하는 중이었다. 얼마 지난 후 배역을 정하기 시작했다. 처음에 아들은 숲속 동물1, 딸은 난쟁이1 역할을 맡았다. 그런데 대본 연습을 하던 중, 영어 대사가 가장 많았던 나쁜 왕비 역을 맡은 학생이 많이 힘들어했다. 딸은 옆에서 구경하다가 자연스레 왕비의 대사를 흉내 낸 모양이었다. 그것을 본 소피 선생님은 딸에게 왕비의 대사를 해보라고 시켰다. 딸은 선생님의 기대에 부응했다. 마침 왕비 역을 맡은 상급생 언니가 영어 대사를 외우기 싫어하사 선생님은 딸에게 왕비 역을 맡겼다. 이것은 매우 파격이었다. 왕비라고 하면 일단 체격이 백설 공주보다는 크고 상급생이 맡아야 했다. 딸은 뮤지컬을 하는 학생 중에서 가장 막내였고 체구도 언니들보다 더 작았다. 그런데도 소피 선생님은 다른 것은 고려하지 않고 대사를 잘 외우는 딸에게 왕비 역을 맡겼다. 영어 뮤지컬이니만큼 대사의 전달력이 더 중요하다고 여긴 선생님의 선택 덕분에 딸의 배역은 난쟁이 1에서 왕비로 바뀌었다. 이때부터 딸은 집에서도 맹연습했다. 왕비 역은 단순히 대사를 유창하게 발음하는 것만이 전부가 아니었다. 연기와 목소리 톤까지 나쁜 왕비답게 해야 했다. 쩌렁쩌렁 울리는 목소리로 악역의 캐릭터를 나타내야만 했다. 앙칼진 목소리와 표독스러운 표정, 이를 드러내며 음흉하게 웃는 모습 등. 일 학년 어린 막내가 담당하기엔 쉽지 않은 배역이었음이 분명하다. 그런데도 딸은 선생님의 지도를 따라 열심히 연습했다. 집에서도 쉬지 않고 대사를 외웠고 침대 머리맡에 대본을 두고 잠들었다. 소파에 앉거나 식탁에 앉아서도 연신 대사를 외우고 또 외웠다. 지금 생각하니 참 많은 분량이었다. 핀란드에서 익혔던 뮤지컬의 기본기가 빛을 발하는 시간이었다. 이미 딸은 핀란드 갈라쇼에서 큰 무대에 서본 경험이 있었지만 〈백설 공주〉는 그보다 준비할 것이 훨씬 많고 규모도 큰 공연이었다, 연습

중 선생님의 엄한 지도에 힘들어하기도 했지만 딸은 포기하지 않았고 끈기 있게 선생님의 가르침을 따랐다.

마침내 공연일이 되었을 때, 나는 딸에게 무대화장을 해주고 올림머리 형태로 머리 손질을 해주었다. 뒷머리는 큰 리본 핀으로 장식했다. 다소 염려가 된 것은 공연이 있기 며칠 전, 딸의 앞니가 빠져서 발음이 샐 수도 있다는 것이었다. 하지만 이 또한 딸이 잘 대응할 몫이라 여기고 용기를 북돋아 주었다. 소피 선생님은 왕비 복을 입고 무선 마이크를 허리에 찬 어린 딸에게 빛나는 왕비의 관을 머리에 씌어주었다. 교회 본당을 가득 메운 성도님들 앞에서 딸과 방과후 학교의 아이들은 최선을 다해 공연을 펼쳤다. 그날의 공연에서 압권은 가장 어린 막내가 맡은 나쁜 왕비였다. 딸이 무대에 들어오면서 "하하하하하!"라고 연신 외치면서 들어오는 장면을 시작으로 딸의 연기가 무대에 펼쳐졌다. 나쁜 왕비였지만 의상은 화려하고 예뻤다. 나쁘다기보다는 너무 앙증맞고 사랑스러운 왕비였다. 딸은 정말 누가 보아도 최선을 다해서 자신의 배역을 소화해 냈다. 키가 작은 막내였음을 의식하는 사람이 거의 없을 만큼 카리스마 넘치는 목소리와 실감 나게 어울리는 동작, 우아한 춤솜씨까지 나무랄 데가 없었다. 게다가 발음이 정확하고 또렷해서 대사 전달이 잘됐다. 다른 아이들도 각자의 배역에 충실하게 공연을 펼쳤고 공연은 대성공이었다. 모든 성도가 환호하고 큰 박수를 보냈다. 가장 인상에 남는 장면은 딸이 커다란 주사기로 사과에 독을 집어넣는 동작과 커튼콜에서 양손을 공작처럼 벌리고 활짝 웃으며 청중에게 인사하는 장면이다. 딸은 일학년 막내였지만 그날 공연을 위해 책임감을 가지고 최선을 다했다. 공연 후 한동안 딸을 보는 사람마다 뮤지컬 이야기를 했다. 그 공연은 오랜 세월 동안 딸을 소개하는 인사말이 되었다.

이듬해, 에실에서 영어 뮤지컬 〈춘향전〉을 공연할 때는 아들이 남자 주인공 이몽룡을 맡았다. 상대 배역인 춘향이 역에는 친동생이 아닌 상급생 누나가 정해졌다. 처음 뮤지컬에서는 아들이 숲속 동물 1을 맡아서 대사가 별로 없었는데 이번에는 비교할 수 없을 만큼 많은 대사를 영어로 외워서 했다. 게다가 극에 어울리는 발성으로 영어 노래를 불러야 하고 극에 어울리는 연기를 펼치는 등 많은 연습을 해야 했다. 아들은 싫은 내색 한번 없이 열심히 연습했고 마침 공연일이 되었을 때 멋지게 해냈다. 딸이 나쁜 왕비 역을 할 때는 대사만 있었는데 아들은 노래를 여러 번 불러야 해서 연습량이 훨씬 많았다. 아들이 그 많은 대사와 노래를 외워서 여러 사람 앞에서 공연하는 모습을 보니 감동이었다. 영어로 춘향이에게 구애하는 노래가 여러 번 있어서 난이도가 높은 공연이었음에도 실수하지 않고 잘 해냈다. 이렇게 해서 남매가 번갈아서 뮤지컬의 주인공을 맡는 소중한 경험을 했다. 영어 뮤지컬 준비 및 발표를 통해 자녀들의 생활이 더욱 풍요로워졌다. 아이들은 한국에 와서도 이 년씩이나 영어 뮤지컬을 배우고 공연할 수 있었다.

<백설 공주> 영어 뮤지컬에서 나쁜 왕비 역을 맡다

4. 다시 시작한 아이스하키

귀국하고 오 개월쯤 지나 반가운 사실을 알게 되었다. 집에서 삼십 분 거리의 지역 빙상장에서 주니어 아이스하키 클럽팀이 매주 연습하고 있었다. 남편이 무리하면서까지 가져온 아이스하키 장비를 사용할 기회를 얻은 것이다. 서울 목동에서나 하는 줄 알고 우리 지역에 클럽이 있는지조차 알아보려고 하지 않았다. 아들이 다시 아이스하키를 할 수 있다는 사실에 정말 기뻤다. 남편의 선견지명이 옳았다. 그곳에 가보니 아들과 비슷한 연령대의 소년들이 핀란드에서처럼 무장하고 맹연습하고 있었다. 너무 반가웠다. 마침 그때, 핀란드에서 온 코치가 팀을 지도하고 있었다. 그분을 보는 순간 마음에서 울컥하고 올라왔다. 나는 너무나 반가운 나머지 핀란드말로 인사했다.

"미나 아수운 탐페레싸, 미나 올레 제민스 아이띠.(나는 탐페레에 살았습니다, 나는 제민이 엄마입니다)"

반가워서 눈물이 나려고 했다. 여기에서 핀란드 아이스하키 코치를 만날 줄이야! 세상은 좁았다. 그날 아들은 클럽에 등록했고, 훈련을 받기 시작했다. 팀원 중에는 수준이 상당한 아이들이 많았다. 핀란드 클럽 못지않게 잘했다. 핀란드에서와 달리 한국의 아이스하키 클럽 아이들은 대학 진학을 목표로 활동하는 아이들이 많았다. 그러다 보니 엘리트 체육인으로서 훈련받았다. 우리 아들처럼 취미로 운동이 좋아서 하는 경우는 드물었다. 아들은 매주 열심히 적응해 나갔다. 아들은 아이스하키를 하면서 정기적으로 목동 경기에 출전했고 때로는 강릉에서 열리는 유소년 전국대회에도 나갔다. 겨울에는 동계합숙 훈련 안내를 받기도 했다. 한국에서 아이스하키는 단순 취미 활동이 아니었다. 또 하나의 특별한 세계였다. 아이의 노력이 반, 부모의 뒷바라지가 반이었다. 목동 경기가 있는 날에는 남편과 내가 교대로 아이를 데리고 갔다. 근무와 겹쳐서 시간이 안 될 때는 클럽의 다른 학생 부모에게 부탁했다. 그런데 핀란드와 달리 한국에서 아이스하키 클럽끼리 경기할 때, 경기의 승패가 각 팀 운영 전반에 큰 영향을 주었다. 취미로 즐기며 참여했던 핀란드 클럽과는 분위기가 달랐다. 경기에서 활약을 많이 한 아이들은 대학에 진학할 때도 유리했다.

아들이 육학년을 앞두고 고민이 생겼다. 방학 중 클럽의 합숙 훈련에 필수 참여해야 했고, 그냥 취미로 따라 하기에는 부모가 수행할 것들이 점점 더 많아졌다. 이 부분에 관해서 진지하게 가족회의를 했다. 아들의 생각과 부모의 생각이 같았다. 그만하면 아쉽지 않을 만큼 한 것 같았다. 한국에서도 아이스하키를 계속하고 싶은 마음에 취미로 시작했지만, 지금의 시스템에서 더 이상 함께하기에는 무리라고 아들도 생각했다. 다른 애들은 합숙하면서 훈련받을 때, 자신만 합숙에 참여하지 않는 것을 불편해했다. 이렇게 해서 아들은 하키를 그만두었다. 아홉 살부터 열두 살까지 탐페레와 의정부에서 즐겁고 신나게 운동했다. 한국에서도 아이스하키 스틱을 잡을 수 있었던 것이 감사했다.

아들이 핀란드에서 돌아와 학교생활에 적응하느라 힘들 때, 아이스하키 클럽을 만나서 마음에 쉼을 얻고 즐겁게 활동했다. 어쩌면 아들에게 있어서 아이스하키는 핀란드와 한국을 이어주는 마음의 다리였는지도 모른다. 클럽 운영의 시스템과 분위기는 달랐지만, 아이스하키를 지속할 수 있었다는 것만으로도 감사했다. 익숙한 것과 결별했던 아들이 다시 그것을 회복할 수 있었음이 어찌 감사하지 않겠는가? 무장 용품을 정리하면서 아들에게 나중에 대학 가면 동아리 활동으로 다시 할 수 있다고 격려해 주었다.

5. 핀란드의 숲을 이어주는 MTB

　오학년 때 아이스하키를 그만두고 특별히 운동을 배운 것은 없었다. 어려서 인라인스케이트, 수영, 태권도 등을 배웠지만 한국에 다시 온 뒤로는 딱히 일정한 운동은 하지 않았다. 언제부터인가 아들은 예전보다 자전거를 더 즐겨 탔다. 처음에는 그냥 산책 삼아 달리나 보다 라고 생각했다. 아들은 육학년이 되었고 아빠가 애지중지하던 출퇴근용 자전거로 뒷산을 오르내렸다. 그것도 나중에 가서야 알았다. 친구들과 함께 집 주변의 부용천이 아닌 학교 뒷산 효자봉을 자전거로 오르내리고 있었다는 사실을. 중학교 입학 후, 쇼바(완충기)가 있는 산악자전거를 사달라고 본격적으로 졸랐다. 위험하다는 생각에 안 사주려 했는데 쇼바가 없는 일반 자전거로 산을 오르내리는 것은 더 위험할 것 같아 G사에서 나온 산악자전거를 중고로 사주었다. 그 대가로 삼 개월 동안 매일 두 시간 이상 공부하기로 약속했다. 아들은 착실하게 약속을 지켰다. 그 자전거를 타고 친구들과 날마다 신나게 산자락을 달렸다. 처음에는 마을 인근의 산을 오르더니 나중에는 동두천, 김포, 일산 할 것 없이 잘 정비된 MTB 훈련장을 찾아 맹연습했다. 아들은

특히 숲길 사이를 질주할 때 무척 좋아했다. 핀란드에서 뛰놀았던 숲속을
떠올리며 한국의 산과 들을 질주한 것은 아닌지 생각해 본다.

아들이 즐겨 가던 곳은 고양의 T 파
크이다. 남편은 아들이 마음껏 연습할
수 있도록 주말을 반납하고 지원해 주
었다. 아예 차도 승용차에서 SUV로
바꾸고 후면에 자전거 캐리어를 달았
다. 아들이 가고 싶어 하는 MTB 훈련
장에 빠짐없이 데려다주었다. 전북 고
창, 전북 무주, 경북 상주 등 아들이 참
가하는 대회에 데려다주고 응원했다.
그 예전 핀란드에서 아이스하키 클럽
대회에 따라갔을 때처럼. 아빠의 든든
한 후원에 힘입어 아들은 자전거와 사
랑에 빠진 중학교 시절을 보냈다. 아들
의 기량은 나날이 늘었다. 연천에서 열
린 대회에 출전했을 때는 좋은 성적을

MTB 대회에 참가한 아들, 중학교 삼학년

거두고, 한우를 상품으로 타 와서 온 식구를 포식시켜 주었다. 김포 대회에
서 수상했을 때는 '김포 금쌀'을 상품으로 받아왔고 어떤 대회에서는 적지
않은 상금을 받기도 했다.

아들이 자주 가던 자전거 가게 사장님이 아들의 재능을 눈여겨보고 적극적으로 후원했다. 대회 출전용 유니폼을 마련해 주고 아들을 위해 특별 맞춤 제작한 '카본 자전거'를 대여해 주었다. 그 자전거를 타고 열심히 훈련에 임한 결과, 중학교 삼학년 때 출전한 전국대회에서 무려 세 번이나 주니어부 우승을 했다. '철원 DMZ MTB대회', ' 왕방산 국제MTB대회', '상주시장배 전국MTB대회'였다. 한 가지에 집중하면 탁월한 열정으로 몰입하는 아들의 투지가 빚어낸 결과였다. 나는 아들이 일 등을 한 것도 기뻤지만 자신만의 장점을 계발하여 스스로 노력하는 모습이 좋았다. 그때의 그 투지라면 아들은 무엇이든 해낼 것이다. 나는 아들이 자랑스러웠다. 그때나 지금이나 아들을 믿는다.

6. 캐나다 나이아가라 폭포

아이들은 핀란드에서 경험한 시간을 추억으로 간직한 채, 한국에서의 생활에 잘 적응해 나갔다. 핀란드는 여전히 아이들 마음에 빛나는 추억이었지만, 그것은 앨범 속의 사진 같았다. 한국의 입시 제도 하에서 헤쳐 나가야 할 현실의 무게는 가볍지 않았다. 이즈음 우리 부부는 아이들에게 보다 넓은 세상과 미국의 아이비리그(Ivy League) 투어를 경험케 해주고 싶었다. 이제 아이들은 인생의 중요한 관문인 대입을 위해 준비해 나가야 하는 때였다. 아직은 입시의 본격적인 레이스가 펼쳐지기 전인 아들의 중학교 삼학년 때 온 가족이 캐나다와 미국 여행을 가기로 했다. 토론토(Toronto)와 몬트리올(Montreal)을 거쳐 퀘벡(Quebec)을 들른 후, 미국 동부 해안을 따라 아이비리그를 탐방하는 야심 찬 계획을 세웠다. 그해 팔월, 우리 가족은 캐나다로 향하는 비행기에 올랐다.

사실, 비용 생각하면 만만치 않았지만 아이들이 한 살이라도 어릴 때 세상을 보는 시야를 넓혀주고 싶었다. 조금 더 크면 자신들의 힘으로 가볼 수 있겠지만, 학령기에 경험하는 아이비리그 투어는 세상을 향해 큰 꿈을 갖게 할 것이라 여겼다. 미국은 누가 뭐래도 세계 여러 나라에 큰 영향을 주고 세계를 움직이는 강력한 국가였다. 자신의 인생을 향해 꿈을 찾아 자라나는 자녀들을 위해, 그들이 학교 다닐 때 보여주고 싶었다. 자녀들이 자신의 재능을 발휘하여 꿈을 이루고, 사회에 기여하는 소금과 빛 같은 사람이 되기를 바랐다.

사람은 보는 만큼 생각하고 생각하는 만큼 행동한다. 우리나라 역사는 반도 국가의 특성상, 어느 한 시대에도 우리의 힘과 상황만으로 전개되지 않았다. 그렇기에 세상이 어떻게 움직이는지 아는 것이야말로 자녀들이 어떠한 삶을 살아갈지 결정하는 데 유익하다고 생각했다.

미국은 우리나라 근현대사에 많은 영향을 준 나라이기도 하다. 6.25 전쟁 때 수많은 미군 참전용사들이 우리를 도왔다. 많은 피를 흘리며 대한민국의 자유를 지키기 위해 희생했다. 미국의 많은 선교사들은 백여 년 전 이 땅에 와서 수많은 학교와 병원들을 세웠고 우리나라에 큰 유익을 끼쳤다. 이러한 여러 가지 까닭으로 우리 가족은 12박 13일의 일정으로 미국에 다녀왔다.

남편은 아이들을 위해 특별한 순서를 준비했다. 우리가 방문할 하버드(Harvard) 대학에서 남편의 지인을 만나기로 한 것이다. 직장에서 국제교류 업무를 하면서 알게 된 하버드 대학의 교수님인데 단과대 학장을 역임할 정도로 역량 있는 분이라고 했다. 그분은 우리 가족이 하버드 대학에 들른다는 것을 알고 본인이 직접 안내해 주겠다고 먼저 제안했다. 하버드 대학은 보스턴에 있는데 바로 이웃한 MIT 공대까지도 함께 안내해 주기로 했다. 그냥 둘러보는 것과 그 대학에 몸담은 교수님으로부터 안내를 받는 것은 큰 차이가 있을 것이다. 벌써 기대되었다. 우리는 방학을 맞아 서둘러 준비하고 딸의 생일에 출국했다. 비행기에 오르기 전 잠시 시간을 내어 영종도 국제공항 내 제과점에서 딸의 열네 살 생일을 축하해 주었다. 우리는 직은 미니 케이크에 불을 켜며 딸에게 말했다. 생일 선물은 미국 여행이라고. 선물치고는 꽤 큰 선물이었다.

남편이 세운 일정은 먼저 토론토 공항으로 가서 캐나다를 여행하고 이후에 육로를 통해 미국으로 이동하는 것이었다. 토론토 공항에서 렌터카를 빌려서 공항을 빠져나오는데 저만치 하늘에는 뭉게구름이 떠 있었다. 하늘은 파랗고 이국의 울창한 숲이 좌우에 펼쳐진 고속도로를 우리가 탄 차는 빠르게 질주했다. 이제 북미에 온 것이다. 캐나다에서 나이아가라(Niagara) 폭포를 보고 천섬(Thousand Island)을 관람했다. 나이아가라 폭포는 영화에서 보던 것과는 비교되지 않을 만큼 감동이었다. 끊임없이 떨어지는 물줄기는 마치 거대한 하얀 융단을 펼친 듯 장관이었다. '저 많은 물이 어디서 오나?' 보고 또 보아도 신기하고 멋졌다. 폭포 아래를 유람하는 배에 올라 폭포 바로 아랫부분까지 근접했을 때는 눈을 뜨지 못할 만큼 세찬 물줄기가 위에서 퍼부었다. 나이아가라 폭포를 시작으로 천섬을 둘러보고 몬트리올 퀘벡까지 다니면서 캐나다를 구경했다. 예전에 핀란드의 숲과 호수가 너무 아름다웠는데 캐나다의 자연 또한 그 못지 않게 아름답고 멋졌다.

캐나다에서 본 나이아가라 폭포

미국 국경을 넘을 때, 미국의 힘을 보여주듯 위협적일 만큼 큰 검문소가 있었다. 무엇인가 압도하는 분위기가 느껴졌다. 카투사로 군대를 다녀와서 미군들과 생활했던 남편은 미국에 출장도 자주 다녀서 이런 분위기에 익숙할 거라고 생각했는데 아니었다. 남편은 삼엄한 경비와 깐깐한 검문 과정을 경험하며, 미국 국경을 넘을 때 기분이 안 좋다고 했다. 검문소를 통과하는 데 생각보다 시간이 많이 소요되었다. 검문소를 통과하고 드디어 미국 땅을 밟았다. 어려서부터 듣기만 했던 미국에 가보니 내게도 좋은 경험이었다. 매스컴을 통해 간접적으로 알고 있던 것과 내가 직접 밟아보는 미국은 확연히 달랐다. 시원하게 뚫린 고속도로를 질주하여 우리는 첫 방문지인 보스턴(Boston)에 도착했다. 막상 가서 둘러본 보스턴은 미국에서도 전통과 현대가 조화를 이룬 큰 도시였다. 부유층이 많은 도시라고 알고 있었는데 아닌 게 아니라, 도시 전역이 풍요로운 느낌이었고 무엇인가 힘이 느껴지는 거대한 도시였다. 우리가 미국에서 방문했던 여러 도시 중, 나는 보스턴이 가장 인상적이었다. 보스턴에는 하버드 대학, MIT 공대 같은 명문대가 밀집해 있어서 캠퍼스 탐방을 했고 이곳에서 삼 일을 머물렀다.

7. 미국 보스턴 방문기

　보스턴은 종교의 핍박을 피해, 신앙의 자유를 찾아 미국으로 건너온 영국의 청교도를 중심으로 발전한 도시다. 1620년 9월 16일, 총 102명을 태우고 63일간 모진 고난의 항해 끝에 그해 11월 21일 신대륙에 도착했다. 배에 올랐던 사람 중 절반은 항해 중 세상을 떠났고 절반만이 남았다고 한다. 영국에서 메이플라워호(Mayflower)를 타고 온 청교도들이 처음에 도착한 곳은 플리머스(Plymouth)였다. 우리 가족은 바쁜 일정 중에도 시간을 쪼개어 플리머스를 방문했다. 원래 하버드 대학을 염두에 두고 방문했으나, 여기까지 왔는데 그냥 지나치기 아쉬웠다. 미국의 역사가 시작된 발자취를 보고 싶었다. 플리머스 항구에 가서 플리머스 록(Rock)을 보았고 그 앞에 펼쳐진 대서양을 바라보았다. 오랜 시간 바다를 항해하여 이곳에 상륙했던 청교도들은 신앙을 지켜내기 위해 죽음을 무릅썼다. 그렇게 살아남은 자들이 미국의 기초를 일궈냈고 후대에 그들의 신앙을 전수했다. 주위를 둘러보며 메이플라워호 비슷한 배가 전시되어 있지는 않을까 기대했으나 없었다. 기념관을 둘러보고 기념품 가게에 들러 작은 메이플라워호 모형을 아이들에게 사주었다.

　이튿날, 우리 가족은 대학을 탐방했다. 먼저 하버드 대학에 가기로 했다. 학교에 가기 전, 하버드 대학에 관해 자료를 찾아보았다. 막연히 세계 최고의 대학이라고 알고 있었는데 어떤 설립 배경과 발전 과정이 있는지 궁금했다. 이전에 몰랐던 내용들을 더 많이 알게 되었다. 하버드 대학교는 미국 건국(1776년) 전에 세워진 아홉 개의 콜로니얼 칼리지 중 하나로, 영국 식민지에 세워진 최초의 고등교육기관이다. 세계 최초 현대적인 의미의 사립대학이며 전 세계에서 잘 알려진 대학 중 하나이다. 그 옛날, 플리머스에 정착한 청교도들을 시작으로 그곳으로 모여드는 청교도인들의 숫자는 더 많아져서 어느새 만 칠천 명을 넘어섰다. 이들을 신앙으로 지도할 목회자들이 많이 필요했다. 이를 위해서 대학을 세우게 되었고, 후에 영국 출신의 존 하버드가 죽기 전 재산과 장서를 기증한 것을 기념하여 그의 이름을 따서 대학 이름을 개명하였다. 존 하버드(John Harvard, 1607~1638년)는 영국 출신 청교도 성직자이다. 세상을 이끌어가는 유명 인사 중에는 하버드 대학 출신이 많다.

　아침에 대학 내 카페테리아에서 조식을 먹고 교수님을 만났다. 백발에 안경을 쓰고 지팡이를 짚었는데 등에 도서관에서 빌린 책을 잔뜩 넣은 검은색 백팩을 메고 계셨다. 교수님은 우리를 데리고 하버드 대학의 정문에서 시작해 구석구석을 돌며 안내했다. 학교가 워낙 넓고 커서 꼭 봐야 할 곳을 선별해서 보여주셨다. 하버드 동상 앞에서 하버드의 생을 이야기해

주기도 하고 동상과 관련한 에피소드를 소개해 주었다. 교내에는 세계 각처에서 온 듯한 관광객들이 있었다. 특히 학생들이 눈에 많이 띄었다.

둘러본 곳 중에서 특히 중앙 도서관이 인상적이었다. 매우 규모가 크고 하얀 대리석 같은 것으로 지었는데 계단이 많았던 것으로 기억한다. 그곳에서 아이들 사진을 많이 찍어 주었다. 어릴 때부터 나의 가슴을 설레게 하는 것들이 몇 가지 있다. 화구로 가득 찬 화방, 색색의 펜들이 꽂혀 있는 문방구, 사각사각 종이 넘기는 소리가 정겨운 서점, 그리고 도서관이었다. 기왕이면 그 안에 커피 마시는 카페가 지하층이나 한쪽 코너 어디에 있다면 더욱 금상첨화일 것이다. 우리 아이들이 하버드 대학 도서관에 앉아 있는 모습을 카메라에 담으며 그들을 마음으로 응원했다.

하버드를 지나 다음에는 MIT 공대로 갔다. 세계 최고의 공과대학은 건물마다 하나의 예술품 같았다. 특이한 것은 각 단과대별로 숫자를 써놓았다. 정확하고 딱 떨어지는 소통을 중시하는 공대의 특성이 느껴지는 대목이었다. 교수님이 설명해주면서 건물과 건물을 이동했는데 그중에서 16이 쓰여 있는 항공우주학과가 기억에 많이 남는다. 학교 앞에는 찰스강이 흐르고 있었는데 대학 내 요트동아리에서 강가에 매어둔 요트들이 즐비해 있었다. 아마 연구와 학업으로 지칠 즈음 그 배를 타고 시원한 바람을 맞다보면 머리가 맑아지리라! 학교 안에 수영장이 있는데 학생만 출입이 가능하다고 해서 둘러보지는 못했다. 채플이 열리는 연주홀도 보았는데 녹색 의자가 이색적이었다. 교수님은 우리를 넓은 잔디가 깔린 건물 앞으로 안

하버드 대학교를 탐방하는 딸

내했다. 고대 그리스 건축 같은 웅장함이 느껴지는 하얀색 대리석 건물인데 그레이트 돔(Great Dome)이라 불렀다. 건물 상부에 돔 같은 것이 있는 멋진 건물인데 이 대학의 상징물 같은 곳으로서, 여기서 입학식과 졸업식을 한다고 했다. 축제가 열릴 때면 일부 학생들이 위에 올라가서 다양한 퍼포먼스를 하기도 한다고 했다. 교수님은 그 앞에서 여러 장의 기념사진을 찍어주셨다. 어느새 교수님의 등이 땀으로 흠뻑 젖어 있었다. 다니면서 남편이 몇 번이나 백팩을 들어드리려고 했으나 노교수님은 사양하셨다. 감사하기도 했지만 걸음도 불편하신 분이 우리를 위해 이 더운 날 땀을 많이 흘리시니 송구스러웠다. 교수님 덕분에 정말 멋지고 알찬 탐방을 했다. 교수님께 감사의 인사를 드리고 우리는 헤어졌다. 교수님은 빌린 책을 반납해야 한다며 도서관으로 향하셨다. 연세가 드셔서도 연구를 놓지 않으시는 노교수의 열정에 고개가 숙여졌다.

아들과 MIT 공대 그레이트 돔

8. 미국 뉴욕과 워싱턴 방문기

보스턴을 떠나 오랜 시간을 달려 뉴욕에 도착했다. 자유의 여신상이 있는 리버티(Liberty)섬 주변 유람선을 타고 뉴욕 센트럴파크(Central Park)에서 자전거도 탔다. 뉴욕의 빌딩 숲도 거닐어 보고 〈라이언킹〉 뮤지컬도 보았다. 아이들은 가본 곳 중에서 뉴욕이 제일 좋다고 했다. 다음에 또 오고 싶다면서 더 머물고 싶어 했다. 뉴욕 증시가 열리는 월가를 거닐고 트럼프(Trump) 빌딩을 보았다. 록펠러(Rockepeller) 재단 빌딩, 911 기념관에도 들렀다. 9.11테러 관련한 사진과 전시물들을 보며 테러가 이 나라에 미친 상처와 흔적을 느꼈다. 있어서는 안 될 참사였다. 저녁에는 타임스퀘어(Times Square)에 들러서 휘황찬란한 네온사인이 번쩍이며 형형색색의 대형 스크린들로 둘러싸인 광장 한복판 계단에 올라앉았다. 세계 각국에서 온 사람들의 언어가 참 다양하게 들렸다. 아이들은 서로 인증샷을 찍어주느라 바빴다. 남매가 서로 코드가 맞아서 재미있었다.

다음 날은 브루클린(Brooklyn) 다리를 건너며 아름다운 도시 전경을 눈에 담았다. 하늘에 구름이 유독 아름답다고 느꼈다. 한 감성 하는 아들은 다 건너온 다리 위로 다시 되돌아가서 한참 동안 사진을 찍었다. 내가 따라가서 아들이 원하는 각도에서 사진을 찍어 주었다. 나는 아들의 그 풍부한 감성을 사랑한다. 하나님이 아들에게는 아름다운 것들을 보고 느끼는 낭만적인 감수성을 남보다 몇 배는 주신 것 같다. 가족 여행을 가도 석양에 지는 놀, 시원하게 뻗은 도로의 가로수, 파란 하늘의 흰 구름을 보며 유난히 걸음을 옮기지 못하고 감탄하는 아들이다. 브루클린 다리 부근에서 게살을 푸짐하게 넣어 유명한 샌드위치를 먹고 행복한 뉴욕 여행을 마쳤다.

　워싱턴으로 가서 삼 일을 머물렀다. 국회 의사당을 방문하고 내부 관람을 했다. 미국의 민주 정치가 꽃 피는 의사당에 들어서서 남편의 설명을 들으며 둘러보았다. 남편의 가이드 실력이 웬만한 여행사 전문가 못지 않아서 많은 도움이 되었다. 의사당 밖을 나와서 아들이 자전거 타는 것을 보며 쉼을 가졌다. 이후 백악관, 링컨 기념관 등을 방문했고 나사(NASA) 박물관에도 가보았다. 링컨 기념관을 둘러볼 때는 링컨의 동상이 사진에서는 작게 보였는데 실제로는 매우 위엄 있는 큰 규모라서 놀랐다. 조금 더 걸어가니 '한국전쟁 참전용사 기념관(Korean War Veterans Memorial)'이 나왔다. 낯선 한국에 와서 공산화를 막아내고 자유민주주의를 수호하기 위해 목숨 바친 젊은 이국의 용사들! 그들을 기념하는 기념관 앞에 서니 그들의 희생이 떠올라 마음이 아팠다.

워싱턴에서는 쾌적하고 차분한 분위기여서 가족끼리 시티 투어 자전거를 타고 시내를 돌아보았다. 건물이 낮은 것이 인상적이었는데 아이들은 뉴욕에 더 머물지 않은 것을 아쉬워했다. 워싱턴 삼일 차에는 미국 여행을 자축하며 근사한 레스토랑에 가서 우리만의 만찬 시간을 가졌다. 이렇게 해서 12박 13일의 모든 일정을 무사히 마치고 한국행 비행기에 몸을 실었다. 아이들은 나중에 꼭 뉴욕을 다시 오겠다고 했다. 한국에 오니 방학이 끝나가고 있었다.

9. 다시 그곳에 가다

   핀란드에서 돌아온 이후, 시간이 흐르면서 자주 생각나는 아쉬운 것이 있었다. 핀란드 탐페레에서 기차로 네 시간이면 러시아의 문화와 예술의 도시 상트페테르부르크(Saint Petesburg)에 갈 수 있었다. 그러나 가보지 못했다. 또한 핀란드 헬싱키에서 배로 두 시간이면 에스토니아 탈린(Tallinn)이 있었는데 유럽의 축소판이라 할 만큼 온 도시가 볼거리가 많고 아름답기로 유명했다. 그러나 거기도 가지 않았다. 오히려 비행기 타고 멀리 가는 유럽 여러 나라는 가보았는데 마음만 먹으면 언제든 갈 수 있었던 두 곳은 못 갔다. 이것이 자주 생각났고, 그때 갈 걸 하는 마음에 미련이 남고 후회되었다. 그곳에 가보았으면 하는 바람이 자꾸 생겼다. 그런데 이듬해, 근무하는 학교에서 미래교육 부장 업무를 맡았다. 미래의 주역이 될 학생들을 위해 학교 교육과정에 코딩교육 과정을 신설하고 총괄운영하는 일이었다. 그해, 지역 교육지원청에서 미래교육 담당자 해외 연수 관련 공문이 왔다. 관내 미래교육 담당 부장 중, 해당 인원을 선발하여 미래교육 해외 선진학교 시찰 연수를 실시한다는 내용이었다. 우리 학교에서는 나를 추천했는데 선발이 되었다. 해당 지역은 놀랍게도 모스크바, 상트페테르부르크, 헬싱키, 탈린 등이었다. 그토록 가고 싶었던 두 지역이 해외 연수 대상 지역에 포함되어 있었다. 그 당시 탈린은 코딩 교육이 세계적으로 발전했고 핀란드도 그러했다. 공식 시찰단의 일원으로 헬싱키의 한 초등학교를 방문했을 때가 잊히지 않는다. 그 학교는 코딩 교육이 활성화된 학교로서 다양한 도전을 주었다. 학교 관계자의 설명을 듣고, 일정에 따라 그 학교에서 운영하는 핀란드어 집중 학급 수업도 참관했다. 나는 그때까지 아들이 공부했던 교실이 국제학급이라고 알고 있었는데 정식 명칭은 '핀란드어 집중 학급'이라는 것을 그때 알게 되었다. 그곳에 있던 다양한 나라에서 온 학생들과 함께 간단한 게임 활동을 했다. 눈물이 왈칵 났다.

'아! 우리 아들이 이렇게 공부한 것이구나!'

그때는 알지 못하던 것을 시간이 지나 알게 되니, 그 감회는 무어라 형용하기 힘들 만큼 감격이었다. 헬싱키에서 공식적인 학교 탐방을 마치고 다른 지역으로 이동하기 전, 예전에 아들딸이 눈밭에서 구르던 헬싱키 대성당을 방문할 기회가 있었다. 온 가족이 함께 이곳에 왔을 때는 눈이 많이 쌓인 겨울이었는데 연수단과 함께 갔을 때는 팔월 한여름이었다. 눈으로 덮였던 계단에는 쌓인 눈 대신 세계 각국에서 온 관광객들이 무리 지어 앉아 있었다. 그 계단에 서서 여름의 푸른 발트해를 바라보며 추억을 소환했다. 마침, 연수단에는 아들의 중학교 삼학년 때 담임이었던 이 선생님도 동행했다. 우리는 연수 내내 같이 다녔고 서로 많이 친해졌다.

10. 딸의 캐나다 영어 캠프

딸이 중학교 삼학년 여름 방학 때, 캐나다 밴쿠버(Cannada Vancouver)에서 열린 글로벌 영어 캠프에 한 달간 참가했다. 핀란드에서 한국에 온 후로 그곳에서 배운 영어를 잊지 않도록 처음에는 아들딸에게 원어민 대학생 과외를 시켰다. 남편의 학교에 온 미국 교환 학생이었다. 주로 프리토킹을 하며 회화 위주의 수업을 했다. 몇 달 지나서 지인의 소개로 유학파 한국 선생님께 영어 교재를 가지고 배웠다. 아들이 중학교 입학을 하면서 과외를 그만두었다. 아들은 영어를 혼자서 학습했고 딸은 지역의 유명한 영어 학원에 다니기 시작했다. 그러나 너무 스파르타식으로 가르치고 숙제와 단어 재시험이 과중해서 일 년 남짓 다니다가 그만두었다. 딸도 중학교 이학년 이후로는 혼자 공부했다. 영어 프리토킹의 환경과는 거리가 멀었다. 그랬음에도 해외 영어 캠프라는 무대가 주어지자, 잊고 있던 어릴 때의 감각이 되살아났다고나 할까? 그곳에서 영어를 구사하며 자신의 글로벌 역량을 깨닫고 마음껏 발휘했다. 이 캠프는 시누의 딸이 먼저 다녀왔는데 시누가 적극 추천했다. 딸은 처음에는 안 가겠다고 했지만 나는 딸을 설득했다. 나중에 성인이 되어 가는 것보다, 중학생 때 가는 게 더 유익할 거라고 말해주었다. 딸은 어학연수를 가기로 결정했고, 우리는 종로에 있는 유학원에 가서 필요한 설명을 듣고 하나씩 준비했다. 혼자 비행기를 타고 캐나다까지 가는 것이 딸에게는 일종의 모험처럼 여겨졌다. 하지만 우리 부부는 딸이 할 수 있다고 믿었다. 캐나다에서 캠프 관계자가 마중 나올 것이기에 비행기만 잘 타면 된다고 하면서 미리 시뮬레이션 해주었다. 공항 이용 노선부터 시작해서 캐나다 공항의 사진까지 준비하여 만일의 경우를 대비해 꼼꼼히 알려주었다. 캠프로 출국하는 공항에서 배웅할 때, 혼자 배낭을 메고 캐리어를 끌고 가는 뒷모습에 눈물이 났다. 딸은 혼자 수속을 밟고 게이트 안으로 들어갔다.

출국 전에 딸을 보내면서 말해줬다. 그곳에서는 너의 한계를 벗어나 보라고. 남의 눈치 보거나 누군가 시키는 것만 하지 말고 적극적으로 프로그램에 참여하라고.

딸은 지나칠 만큼, 남을 배려하고 자신을 드러내는 것을 싫어했다. 딸의 중학교 상담 주간에 학교 선생님과 대화하면 하나같이 하시는 말씀이 있었다. 딸이 자신의 능력에 비해서 수동적이고 잘 발휘하지 않고 묻어두는 경향이 있다, 자신의 의견을 적극적으로 표현하지 못하고 너무 나서지를 않는다는 의견들을 많이 주었다. 리더의 자질이 있음에도 드러내는 것을 꺼린다고도 하셨다. 중학교 삼 년 동안 상담 주간에 세 분의 담임 선생님과의 상담 내용이 같았다. 딸의 중학교 삼학년 학부모 상담 주간에 학교에 다녀온 뒤로 우리 부부는 상의 끝에 입시 공부에 매진하기 전, 영어 캠프를 보내기로 했다. 딸에게는 그것이 필요한 시기라고 판단했는데 그 생각은 옳았다.

딸은 캐나다에 가서 마음껏 자신의 역량을 발휘하고 돌아와서 말했다. 자신이 그렇게 영어를 잘 말할 줄 몰랐다고. 어릴 때 그렇게 신나게 영어로 말하던 아이가 오랫동안 사용하지 않아서 잊었는데, 막상 영어 캠프라는 환경이 주어지자 다시 그 감각을 회복한 것이다. 딸아이 스스로도 본인의 잠재력이 발휘된 것에 기뻐했고 내심 놀라워했다. 또한 캠프 기간에, 한국에서의 소극적인 태도에서 벗어나 주도적인 자세로 팀 활동을 이끌었던 적극적 정신을 높이 평가하고 싶다. 딸은 각국에서 온 팀원들 사이에서 자발적이고 적극적인 태도로 낯선 환경에 잘 적응했고, 캠프의 주인공으로 활약했다. 그곳에서 부모의 기대 이상으로, 자신의 한계를 넘어서는 적극적이고 당찬 행보를 보이고 왔다. 매 순간 즐겁고 주도적으로 캠프에 임했고, 다른 나라 친구들과 사귀었다. 캠프의 마무리 시점에 열린 파티에서 조별 패션쇼가 열렸다고 한다. 준비 기간을 주고 캠프 참여 팀별로 패션쇼를 준비하는 미션이었다고 했다. 팀원 중 한 명의 모델을 선정하고 다른 팀원들은 모델을 위해서 창의적인 옷을 지어 입히는 것이었다. 딸은 자기 팀의 모델로 자원했다. 마음속에 어차피 캠프 후에 안 볼 친구들인데, 남의 시선이나 눈치 보지 말고, 하고 싶은 것을 마음껏 해보자는 생각이 들었다고 했다. 팀원들은 한국에서 온 딸을 위해 태극기를 상징하는 빨강, 파랑, 검은색의 옷감으로 드레스를 만들어 주었다. 마침, 찰리 채플린 콧수염을 가진 친구가 소품을 준비해 주었고 딸이 가지고 있던 검은 뿔테안경까지 착용하자 극적 효과는 더해졌다. 마침내 모든 캠프 참가자들과 선생님, 스텝들이 모인 공연장에서 패션쇼는 열렸고 딸은 당당하게 런웨이를 걸었다. 워킹 도중, 신나는 표정으로 연기를 하는 듯한 동작을 연출하며 패션쇼의 분위기를 한껏 끌어올렸고 모든 참가자들은 환호했다. 이렇게 할 수 있었던 바탕에는 하나님이 딸에게 주신 노래와 춤의 달란트, 적극적이고 진취적인 마음이 있었다. 어릴 때 앤꾸 유치원에서 배우고 익혔던 영어 환경과 뮤지컬의 영향이 크다는 것 또한 부인할 수 없었다. 이 시기는 어찌 보면 과도기였다. 초등학교 때는 타인을 배려하며 소외감 느끼는 친구가 없도록 주위를 챙기는 착한 아이였다. 중학교 입학한 이후로 타인에게는 너그럽게 대하고 배려하는 자세가 몸에 배어 있었지만 정작 자신의 장점과 자신이 지닌 가치를 드러내는 것에는 소극적이었다. 자기 사랑과 타인 존중의 균형을 찾아가는 시기가 이때였던 것 같다. 캠프를 다녀온 이후 고등학교에 진학해서는 자신을 인정하고 타인을 존중하는 마음이 조화를 이루었고 학급 반장도 하면서 리더쉽을 발휘했다. 한발 한발 자신의 정체성을 확립해 가고 자신만의 색깔을 찾아가는 딸이 기특했다.

11. 아이들의 대학 진학

　아들이 중학교 일 학년, 딸이 초등학교 오 학년일 때, 시월의 단풍이 곱게 물들어 가던 어느 날, 친정어머니께서 쓰러지셨다. 있을 수 없는 일이 일어난 것이다. 꿈에도 생각하지 못한 비극이 발생했다. 어머니의 하늘 같은 은혜와 사랑은 너무 크고도 깊어서 일일이 열거할 수 없을 정도다. 핀란드 유학할 당시 상황만 보아도 그 사랑의 너비와 깊이를 가늠할 수 있다. 핀란드에 손수 담그신 김치를 항공택배로 보내 주셨고, 아이들 옷을 시마다 때마다 사서 보내주셨다. 아들이 건담을 갖고 싶어 하는 것을 알고 새 제품을 사서 부품이 섞이지 않도록 비닐에 하나하나 포장해서 보내 주신 분도 어머니였다. 박스나 포장을 개봉하지 않은 새 제품은 규정상 항공 택배로 보낼 수 없기 때문이다. 큰 딸네 가정이 마음 편히 유학하도록 한국에 두고 가는 우리 살림을 모두 맡아주셨다. 단독주택도 아니고 서른네 평 아파트, 작은 방과 베란다에 온통 큰 딸네 가정의 가구, 전자 제품 등을 맡아주셨다. 어머니가 아니면 흉내조차 낼 수없는 큰 사랑이었다. 그런 엄마께서 우리 가정이 핀란드에서 귀국하여 자리 잡고, 애들도 좀 커서 이제 받은 사랑에 보답해야겠다고 생각할 즈음 그렇게 하루아침에 쓰러지셨다. 그 기막힌 심정을 어디에 비하랴! 엄마께서는 정확히 만 팔 년이라는 긴 세월을 투병하셨다. 거동 불가능의 상태로 병상에 누워 물 한 모금 못 드시고 호스로 경관식을 주입받으셨다. 땅이 울고 하늘이 울었다. 나와 형제들은 엄마를 간병하며 더욱 하나 된 가족의 사랑으로 그 모진 세월을 견뎌냈다. 이제 엄마는 이 땅의 소풍을 마치고 천국에서 안식하신다. 그 모진 세월을 살아내는 동안 아들딸은 십 대 시절을 보내고 있었다. 고맙게도 아이들은 내가 친정어머니께 신경 쓰고 가 뵙는 동안, 가슴 아픈 고난의 상황을 누구보다 이해했다. 아이들에게도 소중한 외할머니였기에 공부하는 독서실에서도 할머니 생각에 눈물 흘리기도 했다. 그럴수록 아들딸은 자신의 목표를 정하고 열심히 공부했다. 그것이 할머니가 주신 사랑에 보답하는 길이라 여겼다.

중학교 삼 년 내내 MTB를 타고 산자락이나 숲길을 달리던 아들은 고등학교 입학하던 첫 주에 가지고 있던 자전거 세 대를 모두 팔았다. 두부를 자르듯 이전의 놀던 습관을 멀리하고 오직 공부에 전념했다. 나는 항상 아들을 믿었다. 중학교 때, 공부를 멀리하고 자전거를 타고 산과 들을 누빌 때도 아들에 대한 신뢰는 변치 않았다. 아들은 어릴 때부터 자신이 마음먹은 것은 반드시 해내고야 마는 의지가 대단했다. 이해력과 집중력이 좋아서 본인이 마음먹고 뜻을 세우면 해낸다는 것을 알았다. 고등학교 입학과 함께 학업에 열중한 아들은 성적이 계속 올랐다. 일 학년 이 학기는 중간고사에서 국, 영, 수 성적이 매우 수직 상승했다. 선생님들이 놀랄 정도였다.

아들은 자전거에 집중하던 힘을 모아 학업에 매진했다. 수능에서 좋은 성적을 거두었고 특히 국어 과목에서 99.8%의 우수한 성적을 거두며 서울 K대학교에 당당히 합격했다. 학원 한 번 안 다니고 스스로 공부한 아들이 고맙고 자랑스러웠다. 그 대학은 남편이 근무하는 곳이기도 해서 감사했다. 남편과 아들은 가끔 학교 앞에서 만나 점심을 같이 먹기도 하고 저녁에 부자의 데이트를 하며 같이 귀가했다. 핀란드에서 익혔던 자기주도 학습 습관이 빛을 발했다고 여긴다. 핀란드에서 그러했듯이 귀국 이후로 지금까지 아들은 당당하게 세상을 헤쳐가고 있다. 지금은 학교를 휴학하고 공군 군사경찰로 열심히 복무 중이다. 이제 꽃 피는 봄에는 제대한다. 어디서 무엇을 하든 자신을 사랑하고 이웃을 사랑하며 세상의 소금과 빛이 되기를 응원한다.

딸은 중학교 삼 학년 때 캐나다에 다녀온 후, 몰라보게 적극적으로 성장했다. 중학교 내내 성실하게 공부한 딸은 외고와 일반고를 두고 고민하다가 집에서 가까운 일반고에 진학했다. 입학 후 반장을 맡아서 동아리 활동을 열심히 하고 선생님과 친구들에게 큰 신임을 얻었다. 딸은 모범상을 받기도 했다. 딸 역시 학원 수강이나 과외 한 번 받지 않고 인강을 들으면서 자기주도로 공부해 나갔다. 아들이 고등학교 이 학년 때부터 정시를 목표로 수능 위주의 공부를 한 것에 비해, 딸은 학교 수행 평가를 성실하게 챙기며 내신을 관리해 나갔다. 동시에 수능 시험 준비도 병행했기에 힘들었지만 내색하지 않고 묵묵히 최선을 다했다. 시험 기간에는 자신이 개념 정리한 것을 마치, 학생들 앞에 강의하듯이 말로 정리하면서 공부하는 모습이 대견했고 기특했다. 열심히 공부한 딸은 서울 H 대학교에 들어갔다. 자신이 원하던 학교에 가게 되어서 기뻐했다. 대학에 들어가서 열심히 공부하고 자신의 꿈을 향해 노력하는 모습이 기특하다. 딸은 믿어주는 것만큼 성장하는 것 같다. 착하고 바르게 자라 준 아이들에게 고맙다. 자녀들이 이 책을 읽을 때 꼭 들려주고 싶은 말이 있다.

"아빠 엄마의 아들딸로 이 땅에 와줘서 고맙구나. 많이 사랑해요. 정말 많이 사랑한다."

"여호와께서 이와 같이 말씀하시되 지혜로운 자는 그의 지혜를 자랑하지 말라 용사는 그의 용맹을 자랑하지 말라 부자는 그의 부함을 자랑하지 말라 자랑하는 자는 이것으로 자랑할지니 곧 명철하여 나를 아는 것과 나 여호와는 사랑과 정의와 공의를 땅에 행하는 자인 줄 깨닫는 것이라 나는 이 일을 기뻐하노라 여호와의 말씀이니라."

〈예레미야 9장 23-24절〉

5부

그때와 지금의
핀란드 교육

우리 교육의 토대를 견고히 세워가는 데 있어서 좋은 참고
정도는 충분히 되리라 기대하며 옮겨보련다.

1. 교감 선생님이 추천한 핀란드 교육 동향 보고서

귀국 후, 근무하던 의정부 E 초등학교에 다시 복직했다. 새롭게 적응하느라 정신없이 바빴는데 어느 날, 교감 선생님이 나를 교무실로 부르셨다. 문을 열고 들어서자 내게 공문 하나를 보여주시면서 제안하셨다.

"김 선생님, 핀란드에서 경험한 특별한 시간을 글로 써보는 게 어떻습니까? 경기문집에 핀란드 교육 동향 보고서를 투고하면 좋을 듯합니다. 선생님은 한국의 초등학교 교사인 동시에 두 아이의 엄마로서 핀란드 교육을 경험하고 왔습니다. 지금 핀란드는 전 세계가 주목하는 교육 선진국이에요. PISA(국제 수학 능력 평가)에서 연속 1위를 하는 나라여서 관심들이 많습니다. 선생님이 그곳에서 보고 들은 핀란드 교육의 특징과 시사하는 것을 기록한다면, 많은 이들에게 유익한 자료가 되리라 여깁니다."

교감 선생님 말씀을 듣고 보니, 모두 맞는 말씀이었다. 내가 경험한 일들을 기록으로 남겨 두면, 핀란드 교육에 관심 있는 다른 교원들에게 도움이 될 수 있다. 한창 바쁠 때라서 주저하기는 했지만, 핀란드의 교육 제도와 철학에 깊은 감명을 받았기에 쓰기로 했다.

사실, 집필을 시작할 때는 금방 할 수 있을 것 같았다. 하지만 막상 펜을 잡고 보니, 예상했던 것보다 고려할 부분이 많았고 시간도 꽤 소요되었다. 퇴근 후, 저녁 식사를 준비하고 자녀들의 숙제를 돌봐주면 밤이 되었다. 그제야, 책상 앞에 앉아 나와 우리 네 식구가 경험했던 핀란드 이야기를 기록으로 옮겼다. 글을 쓰는 동안 행복했고, 어떤 날은 감동에 젖기도 했다. 마치, 꿈꾸다 온 듯한 시간이었음을 다시 확인하는 자리이기도 했다. 직접 가서 살아보지 않았다면, 결코 경험할 수 없었을 이야기를 풀어냈다. 매스컴에서는 다 담아낼 수 없는 생생한 핀란드 교육 리포트였다. **동시에 값을 주고도 살 수 없는 인생 보고서였다. 흩어져 있는 구슬들을 꿰어 보배를 만드는 것인 양, 기록하고 싶은 내용의 범주를 일곱 개로 나누었다.** 그 안에 담길 내용을 나의 기억과 수집한 자료를 토대로 써 내려갔다. 그 작업의 과정은 즐거웠고, 때로는 고되기도 했다. 수일이 지나서 마침내, 한 권의 원고가 완성되었을 때 나는 매우 기쁘고 뿌듯했다. 우리 가족이 경험했던 핀란드에서의 삶을 다른 사람들과 공유할 수 있다는 사실이 내게는 신선한 도전이었다. 그 특별했던 선물, '핀란드 이야기'가 나만의 추억 상자에서 뚜껑을 열고 나왔다. 직접 가서 경험하지 않고는 알 수 없었을, 지구상 가장 아름다운(적어도 내게는) 교육 환경과 학교 이야기를 들려주기 시작했다.

십여 년의 세월이 훌쩍 지난 지금, 다시 그 기록을 들춰 보았다. 여전히 의미 있고, 값진 자료였다. 핀란드 교육 환경도 시간의 흐름과 함께 변화된

부분이 많다. 하지만, 학생 한 명 한 명을 소중히 여기고 학교를 통해 배움을 실현하며 꿈을 이루도록 내실 있게 견인하는 교육의 본질은 크게 달라지지 않았다. 이 부분의 검열을 위해 핀란드에 있는 친구와 여러 차례 연락을 주고받으며 확인했다. 그녀는 영어와 핀란드어를 자유자재로 구사하는 재원으로서, 지금은 탐페레시 한 초등학교의 듀얼 티칭 교사로 근무하고 있다. 대학생인 큰아들로부터 중학생인 막내아들에 이르기까지 세 아들을 핀란드에서 교육했다. 이제는 그녀 자신도 현지 학생들을 위해, 가르치는 자리에 서게 된 것이다. 나는 그녀가 자랑스럽다. 그녀의 멋진 삶을 응원한다.

이 핀란드 교육 동향 보고서는 십수 년 전 귀국 직후 기록한 것이다. 그 나라에서 경험했던 긍정적이고 감동적인 요소에 관해, 지극히 주관적인 견해가 포함돼 있음을 미리 밝혀둔다. 나는 그 당시, 초등학교 교사이기는 했으나 휴직 상태였고, 핀란드에 거주하는 동안 제한된 범위에서 인터뷰하고 자료를 수집할 수 있었다. 공식적인 정부 교육 기관에서 조사단으로 파견된 것이 아니라, 나의 일상과 삶의 주변에서 만난 이들과의 관계를 기반으로 했다. 나의 자녀들은 그 나라 교육의 혜택을 받으며 자존감이 크게 성장하고 행복하게 자라났다. 그 자녀들의 눈과 마음을 통해, 내게 전달되는 핀란드 교육의 면면을 나의 언어로 해석한 것이기에, 개인적인 경험의 한계를 지닐 수 있다. 그럼에도 이 기록은 매우 의미 있다고 본다. 왜냐하면 내 자녀들의 삶을 통해 실제로 검증된, 행복한 성장 보고서라는 것이다.

2. 나의 교실에 끼친 영향

　핀란드 교육의 동향은 귀국 이후, 나의 교단생활에 커다란 울림을 주었다. 내가 가르치는 학생들에게만이라도 핀란드 교육이 지닌, 아름다운 교육철학을 효율적으로 접목해 주고 싶었다. 이를 위해 교실 현장에서, 나는 최선을 다해 노력했다. 가장 중요한 것은 학생의 기본 학습 능력과 자기주도 학습 습관 신장, 바른 인성의 함양, 학생 중심의 교육과정 운영이었다. 이는 학교 교육의 기본이자 중심 내용이다. 나뿐만이 아닌 모든 교사가 항상 힘쓰고, 서로의 발전을 위해 협력한다. 동료 교원들과 정기적으로 모여 이에 대한 피드백을 주고받고, 서로 상호보완하는 과정을 통해 역량을 강화할 수 있었다. 내가 만났던 여러 동료 교사에게 지면을 통해 감사를 전하고 싶다. 그들로부터 많이 배웠고 나를 돌아보며 성장할 수 있었기 때문이다. 그 혜택은 고스란히 가르치는 학생들에게로 돌아갔다. 내가 성장하는 만큼 학생도 발전했다. 이 외에도 우리 반 운영에 노력을 기울인 것이 몇 가지 있다. 그중에서도 특히 세 가지에 더욱 힘썼다.

첫째, 학생에게 사회성을 길러 줄 때, 방법을 가르쳐 주고 행동하게 했다. 즉, 상호 존중하고 더불어 행복한 관계 형성을 위해서는 필요한 소통의 방식이 있다. 타인을 어떻게 대하고 나를 어떻게 표현해야 하는지를, 구체적인 안내와 지속적인 피드백을 해주었다.

둘째, 학생이 학습 개념을 제대로 이해하는지 개별적으로 확인하려 힘썼다. 교실에는 처음 배우는 학생들과 미리 선행학습을 한 학생들이 섞여 있을 때가 많다. 또한 학습 이해력이 좋은 학생과 그렇지 못한 학생이 함께 배운다. 그러다 보니 선행학습을 통해 정확한 개념에 대한 이해 없이 기계적인 암기와 연산에 그친 아이들이 있다. 그런 경우, 자신이 다 알고 있다고 생각해서 수업 시간에 집중하지 않을 때가 많다. 하지만 확인해보면 핵심 개념을 이해하지 못하는 일이 많다. 문제는 이런 학생의 경우, 당장은 다 아는 것처럼 보여도 학습의 기본 토대가 약해서 이후 심화된 내용을 공부할 때 뒤처진다는 것이다. 또한 학습 이해력이 약한 아이들은 수업 내용을 잘 알지 못함에도, 대답을 잘하고 목소리 큰 급우들 틈에서 질문하는 것을 꺼린다. 이것을 해결하려면 학생을 대상으로 개별적인 확인 과정이 필수이고 그에 따른 지도가 병행되어야 한다. 셋째, 학생이 수업에 대한 기대감을 갖고, 교실 문을 열도록 재미와 감동이 있는 교육과정 운영에 힘썼다. 계절의 변화를 느끼는 야외 수업, 정서를 순화하고 집중력을 길러주는 창의 뜨개질 수업, 한자와 영어를 사용해서 세계지도를 활용한 글로벌 이해 수업이 그 예이다.

학생 뜨개질 작품 게시

　이 세 가지는 핀란드에서 귀국 이후, 특히 더 힘쓴 부분이다. 이러한 교육의 근간에는 학생의 행복한 배움이 날마다 샘솟듯 일어나도록 돕고 싶은 열망이 있었다. 핀란드에서 나의 두 자녀가 매일 했던 고백이 바로 그것이었다.

　"배우는 게 너무 재미있어요!"

　자녀들로부터 이 말을 들을 때 얼마나 행복하고 학교 교육에 감사했는지 모른다. 그러나 이렇게 하려면 학급 당 학생 수가 관건이다. 저출산 영향으로 학생 수가 줄다 보니 현행 교원 수가 많다고 보는 시각이 있다. 그러나 이것은 학교 현장을 모르는 사람들의 생각일 뿐이다. 현장 교사들은 다 알고 있다. 전혀 그렇지 않다는 것을. '교육의 질은 교사의 수준을 넘을 수 없다'라는 것은 변함없는 진리이다. 지금 우리 반 학생 인원도 사실 많다. 내가 생각하고 펼치고자 하는 수업을 하기에는 적절하지 않다. 저출산 시대이므로 오히려 이전보다 공교육의 내실화를 통해 미래 인재를 양성해야 할 필요성이 더 커졌다. 이 내용을 짧은 지면에 다 담아낼 수는 없다. 한 가지만 꼽으라고 한다면 더도 말고 덜도 말고 현행보다 학급당 학생 수를 줄이는 것. 그것이 가장 시급하다고 본다. 농어촌 지역의 육 학급 규모가 아닌, 일반 시 군 단위의 학교 현장에는 이 부분이 절실히 요구된다. 지금보다 더 많은 교원을 확충해야 한다. 공교육을 받는 학생 한명 한명에게 개별적인 수업 피드백과 지속적인 바른 생활지도를 지원할 때 미래의 국가 경쟁력도 높아질 거라 여긴다.

지금부터 소개하는 핀란드 교육 동향 보고서는 너무 오랫동안 시간의 서랍 속에 있었다. 지금 시점에서 보면, 동향 보고서라기보다 차라리, 예전의 기록이라는 표현이 더 적절할 것 같다. 서술 시점이 현재형으로 되어 있지만, 지금의 기준에서는 오래전 경험한 것을 담은 보고서이다. 하지만 그 안에 담긴 내용을 살펴보는 것만으로도 그들이 추구하는 교육의 올바른 실천 방향을 엿볼 수 있다고 본다. 우리 교육의 토대를 견고히 세워가는 데 있어서 좋은 참고 정도는 충분히 되리라 기대하며 옮겨보련다.

3. 기회의 평등을 논하다

평등이라는 단어를 들으면 '누구나 똑같다.'라고 하는 일률적인 평등이 생각나지만, 우리가 익히 알고 있는 기회의 평등이 핀란드 교육에서는 철저하게 적용되는 것을 경험했다. 당시 일곱 살이던 딸은 영어 유치원을 다녔지만, 한국에서 일학년 과정을 공부하고 간 아들은 핀란드어로 배우는 학교에 다녔다. 핀란드 탐페레시 남부에 위치한 에뗄라 헤르반타 종합학교였다. 핀란드의 학제는 우리나라의 초등학교와 중학교가 한 울타리에서 공부하는 종합학교(peruskoulu)가 국민 기초 교육과정에 해당힌다.[1]

---

1 핀란드는 가장 최근의 교육개혁을 통해 2021년 8월부터 인문계 및 실업계 후기중등교육을 의무교육으로 확장시켰으며 최소 18세에서 20세까지, 초등, 전기와 후기 중등교육을 현재 완전 무상제공하고 있음. 의무교육 확정법 실행 이전에는 후기 중등교육(인문계 고등학교 및 직업학교 교육)은 선택 교육이었으며, 예를 들어 교과서 및 교통비, 학습 준비물 등은 무상 지원되지 않았음. 후기 중등교육 참여를 의무화함으로써, 대학 진학률을 높이고 고급 인력 양성을 위한 정책의 일환임.

핀란드의 학제

연령	기관	비고	
5세	유치원(päiväkoti)	대부분 공교육 일부 사교육	소득별 차등부담
6세(0학년)	프리스쿨(Esikoulu)	**의무교육**	무상교육
7~15세(1~9학년)	종합학교(Peruskoulu)	초등학교 및 전기 중등교육 **의무교육**	무상교육
16~18세	고등학교 (Lukio)	후기 중등교육 **의무교육**	무상교육
16~18세	직업학교 (Ammattikoulu)	후기 중등교육 **의무교육**	무상교육
19~21세	대학교 (Yliopisto)	3–3, 5년 과정	입학금 및 등록금 없음
22~23세	대학원 (Yliopisto)	2년 과정	입학금 및 등록금 없음

처음에 아들이 전입한 학급은 '핀란드어 집중교육반'으로서 국제학급이었다. 이곳에서 일 년 정도(개인차에 따라 차이는 있다.) 핀란드어로 된 교과목을 공부하면서 집중적으로 핀란드어를 배운다. 교과목은 우리랑 비슷하나, 통합교과가 없다. 즐거운 생활, 바른 생활, 슬기로운 생활이 아닌 교과별 구분이 엄격하다.

외국인 신분인 우리 아이에게 그 학교에서는 얼마나 체류할 것이며 부모가 무슨 목적으로 왔는지에 대해 그다지 큰 관심을 두지 않았다. 그저 우리 아들이 그 학교의 학생이라는 것, 그것만이 전부였고 중요한 관심이었다. 배움의 시기에 있는 어린이에게 국적, 체류 목적, 인종, 종교와 관계없이 최상으로 제공되는 핀란드 교육의 서비스, 그것은 엄청난 의미가 있다는 것을 후에 알게 되었다. 그 학교의 교문을 밟는 순간부터 아들에게 제공된 교육적 서비스는 상상을 초월했다.

첫째, 안전한 통학로의 확보와 교통수단 지원

아들이 입학하고 일주일이 채 안 되어 스쿨택시가 집 앞에서부터 학교까지 매일 등하교를 지원해 주었다. 집에서 학교까지 일반적인 왕복 택시비가 통상 매일 50유로(80,000원 정도)인 점을 감안하면 스쿨택시를 지원받는 것은 대단히 큰 혜택이었다. 학교로부터 4.5km 이상은 무상으로 스쿨택시가 지자체 교육예산으로 제공되는 것이다. 택시비가 워낙 비싸서 현지 핀란드 시민들도 어지간하면 탈 엄두를 못 낸다. 아들은 학교의 관심과 지원 덕분에 입학 첫 주부터 편안한 마음으로 즐겁게 학교에 갔다.

둘째, 학습 준비물의 완벽한 지원

새로 전입한 아들에게는 연필부터 지우개, 심지어 자와 공책, 가정통신수첩까지 모든 학습 준비물이 무상으로 제공되었다. 미술이나 기타 어떤 활동을 위해서도 가정에서 준비물을 챙겨 보낼 필요가 없었다. 모든 학습에 관련된 자료나 준비물은 철저히 학교에서 제공되었다. 특별히 미술이나 스포츠 같은 활동을 위해 전담 선생님이 외부에서 방문할 때도 준비물을 준비해 오셔서 나누어 주었기에 바쁜 맞벌이 부모를 둔 덕에 가끔 준비물을 챙겨오지 못해 수업 결손을 겪는 학생은 발생하지 않았다. 그야말로 학생의 집안 사정이 어떠하든, 부모의 준비도가 어떠하든 학교 교육을 받는 학생에게는 아무런 영향을 주지 않았다.

셋째, 아침 귀리죽 제공과 무상 급식

아이들이 등교하면 이른 아침, 혹시라도 아침을 거른 아이가 있을까 해서인지 간단한 귀리죽 같은 것이 제공된다. 물론 점심 급식은 따로 준비된다. 모두 무상 지원이다. 우유, 음료수도 급식 시간에 공급된다.

넷째, 체육 시간 크로스컨트리 활동 장비 지원

핀란드는 겨울에 눈이 많이 내리는 나라답게, 겨울이 되면 체육 시간에 크로스컨트리를 타고 학교 밖의 숲과 언덕을 누빈다. 이때 크로스컨트리 장비 일체가 필요했는데 집에서 개인 장비를 가져오는 아이들이 있고 학교에서 무상 제공하는 장비를 이용하는 아이들도 있다. 학교 체육 시설 창고 안에는 학생 개개인을 위한 보호 장비에서부터 크로스컨트리 스키, 헬멧까지 완비되어 있었다. 아들도 학교에서 대여한 크로스컨트리 스키를 타고 핀란드의 숲과 언덕을 누볐다. 아들이 학교 활동 중에서 제일 즐거워한 시간이었다.

다섯째, 외국인 학생을 위한 모국어 강화의 기회를 제공

아들이 속한 학급에는 스웨덴, 중국, 러시아, 이라크, 소말리아, 태국 같은 다양한 국적을 가진 아이들이 있었다. 인상적인 것은 이 아이들을 위해 각자의 모국어 교사가 주 일회 방문 지도하는 것이었다. 아쉽게도 우리 아들은 한국인 선생님을 만나지 못했다. 선생님 말씀이 섭외하려 했으나, 탐페레시에는 매년 다섯 명 이상의 학생 수가 충족되지 않아 한국어 수업이 마련될 수 없다고 했다. 수도 헬싱키에서는 한국어 모국어 수업이 존재한다고 들었다. 핀란드 국민의 세금으로 이 외국인 학생들에게 자국어 교육의 기회를 제공하는 이유는 크게 두 가지이다. 자국어 이해를 강화할 때 외국어 학습을 잘한다는 교육 이론을 신뢰하기 때문이다. 또한 모국어를 제대로 사용하는 것이야말로 한 학생의 정체성을 건강하게 확립한다고 여기기 때문이다.

이유와 배경이 어찌 되었든 핀란드 학교에서는 학생의 국적, 성별, 인종, 사회적 계층에 상관없이 그 학생에게 가장 적합한 교육 환경을 제공하는 것이 법제화된 나라이다. 이러한 까닭에 우리 아들딸은 일 유로(Euro)도 내지 않고 이 모든 교육 혜택을 다 누렸다. 핀란드에 진 사랑의 빚이 참으로 큰 셈이다. 우리 가정이 한시적인 외국인 유학생의 가정이었을 뿐인데도 핀란드 학생과 같은 교육 지원과 혜택을 받았으니 무척 감사하다. 아들은 핀란드어 집중교실에 전입한 지 일 년이 채 되지 않아 일반학급으로 편입되었다. 처음 전입했을 때 언어가 통하지 않아 주눅 들었던 아들은 한 학기가 지난 이후, 몰라볼 만큼 밝고 행복한 핀란드 학생으로 변해 있었다. 이처럼 학생의 개별적인 특성에 맞게 최적의 교육 환경을 제공하는 것이 핀란드 교육의 출발선이다.

4. 자신의 그릇을 키워라

All differences are equal!

탐페레 대학의 학생 조합문에 걸려 있던 문구이다. 이 말이 지금도 가슴에 남는다. 다르다는 것에 대한 동등한 가치의 부여. 우리는 일찍부터 남과의 비교를 통해 자신의 가치를 평가받는 그런 교육에 익숙해 있다. 우리 세대가 그렇게 자랐기에 지금의 자녀 세대에게도 그렇게 가르치고 있다. 핀란드에서는 철저히 남과의 비교를 지양한다. 귀국 전, 학교를 탐방하는 시간을 몇 개월 가졌었다. 현직 선생님들과 학생들, 초등학생부터 대학생에 이르기까지 많은 학생과 학부모 되는 핀란드인들을 많이 만나 인터뷰했다. 그들의 교육철학이 동일했다. 남과의 비교나 경쟁이 아닌 학생 개개인이 가진 고유의 가치와 능력을 키워주는 것을 교육의 철칙으로 여겼다. 국가 교육과정에도 명시되어 있고 학교 교육과정, 학급 교육과정에 이르기까지 철저하게 준수했다. 일찍부터 남과의 비교를 통해 '누구보다 못하고, 누구보다는 잘한다.'라는 식의 경쟁 구도를 배제한다. 학생 하나하나의 그릇을 키워가는 것에 초점을 맞추는 것이 핀란드 국민 공통 교육과정의 지향점이다. 학교 현장 탐방을 통해 이러한 교육철학의 면면들은 쉽게 발견할 수 있었다.

우선, 학교에서는 경쟁을 통해 선발하는 각종 대회가 없다. 그리기 대회, 글짓기, 포스터 대회, 학업 우수상 시상 등 남과의 비교를 통해 수월한 학생을 선발하는 대회는 학교에 존재하지 않았다. 아들이 이 년 가량 핀란드 학교에 다니면서 참여한 유일한 대회가 있다면 유네스코에서 주관하는 '아프리카 결식아동 돕기 10km 걷기 대회'에 참가해서 완주한 것이다. 완주한 모든 학생에게는 기념 메달이 수여되었다. 여기에는 장단점이 있다고 생각한다. 학습과 재능 면에서 수월한 학생을 선발해서 일찍 재능을 키워주거나 솜씨를 발휘할 기회를 제공하지 않는 것은 또 하나의 역차별일 수 있다고 생각한다. 그러나 아이들은 남과의 비교를 통해 자기 자신을 평가하거나 '나는 솜씨나 능력이 없어.'라고 지레 판단하지는 않는다. '저 아이와 나는 다를 뿐이며 나는 나만의 가치와 재능이 있다.'라고 여기는 마음을 학교 교육을 통해 길러간다. 이러한 태도와 가치 속에 자라나는 학생은 타인을 존중하고 함부로 비교하지 않으며, 함께 어울려 사는 공동체 의식을 갖추게 된다. 또한 각 게시 작품에 교사가 이름표를 달아주지 않는다. 아이들이 미술 시간에 만든 작품들은 학기 말마다 집으로 보내지는데 이를 위해 아이들의 이름들은 대개 작품 뒷면에 적혀 있다. 그저 작품 자체를 게시할 뿐 다른 사람에게 그 작품의 작자가 누구인지를 명시하지 않는다. 의아한 마음에 선생님께 질문했었다.

"그러면 아이들이 서로 누구 것인지 모르지 않습니까?" 내가 물었다.

"작품을 만든 본인은 자기 것을 알지요."라면서 핀란드 초등학교 선생님은 미소를 지으셨다. 너무나 자연스럽게 몸에 밴 그들의 가치와 철학. 그것은 학생들 각자가 자기의 경쟁력을 키우도록 하는 교육의 일관성이었다. 이렇게 자신의 그릇을 키우면서 종합학교(1–9학년까지 이어지는 국민 기초 교육과정)를 졸업할 때, 학생들은 비로소 자신이 무엇을 하고 싶고 어떠한 진로를 결정해야 하는지 깨닫는다. 그리고 그 방향을 찾아 각자의 실력과 적성에 맞게 후기 중등교육, 즉 인문계 고등학교나 직업학교에 지원한다.[2] 핀란드 교육은 철저한 가치의 평등을 추구한다. 일률적인 평등을 주장하지 않는다. 오히려 우리나라의 옛날 본고사 시절처럼 학교별로 수준이 있어서 학생들은 자신의 수준과 흥미를 고려해 학교를 진학한다. 다만 학교의 특성이 학업성적만이 아닌 각 학교만의 특화된 프로그램에 따라 결정된다는 것은 주지할 만한 사실이다.[3] 내가 만났던 예민나 라는 여학생의 경우도 그러했다. 성적이 최상위인데 자신이 좋아하는 드라마를 많이 가르치는 학교를 선택해서, 공부도 하고 드라마도 집중적으로 배우는 학교생활에 만족하고 있었다. 탐페레시만 해도 후기 중등교육(우리나라 고등학교 과정)의 열 개 정도의 학교가 수준별 차이가 존재했다. 가치의 평등을 추구하는 핀란드 교육에서 학교급별로 엄연히 존재하는 서열화는 아이러니한 대목이기도 하다.

---

2 예전에는 중학교만 졸업하고 더 이상 교육을 받지 않는 아이들도 존재했지만, 지금은 교육재정으로 인해 18세가 되어야 자퇴가 가능함.
3 매년 봄 모든 고등학교 합격자(9학년)의 평균점수(보통 중3 주요 과목 성적표 기준, 예체능 특성화 반 입학시험을 보는 경우, 합격자들의 학교 성적이 아닌 입학시험 평균 점수)가 공개됨. 이를 기준으로 전국 고등학교가 유일하게 공개적으로 비교되고, 다음 해 입학을 준비하는 학생들의 학교 선정 정보 자료로 활용됨.

5. 자기 주도적 학습 습관의 중요성

핀란드 학교에서는 선생님의 학습 지도 후 학생 각자가 해당 과제를 해결하는 도중, 모르는 것이 있으면 손을 든다. 이후 곧바로 교사가 다가가서 설명해 준다. 수학 시간의 경우, 아이들이 자기가 푼 수학 문제를 앞에 가지고 나와서 선생님 교탁에 있는 답지를 보고 채점한 후, 모르는 것을 바로 질문한다. 그런 후에는 자리로 돌아가서 자기가 익힌 문제 유형에 맞게 직접 문제를 만들어서 풀어보고는 한다. 선생님이 채점해 주는 경우는 거의 없다. 철저하게 스스로 문제를 해결해 가면서 고민하고 모르는 것을 적극적으로 질문하면서 배우고 익히는 수업 방식이다. 그런데도 아이들이 열심히, 차분하게 집중해서 한다. 아들은 말했다. '공부가 이렇게 재미있는데 엄마는 한국에서 일 학년 때 왜 그렇게 혼을 내셨냐?'고.

기억이 난다. 핀란드 출국 전, 일 학기 기말고사를 보는 아들을 앉혀놓고 시험공부시키다가 제대로 모른다고 많이 혼냈던 기억이 난다. 핀란드에서 공부할 때 아이는 한국에서 가져온 책까지도 자기 주도형으로 공부해서 독학으로 다 마쳤다. 핀란드 교실의 자기 주도적 학습 습관이 빛을 발하는 순간이었다. 아이에게 공부하라는 소리를 안 했음에도 아들은 그 현지 학교에서 익힌 자기 주도적 학습 습관을 한국 교과서로 홈스쿨 할 때도 적용했다. 귀국한 후, 따라갈 한국 수업을 대비해서 학년에 맞는 교과서를 준비해서 가져간 터였다. 내가 함께 공부하려 하는 계획이었으나 그럴 필요도 없이 아이 스스로가 재미있다면서 홀로 공부하는 것을 지켜보면서 핀란드 교육의 위대함을 보았다.

"공부가 이렇게 재미있는데 그전에는 왜 그리 잘 못한다고 혼내셨어요?"

아들의 질문에 미안함을 느끼면서도 신선한 충격을 받은 기억이 지금도 또렷하다.

6. 전인 교육을 지향하는 학교

핀란드의 종합학교에서 배우는 기본 교육의 국가 핵심교육과정에는 모국어, 제2 국어, 외국어, 수학, 환경과 자연과학(환경, 생물과 지리, 물리와 화학, 보건), 종교 또는 윤리, 역사와 사회과학, 예체능(음악, 미술, 공예, 체육), 가정, 교육과 직업 상담, 선택과목 등이 편성되어 있다.

우리와 비슷하지만, 차이가 있는 것은 '사회' 교과와 '환경' 교과이다. 핀란드에서는 '사회' 과목이 따로 존재하지 않으며 세부별로 교과목을 나눈다. 우리가 초등학교 사회 과목에서 학년별 위계를 달리해 가르치는 지리, 인문 사회, 역사적인 내용들을 아예 교과목을 다르게 편성한다. 자연을 삶의 일부로 여기는 핀란드인의 생활 철학은 '환경' 교과를 별도의 과목으로 편성한 것에서 잘 드러나 있다. 이 시간에는 주변의 동식물과 자연환경에 대해 지식 이해부터 시작해 정의적 요소까지 실제 체험 학습 위주로 학습한다. 우리 아이가 무척 좋아하기도 한 과목이다. 가령, 버섯에 대해 배울 때는 학교 인근 숲으로 가서 버섯을 관찰하고 채집한다. 식용 버섯과 그렇지 않은 것에 관해 구별하면서 오감을 활용해 학습한다. 어찌 보면 놀이학습 같기도 한데 아이들은 이러한 체험 과정을 통해, 교과서로 배울 때보다 훨씬 잘 이해하고 기억한다.

환경 수업을 통해 어려서부터 자연을 아끼고 보호하는 태도를 길러준다. 자연을 삶을 구성하는 한 부분으로 여기고 소중히 여기며 잘 가꾼다. 핀란드 사람들의 자연에 대한 인식과 태도를 보며 마치 종교처럼 경이롭기까지 했다. 그래서인지 핀란드 아이들은 숲에서 동물을 포획하거나 나무나 꽃을 함부로 꺾지 않는다.[4] 심지어는 호수에서 물고기 낚시를 하더라도 바로 놓아준다. 물론 법으로 금지되어 있기도 하지만, 내면 깊이 체질화된 환경 보호의 태도는 어릴 때부터 잘 갖춰져 있다. 다만, 예외가 있다면 크리스마스 시즌이다. 숲의 주인에게 허락받고, 트리 장식에 사용할 전나무를 산에서 뿌리째 뽑아 집에 가져갈 수 있다. 그러나 대부분은 크리스마스트리 전용 나무를 시장에서 구매한다. 크리스마스 때, 핀란드 현지 지인의 가정에 초대받았는데 천장까지 닿았던 전나무를 보고 놀랐다. 그런가 하면, 여름에 자연적으로 자라는 빌베리, 라즈베리, 크랜베리, 버섯 등은 누구나 사유지, 공유지에서도 채취할 수 있다. 자연이 주는 것은 누구에게나 열려 있다.

핀란드 교육에서는 다양한 교과 운영을 통해 전인 교육 실천에 힘쓴다. 우리의 실과 교육에 해당하는 노작 교육을 중요하게 여기고, 일상생활에

---

4 호수와 바다와 같은 물을 가까이서 접할 수 있는 핀란드 아이들은 수영이나 낚시 같은 활동을 생존과 관련된 중요한 삶의 기술로 여김. 부모가 보통 낚시 기술을 전수하는데, 그런 전수 과정에서 물고기 종류도 배우고 어린 물고기들을 온전히 돌려놓고 가져갈 물고기는 고통 없이 죽일 수 있는 방법도 배움. 성인의 경우 낚시 허가증이 있으면 낚시를 통해 잡은 일정 이상 무게의 물고기들은 먹을 수 있음.

필요한 실제적이고 실용적인 것을 가르친다. 수업 시간에 배운 지식이나 기술을 삶에 잘 적용하게 한다. 가령, 추운 나라에서 살아가기 위해 교육과정 내용 요소에 뜨개질 활동을 편성한다. 특정한 시기에만 배우는 것이 아니라, 저학년부터 학년 위계에 따라 체계적으로 지도한다. 이를 통해 실생활에 활용하고 창의성을 기르게 된다. 그래서인지 육 학년 정도 되면 자기 스웨터 정도는 어렵지 않게 만든다. 또한 호수가 많은 나라답게 학교에서 호수로 낚시하러 가는 수업도 진행한다. 이 경우 낚시도구는 물론 학교에서 제공한다. 'Fishing day'를 학수고대하던 아들의 모습이 생각난다. 마침내 그날이 되었을 때 설렘에 찬 눈빛으로 등교했던 아들이 귀가 후에는 자기가 잡은 물고기가 얼마나 컸는지, 낚시할 때 유의 사항은 무엇인지 등에 관해 두 눈을 반짝이며 설명했다. 아들이 신기한 듯이 반복해서 말할 때 무척 행복해하고 즐거워했다. 핀란드 교육의 특징은 철저히 실물 위주 실습과 체험을 통해서 배워간다는 것이다. 학교를 통해서 삶의 도구가 되는 것들을 익혀가니 그야말로 학교는 '배움의 장소'가 되는 것이다.

인지적 학습만이 아니라 손으로 하는 뜨개질 교육, 제빵 교육, 낚시 체험, 숲속 체험 같은 전인 교육에 부합되는 활동을 배운다. 이를 통해 핀란드의 아이들은 이성과 감성의 조화로운 성장을 이루어 간다.

체육 활동의 경우 'Sports day'를 지정해서 운영한다. 아들이 다니던 학교는 금요일에 해당하는 데 필요한 경우, 지역사회와 연계하여 학교가 위치한 인근 지역의 스포츠 시설을 적극 활용한다. 체육수업은 다양하게 많이 익히기보다는 학년에 맞는 몇 가지 내용들을 추려서 특성화하여 구체적으로 지도한다. 여름에 수영 수업을 할 때는 인근 수영장으로 걸어가서 단체로 수영을 배운다. 사실 체계적인 교습이라기보다 물놀이에 가깝지만 그렇게 한 번, 두 번 가면서 물과 친해지고 해가 거듭될수록 수영을 배우게 된다. 핀란드 체육 교육과정에 따르면 0–9학년까지 매년 총 2회 수영 강사가 가르치는 수영 강습이 있다고 한다.[5] 봄가을에는 인근 육상트랙을 찾아 활동하고 겨울에는 스케이트와 크로스컨트리를 탄다. 학교 체육만 제대로 따라 해도 살아가는 데 필요한 스포츠 기술을 갖출 수 있다.

5　핀란드는 호수가 많아서 수영은 생존과도 직결된다. 학교에서 실시하는 수영 수업만으로는 한계가 있다. 그래서 핀란드의 아이들은 어려서부터 개별적으로 수영 교실에 다니거나 부모와 함께 많은 시간 수영 활동을 한다.

7. 수업만큼 중요한 놀이 시간

　핀란드의 교육 요소에서 빼놓을 수 없는 것이 'Break time'이라 부르는 자유 놀이시간의 확보이다. 핀란드에서는 '간이시간'이라고 부르는데 0세–13세의 학생들은 무조건 학교 밖으로 나가 학교 뜰 같은 정해진 구역에서 자유롭게 보낸다. 바깥놀이하는 아이들을 지도 관리하기 위해, 교사나 학교생활 지도사들이 한 명 내지 두 명씩 조를 짜서 아이들 곁에 함께한다. 수업과 수업 사이의 쉬는 시간, 점심시간을 통해 이루어지는 데 보통 이십 분 정도이고 점심시간에는 보통 삼십 분 정도 즐긴다. 이 시간이 되면 교실에 있고 싶어도 있을 수 없다. 아무리 춥고 비가 내려도 어지간히 세찬 비가 아니면 모두 밖으로 나가야 한다. 교실에 입실하는 현관문을 아예 잠그기 때문에 교실에 필요한 물품을 두고 와도 가지러 갈 수 없을 정도이다. 이때 순번에 따라 활동하는 바깥놀이 지도 관리 교사를 제외하고 교사들은 다음 수업을 위해 중간중간 휴식을 취하거나 다음 수업을 준비한다.

　핀란드 교육에서는 놀이 교육, 자유시간을 주지 교과 수업만큼이나 중요하게 여긴다. 아이들이 충분한 쉼을 누리며 자유롭게 뛰놀 때, 인지 학습의 집중력도 좋아진다고 여긴다. 아이들이 서로 어울려 놀고 때로는 갈등 상황을 극복하며 함께 활동할 때 사회성을 기르고 조화롭게 성장한다고 믿는다. 그래서 한겨울에도 영하 십오 도까지는 무조건 야외 놀이 활동을 하게 한다. 외국인이었던 나의 두 어린 자녀들도 바로 그 바깥놀이 활동을 통해 낯선 이방인의 벽을 넘어 핀란드 아이들과 아름다운 우정을 쌓았다. 유치원, 프리스쿨은 아예 정규 수업 시간표에 오전 한 시간, 오후 한 시간 바깥 활동 시간이 편성되어 있다. 수업이라고 해서 뭔가 프로그램을 진행한다는 것이 아니라, 아이들이 바깥에서 자유롭게 놀이 활동하도록 인솔하고 관리 및 보호한다. 때로는 교사가 훌라후프나 긴 줄넘기를 준비해 주거나 소꿉놀이, 공놀이, 삽, 썰매 등 다양한 놀이도구를 상황에 맞게 제공한다. 하지만, 정형화된 프로그램이 있는 것은 아니다. 바깥놀이는 핀란드 교육에서 빼놓을 수 없는 중요한 교육과정 요소이다.

8. 출발점을 같게 하는 교육

　핀란드에서는 대부분 입학 전 선행학습을 시키지 않는다. 간혹 그렇게 하는 부모도 있지만 책을 읽고 싶어 하는 아이의 욕구를 충족시켜 주는 차원이라고 한다. 이들은 학교에 가는 이유에 관해 물어보면 '모르는 것을 새롭게 배우러 간다.'라고 자신 있게 말한다. 학교에서 배우는데 왜 미리 공부하느냐는 것이다. 현지에서 친하게 지낸 한 핀란드 엄마가 해준 말은 내 마음에 지금까지도 여운을 남긴다. '학교는 배우는 곳이지 배운 것을 보여주는 곳이 아니다.'라고. 학년 올라가기 전에 미리 선행하는 것을 마치 아이들 교육에 독이라고 여기는 분위기이다. 아들 학교를 탐방할 때, 담임 선생님과 두 시간가량 인터뷰했다. 녹음기조차 준비하지 않아서, 수기로 적어 가면서 인터뷰했는데, 핀란드 학생들의 선행학습 실태를 질문할 때 의아해하는 선생님의 표정에 무안하기도 했다.

　핀란드에서는 핀란드 학생이라는 이유만으로 처음부터 출발점이 같은 교육을 받게 된다. 입학 전에 글을 읽고 쓰는 아이는 10%도 되지 않는다.

인지적 학습 내용은 입학 이후 배우게 된다. 초등학교 **입학까지 가장 중요하게 여기는 것은 남과 어울려 살아갈 수 있는 사회성의 배양**이다. 기본 생활 습관을 바르게 갖추고, 질서와 규칙을 지키는 태도가 무엇보다 필요한 시기이다. 그래서 입학 전, 프리스쿨 선생님이 판단할 때 사회성과 질서 의식이 부족한 아이는(물론 평범 이상으로 떨어지는) 부모와의 상담을 통해, 일 년을 유예한다. 학습을 늦추더라도 사회성과 정서적 측면을 고려한 출발점을 같게 하려는 것이다. 그것을 통해, 유예한 아이는 물론 함께 생활할 급우 모두에게 가장 좋은 교육 환경이 된다고 여긴다. 입학 전부터 각종 학습지를 통해 한글은 익히고 들어가는 것이 너무나 당연시된 우리의 교육 현실과 많은 괴리가 있는 부분이다. 핀란드 교육을 논할 때, 시작점이 같다 보니 핀란드 아이들은 학교에 가서 교육과정에 맞는 새로운 학습 내용을 배우고 스스로 익히고 문제를 해결하게 된다. 학교에 가기 전, 미리 집에서 선행학습을 할 필요가 없다. 학교는 배움을 위해서 존재하며 아이들은 바로 건강한 공교육의 틀 안에서 배우고 익힌다. 따라서 국가 지원으로 살아가는 영세민 부모를 둔 아동이든, 노키아(Nokia) 간부인 부모님과 살면서 여름 코티지에서 보트를 타는 상류층의 아이이든 학교라는 공동체에서 이들이 익혀가는 배움의 양식과 환경은 동일하게 제공된다. 아이들은 자기들이 배우게 될 새로운 학습 내용이 기대되어 주말이 빨리 지나기를 기다릴 때가 많다. 핀란드 아이들은 학교를 통해 꿈꾸고, 학교에서 그 꿈을 만들어간다. 그것을 가능케 하는 핀란드의 공교육은 그래서 오늘도 '아이들의 천국'이란 말을 가능케 하는 꿈과 희망의 터전이다.

9. 교사와 교육의 관계

　핀란드에서 교사의 위상은 사회적으로 많이 존경받는 위치에 있다. 교사는 학급 운영과 수업 전개에 있어 그 누구의 간섭도 받지 않는다. 수업 내용의 구성과 교수 방법, 수업 전개의 장소와 시간 운영 면에서 고유하고 절대적인 권한과 책임을 맡게 된다. 이와 관련해서 떠오르는 장면이 있다. 탐페레 시내에 갈 때 자주 보았던 이색적인 풍경이다. 시내에는 한 학급 규모의 학생들이 단체로 줄지어서 선생님 뒤를 따라다닐 때가 많았다. 보통은 두 줄로 다녔는데, 박물관, 미술관, 시내 공공 기관 등 다양한 장소에서 학교 밖 체험과 교육이 이뤄지고 있었다. 현장 체험 학습이라고 하기에는 특별한 것이 없어 보였기에 일반 교과 수업 시간 같았다. 알고 보니 수업 진행에 필요한 경우, 별도의 절차 없이 교사가 학생들을 인솔해서 학교 밖 활동을 했다. 평가의 유형과 방법 또한 담임 교사의 고유 영역이기에 학급별, 학교별 비교가 의미가 없다. 이처럼 수업의 설계에서부터 진행 평가까지 교사는 자신이 담임한 학급에 대하여 전문가로서의 역량을 발휘한다. 교권을 존중하는 정부, 학교와 교사를 향한 핀란드 사회의 철저한 신뢰, 그에 부응하는 교사들의 책임 의식이 조화를 이루어 오늘날 세계 최고의 핀란드 교육을 일궈냈다고 감히 말할 수 있다.

이상으로, 핀란드 교육의 동향에 대해 간략하게 살펴보았다. '교육은 백년지대계'라 하는 데 이 년이 채 안 되는 짧은 체류와 경험을 통해, 그 나라의 교육을 다 안다고는 할 수 없다. 또한, 핀란드는 인구 오백만 명 정도의 소국이기에 교육의 운영 면에서 우리나라보다 한결 손쉽다는 점 또한 간과할 수 없다. 그럼에도 불구하고 이 글에서 소개하는 핀란드의 교육 동향은 오늘날, 우리에게 시사하는 바가 크다고 본다. 가정환경이나 부모의 능력과 관계없이 배움의 과정에 있는 학생 개개인을 소중히 여기는 교육관, 학습자의 능력과 가치를 존중하고, 차별 없는 교육의 출발선을 제공하여 점점 그릇을 키워주는 핀란드 교육. 교육을 위해서 사람이 존재하는 사회가 아닌 사람을 위해 교육이 존재하는 나라, 핀란드! 우리나라도 그런 교육의 깃발을 나부낄 시절이 언젠가는 오지 않을는지! 기대하는 마음을 한 편에 지닌 채, 이 글을 맺는다.

　마음속에 간직했던 아름다운 이야기를 책으로 썼다. 열다섯 살에 품은 꿈을 마침내 이십오 년 만에 이루었던 나의 핀란드 이야기. 그 아름답고 꿈 같은 이야기를 언젠가는 많은 사람에게 들려주고 싶었다. 바쁜 일상과 인생의 풍파 앞에서 그럴 여유가 없었다. 추억은 아름답고 경험은 소중했다. 우리가 보낸 귀한 날들에 대한 기록을 두서없이 풀어낸 것 같다. 구상은 했으나 쓰다 보니 마음 가는 대로 쓰는 경우도 있었다. 마침내 이렇게 글을 완성해서 기쁘다.

　우리의 핀란드 생활이 의미 있고 행복했던 것은 거기에 사람이 있었기 때문이다. 그 땅에서 함께 살던 친구들, 소중한 이웃이 그곳에 있었다. 오랜만에 그들을 마음에서 소환하여 기록하다 보니 마치 어제 일인 듯 생생하다. 그때의 감정과 느낌이 고스란히 느껴지는 것에 나도 놀랐다. 아직 살아 있었구나! 빛바래지 않고 생생한 색채로 내 안에 숨 쉬고 있었다. 핀란드에서 마음껏 바라본 숲과 호수. 사회 시간에 흑백사진을 볼 때 이미 내 안에는 핀란드가 들어왔고 그 예감은 적중했다. 나는 그곳에 갔고, 살았으며 울고 웃었다. 그곳에서 나와 우리 가족이 겪은 동화 같은 날들, 아름다운 자연, 마음씨 좋았던 사람들은 더 이상 나만의 추억이 아닌, 이것을 필요로 하는 모든 이들의 이야기가 될 것이다.

　지금도 내 마음엔 핀란드의 숲이 살아 숨 쉬고 호수가 일렁인다. 우리가 그곳에서 살아가는 동안 결핍을 몰랐던 것은 가족의 사랑과 응원이었다. 양가의 어머니께선 최선을 다해 우리에게 어머니의 손맛이 담긴 한국 반찬과 김치, 된장을 항공택배로 보내 주셨다. 동생들은 바쁜 시간을 쪼개 우리의 필요에 민감하게 대응해 주었다. 가족의 소중함을 새삼 크게 느낀 시간이었다. 지나고 나니 세월이 너무 빨리 흘렀다. 내가 여러 사람으로부터 받은 사랑을 이웃에 많이 흘려보내며 살고 싶다. 아이 양육으로 지치고 고심하는 이들이 있다면 들려주고 싶은 말이 있다. 생각보다 자녀는 빨리 성장한다. 지금은 아이를 키우고 교육하는 것이 힘들다고 느낄지라도 그 시간을 감사하게 누렸으면 좋겠다. 자녀와 함께 하는 시간은 무엇보다 귀한 인생의 선물이고 행복이다. 언젠가는 부모가 곁에 있어 주고 싶어도 그것을 필요로 하지 않는 시간도 올 것이다. 아이들을 키우면서 나의 것을 희생하고 내가 사랑을 주는 줄 알았다. 그때는 몰랐지만, 지금은 깨닫는다. 사실은 그 이상의 사랑을 내가 자녀로부터 받았다.

　글을 쓰고 보니 아이 학교를 방문하고 집에 돌아오는 버스 안에서 혼자 눈물을 흘린 기억이 난다. 지구상에 그런 교육이 존재한다는 사실에 감격했다. 핀란드를 가리켜 아이들의 천국이라고 말하는 까닭을 깨달았다. 그래서 한국에 되돌아가면 내가 가르치는 교실에서 꼭 그러한 교육을 펼치겠노라고 다짐했다. 귀국하여 십여 년이 지난 지금, 바쁘게 살다 보니 많이 잊히기도 했고 그때의 감흥이 옅어진 면도 있다. 그러나 오히려 지금 시점에서 이 책을 쓰는 것이 더 의미 있는 것 같다. 그때는 보이지 않던 것들이 지금은 보이기 때문이다. 나와 가족이 경험한 핀란드 삶 속에서 지금 우리 현실에 무엇을 취하고 어떤 것을 덜어내야 하는지 알겠다. 핀란드는 우리보다 인구가 적고 사회 문화적 배경이 다르다. 그렇기에 무조건 다 동조하기는 어렵다. 그러나 최소한 그 나라가 지닌 교육의 위대한 철학을 기억하고 싶다. 그것은 의외로 단순하다. 그것은 다름 아닌 학교를 학교로 여기는 것이다. 학교는 배울 학(學), 교정 교(校)이다. 즉 배움을 위한 장소이다. 학교에서 삶의 방식을 배우고 세상을 살아가는 지식과 지혜를 얻는다. 학교는 그런 곳이다. 배운 것을 보여주는 곳이 아닌 배움을 익히는 곳이다. 그 기능과 역할이 제대로 수행되고 운영될 때 학교에 가는 아이, 보내는 부모, 가르치는 교사 모두가 행복하고 나라의 미래는 빛날 것이다. 나는 오늘도 그런 교육을 꿈꾼다. 그 꿈을 향해 걸어왔고 내일도 걸어갈 것이다.

하나님이 각본, 연출을 맡으셨던 나의 핀란드 이야기를 이제 마치고자 한다. 나의 꿈을 이룰 수 있도록 애써준 사랑하는 남편에게 감사의 마음을 전하고 싶다. 부족하고 연약함이 많은 부모였음에도 순종하며 잘 자라준 사랑하는 아들과 딸에게도 고맙다. 자녀들의 나를 향한 절대적인 신뢰와 사랑이 있어 인생의 비바람 앞에서도 쓰러지지 않을 수 있었다. 이 세상에서 가장 가치 있는 소중한 이름, 엄마로 불릴 수 있게 해준 아들딸에게 영원한 사랑을 전한다. 앞으로 나와 우리 가정을 통해 이웃을 향한 진실한 사랑이 흘러가기를 소망하며 글을 마치고자 한다.

"너희 안에 이 마음을 품으라 곧 그리스도 예수의 마음이니 그는 근본 하나님의 본체시나 하나님과 동등 됨을 취할 것으로 여기지 아니하시고 오히려 자기를 비워 종의 형체를 가지사 사람들과 같이 되셨고 사람의 모양으로 나타나사 자기를 낮추시고 죽기까지 복종하셨으니 곧 십자가에 죽으심이라."

〈빌립보서 2:5-8〉

2024년 10월 31일, 감사함을 담아 글을 맺는다

아들의 글

손제민

내 인생에서 가장 행복한 기억을 꼽으라 하면 가장 먼저 생각나는 기억이 있다. 아무도 없는 새벽에 아빠와 동생과 집을 나와서, 아무도 밟지 않아 흰 눈이 쌓인 마트 주차장 위에 누워 팔다리를 휘저으며 천사를 만들었던 기억이다. 그날이 내가 핀란드에 처음 온 날이다. 그 순간을 회상할 때면 몹시도 추었을 그날의 날씨와 달리, 너무도 따뜻하고 평온한 기분이 아직 생생하다.

한국에 썰매장이 흔하지 않은 것과 달리 핀란드는 눈이 굉장히 많이 와서 썰매장과 스키장이 곳곳에 있다. 우리 집 앞에도 썰매장이 있었는데, 그냥 썰매장이 아니라 언덕 마지막 부분에 썰매 점프대를 만들어 놓아서 중간에 썰매 탄 채로 점프를 할 수 있었다. 당시 여덟 살인 나에게는 정말 말도 안 될 만큼 재미있었고 이전에는 겪어 보지 못한 짜릿한 경험이었다. 거의 매일 갔던 거 같다. 한국에서는 스키장에 딸린 썰매장을 가서야 볼 수 있을 법한 굉장히 크고 재미있는 썰매장이 동네 곳곳에 있었다.

지금 문득 갑자기 생각나는 이름이 있다. 바로 나의 첫사랑이었던 같은 반 여학생 '씨릴락'이다. 내가 갔을 때 내게 먼저 말을 걸어주고 친절하게 대해주었다. 내 베스트 프렌즈는 세 명이 있었는데 당연히 지환이, 라미, 후바돈이었다. 지환이는 한국인, 라미는 핀란드인, 후바돈은 태국인이었다. 그들의 얼굴은 십오 년이 지난 지금도 아주 생생하게 기억난다.

한편 난 아빠의 권유로 아이스하키도 배웠었는데(핀란드에서는 축구보다도 대중화돼 있다) 처음에는 나보다 두세 살은 어린 유치원 팀에서 하다가, 이건 좀 아닌 것 같아서 또래들이 있는 팀으로 옮겼다. 당시 나는 말도 잘 못 하고 나와 양양이라는 중국인 친구를 제외하면 모두 서양인이라서 처음에는 의기소침했었던 것 같다. 그래서 처음엔 게임도 소극적으로 하고 잘하지도 못했다. 아빠는 옆에서 잘해보라고 했었던 것 같다. 그런데 잘하기가 쉽지 않았던 것 같다. 정확히 말하자면 운동신경이 안 좋다기보다는 뭔가 기를 못 펴겠는 느낌이었다. 그러다가 어느 날은 큰 대회에 나갔다. 그곳에서 게임을 하던 중, 나는 왜인지 모를 용기가 생겼고 갑자기 막 잘할 수 있을 것만 같았다. 눌려 있던 기가 분출되는 느낌이었다. 그 결과, 난 그 큰 대회에서 두 골을 넣고 어시스트도 기록하며 그 대회에서 MVP 상을 탔다. 골을 넣은 직후 펜스로 가서 핀란드 아저씨들과 주먹 인사를 했는데 정말 황홀하고 짜릿했던 기억이 아직도 난다. 아이스링크 위를 날아다니는 기분이었다. 또 다른 기억은 크로스컨트리 스키에 대한 것이다. 핀란드는 스키의 일종인 크로스컨트리 스키가 무척 대중화돼 있다. 그래서 학교에서도 크로스컨트리 수업이 있다. 겨울이면 학교에 비치된 스키를 신고 크로스컨트리 트레일을 따라서 눈 덮인 숲속을 달리는 것이다. 정말 낭만적이었다. 온통 하얀 세상, 자작나무, 그 나무 위에 덮인 눈. 정말 아름다웠다. 핀란드의 겨울 숲은 동화 같은 세상이었다. 나는 아직도 핀란드를 추억할 때면 영화나 동화 속에서 살다 온 기분이 든다.

　또 봄에 우리 집 앞에 있는 스키장을 간 것도 큰 추억이다. 핀란드는 사월이 돼도 눈이 남아 있는데 그 스키장은 눈이 적당히 덮여 있었다. 그래서 친구 죽은 쌀과 그 스키장에 썰매를 둘러메고 등산을 해서 썰매를 탔는데 정말 겁날 만큼 빨랐다. 어떻게 아홉 살짜리 아이가 스키장에 등산해서 썰매를 타겠다는 생각을 했는지 모르겠다. 어느 정도로 빨랐는가 하면, 바람과 속도 때문에 눈물이 저절로 날 정도였다. 정말 재미있었다. 결국, 마지막에 다 내려와서는 펜스에 크게 부딪혔다. 다행히 그물망이 있어서 다치지는 않았다. 그 스키장 군데군데 눈이 녹아서 물이 흐르고 있었다. 당시 죽은 쌀과 나는 그 물을 깨끗하다고 생각해서 눈에 입을 대고 물을 받아 마셨다. 그 순간의 풍경이 안 잊힌다. 적당히 자란 초록색의 풀잎과 따뜻한 햇살, 반 정도 눈 덮인 스키장.

　그리고 정말 따뜻한 기억이 있다. 핀란드에서 내가 학교를 갔다 오면 집 앞 놀이터에 엄마가 이글루를 만들어 그 안에 내가 좋아하는 간식들을 넣어두곤 했다. 그중에서도 뽀드득 소시지는 아직도 기억에 남을 정도로 너무 좋았다. 핀란드를 회상할 때면 내가 가장 좋아하는 영화를 보는 느낌이 든다. 기억이 오래되면 희미해지기 마련인데, 그렇지 않고 삼인칭 시점으로 바라보는 영화처럼 정말 생생하다. 너무 행복했기에 그럴지도 모르겠다. 인생에서 다시는 잊지 못할 경험을 만들어준 엄마, 아빠께 감사하다. 아직도 그곳은 나의 마음의 고향으로 생생하게 남아 있다. 전역하면 그곳을 다시 갈 생각이다.

2024년 10월 31일 손제민